강소천 동화문학 연구

이은주

현대문학
연구총서

51

강소천 동화문학 연구

A study of Kang So-chon's children's literature

이 은 주

푸른사상
PRUNSASANG

책머리에

여전히 유효한 소천의 동화문학

소천의 동화를 연구하겠다고 작품을 찾아 읽으면서도 가슴이 뜨거워지지 않았다. 아니 심드렁해졌다는 게 맞다. 대표작으로 꼽히는 「꿈을 찍는 사진관」이나 「꽃신」 등과 같은 작품들은 아동을 위한 글이라기보다는 자기 고백적 글에 가까웠고 「비둘기」, 「방패연」, 「준이와 백조」 같은 작품들은 반공주의 선전물 같았다. 그러다 눈이 번쩍 떠졌다. 「박 송아지」, 「눈 내리는 밤」, 「맨발」, 「마늘 먹기」 등 격이 다른 작품들이 보였다. 또 거의 알려져 있지 않은 「봄 날」, 「푸른 하늘」, 「파랑새의 봄」, 「길에서 만난 꼬마」 등은 그 의미 층이 상당히 깊었다. 반공주의의 선전물로 보였던 작품들에서도 그렇게만 볼 수 없는 인물과 구성의 치밀한 운용이 있었다. 한 사람의 작품이 너무나 많고 다양했으며 그 이면의 깊이를 가늠하기 어려운 작품도 많았다. 그런데 선행 연구들은 대체로 꿈과 환상의 문학이라 하든지 교훈주의, 반공주의 문학이라고만 주장하

강소천 동화문학 연구

4

고 있었다. 어떻게 이런 일이 가능한가. 자기 진영의 논리만을 복제하여 온 것인가 하는 의구심이 들었다. 그제야 가슴이 뛰기 시작했다. 뛰는 가슴을 안고 그의 작품들을 다시 꼼꼼히 읽기 시작했다. 연구는 그 때부터 시작되었다.

소천은 흥남 철수를 따라 월남한 남한에서 본격적으로 동화 창작에 매진했다. 1963년 5월 타계할 때까지 약 10여 년 동안 그가 창작한 동화 작품은 200여 편이 넘었다. 길지 않은 시간 폭풍우처럼 쏟아낸 작품들이었다. 이렇게 치열한 창작 활동의 이면에는 그렇게 매달릴 수밖에 없었던 어떤 이유가 있을 것이다. 그동안 소천의 문학에 대해서 적지 않은 연구가 이루어져왔으나 전 작품을 아우르지 못하고 그 해석 또한 반복 재생산되어오며 소천 개인이나 시대에 대한 이해도 모자랐다. 작가 개인이나 그가 살았던 시대에 대한 이해 부족은 결국 작품 이해에 한계를 내포할 수밖에 없다.

이 책에서는 그가 살아낸 격동의 우리 근현대사와 소천 개인, 그리고 그의 동화 작품, 이 세 가지를 기본 축으로 그가 아동을 어떻게 보았는지, 시대와 마주하며 어떻게 서사적 대응을 했는지를 검토했다. 그리고 그 과정에서 불거진 소천 내면의 불화와 갈등도 추적했다. 크게 소천의 동화 문학을 담론의 내용과 형식으로 나누었다. 소천 동화는 '있어야 할 세계'의 구현과 결착되어 있다. 때문에 소천의 동화의 담론은 당대적 맥락에서 '있어야 할 세계'를 어떻게 설정하느냐에 따라 세 가지로 나누어진다. 첫째는 '아버지의 말'로 형상화되는 세계이다. 이는 다시

'개인적 아버지'가 그리는 세계와 '사회적 아버지'가 그리는 세계로 나누어진다. 이 세계는 소천이 아버지로서 이 땅의 불우한 어린이들에게 보여주고자 하는 세계이며 다시 세우고자 하는 세계이다. 둘째는 '내면 분열의 형상화'로 드러나는 소천의 내면세계이다. 소천 개인의 북으로의 회귀 욕망이 현실의 강고한 질서 속에서 갈등하고 불화하다가 종국에는 현실의 질서에 순응함으로써 자신이 욕망을 봉합하는 내용이다. 셋째는 '시대인식의 형상화'로 일제강점기와 분단, 그리고 1950년대를 바라보는 소천의 비판적 인식 세계이다. 이러한 담론은 담론 형식에 따라 구현된다. 소천의 작품에는 다양한 담론 형식이 도입되어 일정 부분 성취를 이루고 있다.

참담한 시대에 소천이 지향한 '있어야 할 세계'는 앞으로의 세계가 어떠한 변화를 예정하는지 가늠할 수 없는 오늘날에도 여전히 유효하다. 그의 문학은 현실의 위기를 극복할 수 있는 문학적 바로미터로서의 가능성을 담보하기에 그의 동화에 대한 재조명은 필연적인 작업이었다. 그러나 뛰는 가슴의 박동은 너무나 빨랐고 시대나 작품을 보는 눈은 어두워 거칠고 옹색한 글이 되고 말았다. 부족한 글을 세상에 내놓으며 마음이 한없이 무겁지만 한 시기를 정리하고 앞으로 나아가기 위해 자신에게 주는 선물이자 죽비라 자위하며 감히 용기를 내본다.

이 지면을 빌려 뒤늦게나마 감사의 인사를 전하고 싶은 분들이 많다. 늦은 나이에 학위 과정을 하며 행복할 수 있게 해주셨던 단국대 교수님들께서는 논문을 준비할 때도 역시 고통 속의 행복을 맛보게 하셨다.

김수복 교수님, 강상대 교수님, 최수웅 교수님께 감사드린다. 특히 박덕규 교수님께 머리 숙여 고마움을 전하고 싶다. 소천과 만나게 하셨고 미욱한 제자를 믿고 기다려주셨다. 또 김용희 교수님과 노경수 교수님께도 감사드린다. 이분들이 계셔서 논문을 쓸 수 있었고 이 책이 나올 수 있었다. 석사 과정에서 가르침을 주셨던 김봉군 교수님과 정옥년 교수님께도 고마움을 전한다. 김봉군 교수님의 강의와 저술, 정옥년 교수님의 연구에 대한 열정을 접하며 내 속에 문학 연구의 씨앗이 자리 잡을 수 있었다. 이 씨앗이 자랄 수 있도록 따뜻하게 다독여주신 분은 문영희 교수님이시다. 감사드리며 언제나 기꺼이 토론 상대가 되어준 김현숙 선생님에게도 감사의 인사를 전한다. 어려운 시기 책을 내준 푸른사상사에도 감사드린다.

2018년 새해를 맞이하며

이 은 주

책머리에

차례

차례

차례

강소천 동화문학 연구

차례

제1장

소천의 동화문학

아동문학가 강소천

1. 상반된 평가를 넘어서

　강소천(姜小泉, 1915~1963)은 한국의 대표적인 아동문학가이다. 1930년『아이생활』에 동요「버드나무 열매」가 게재되면서 소천은 본격적으로 동요·동시를 창작하였다. 1941년 동요·동시집『호박꽃 초롱』을 간행하며 소천은 가장 빛나는 시적 성취를 이룬 동시인으로 평가받기도 한다. 1930년대 후반부터 동화를 발표하기 시작하여 월남 이후 동화 창작에 주력하였다. 1963년 타계할 때까지 소천이 창작한 동화와 소년소설은 총 200여 편이 넘는다.

　1950년대 소천만큼 한국 아동문학 전 분야에서 독보적인 지위에 있었던 사람은 없었다고 단언한 한 연구자의 말처럼[1] 1950년대 소천은 가장 많은 작품을 발표하며 아동문단의 주요한 위치에 있었고, 가장 많은 독자를 지니며 어린이를 위해 다양한 활동을 한 대표적인 아동문학가였다. 하지만 사후의 소천은 지금까지 상반된 평가를 받아왔다.

1　박덕규,『강소천 평전』, 교학사, 2015, 5쪽.

우리 아동문학사에서 본격적인 연구서로 평가받는 이재철의 『한국현대아동문학사』에서도 소천의 동화문학에 대한 평가는 상반된다. 곧 "아름다운 환상적 감동을 불러일으켜 동화문단에 많은 영향력을 미쳤다."는 긍정적인 평가와 "문학예술 작품이기보다 초등학교 교과서를 만들기 위한 자료로서 안성맞춤"인 작품을 양산했다는 부정적인 평가가 그것이다.[2] 이 같은 이재철의 평가가 소천의 동화문학을 분별하는 어떤 기준점이 된 것처럼, 지금까지 소천 동화문학에 대한 평가는 여기서 크게 변화하지 않았다. "아름다운 환상적 감동을 불러"일으켰다는 긍정적 평가는 주로 소천의 환상동화에 쏠려 있고, "문학예술 작품이기보다 초등학교 교과서를 만들기 위한 자료"라는 부정적 평가는 대체로 사실동화를 겨냥하는데, 교훈성을 넘어 반공 교과서라는 인식으로까지 나아갔다. 이러한 상반되고 편향된 평가는 소천 동화문학 전체를 총체적으로 조망하기보다는 어느 한 면에 치우쳐, 부분적 혹은 단편적으로 다룬 결과이다.

그만큼 소천은 1950년대 독보적인 아동문학가이자 독자에게 가장 사랑받던 작가임에도 아직까지 그에 대한 연구는 충분치 못하다. 2015년, 소천 탄생 100주년을 맞으며 그에 대한 평전과 연구서가 발간되어 양적으로 조금 더 풍부해졌으나 소천의 동화문학에 대한 연구는 여전히 미흡하다. 때문에 소천의 동화문학에 대한 연구가 새롭게 이루어져야 할 필요성이 요구된다. 그것은 그의 동화문학 전체를 아우르는 총체적인 연구이자 체계적인 서사론적 연구이다. 이 책에서는 소천 동화에 대

---

2   이재철, 『한국현대아동문학사』, 일지사, 1978, 495쪽, 550쪽.

한 총제적인 연구와 체계적인 서사론적 연구에 그 목적을 두었다.

　이 책은 먼저 소천의 동화문학을, 그가 살았던 시대에 개진한 일련의 담론으로 파악한다. 이런 맥락에서 보면, 이 책은 소천의 동화문학이 소통하고자 하는 담론 살피기이기도 하다. 동화를 비롯한 모든 서사물은 독자와의 의사소통을 염두에 두고 창작자가 자신의 의도를 전달하기 위해 구조화하고 의미화하는 담론 체계이다. 그렇다면 작가가 작품을 통해 드러내고자 하는 담론이 무엇인지, 그 담론을 구현하는 형식이 어떤 것인지를 파악하는 것이 서사문학의 가장 기본적인 연구라 할 수 있다. 그러나 지금까지 이러한 소천의 동화 연구는 없었다. 이 책은 소천의 동화 중 일부 작품만이 반복적으로 연구되어오면서 산출된 문학적 특성을 괄호로 묶어두고, 그의 동화문학 전체를 대상으로 하여 그가 구축한 담론 체계를 살피고자 한다. 이러한 연구는 소천의 동화를 부분적으로 읽거나 어느 한 면으로 치우쳐 읽는 편향적 시각을 극복할 수 있는 길을 열어준다.

　주지하다시피 1950년대 전후 물질적·정신적 피폐함은 극에 달했다. 그 속에 고아, 미아, 유기아 등 버려지고 방치된 어린이들이 넘쳐났다. 소천은 아동문학가로서 이들을 감싸 안을 공동체와 공동체의 윤리를 다시 세우고자 했다. 그는 공동체 구성원들의 온전한 관계 설정을 통해 아동이 미래의 주역으로 성장할 수 있다고 믿었다. 이것이 이른바 교육적이라 불리는 그의 작품에 나타나는 주요한 담론 내용이다. 소천 동화를 교육성과 반공이데올로기로 평가한 기존의 연구들은 주로 소천이 고뇌하던 그 시대 문제를 간과하고 겉으로 표출된 동화의 주제를 중심으로 읽었던 결과라 할 수 있다.

1950년대를 대표하는 동화작가로 소천을 손꼽으면서 그의 동화문학의 특성을 교육성과 반공이데올로기 등의 부정적 평가에 가둔다면, 한국 아동문학사에서 1950년대는 그 이상 더 나아가지 못하는 문학적 한계를 지니고 만다. 무엇보다 1950년대는 양적인 팽창 속에서 본격 아동문학이 자리잡던 시대였다. 이재철은 1950년대를 가리켜 "문학에 대한 의식과 자각이 처음으로 본격적인 양상을 띠게 된 시대"로 "60년대 본격문학 전개의 중요한 기반"이 되었으며 동요·동시가 쥐고 있던 주도권을 넘겨받을 정도로 동화문학이 발전을 꾀한 시대라고 평가한다.[3] 소천은 1950년대 동화문학의 발전을 이끈 주역이었다. 요컨대 그는 동요·동시 쓰기에서 동화로 영역을 확장해간 이원수, 김요섭과 함께, 동화문학이 상업적이고 통속적인 읽을 거리가 아닌 품격 있는 예술작품이 되도록 고군분투해나갔던 동화작가였다. 이런 사정을 염두에 두고 본다면, 강소천 동화문학이 보여준 제반 특성들은 1950년대라는 시대가 갖는 특수성 속에서 새롭게 자리매김되어야 할 것이다. 바로 이러한 당대의 시대사적 맥락에서 강소천 동화문학에 올바른 평가를 내리고자 한 것이 이 책의 기본적인 관점이다.

---

3   이재철, 앞의 책, 521쪽.

2. 소천의 동화와 분석 틀

1) 소천의 동화

소천은 월남 전 19편의 동화를 창작했고 피란지 부산에서 첫 동화집 『조그만 사진첩』을 발간했다. 이후 1963년 5월 6일 타계할 때까지 약 10여 년간 집중적으로 동화 작품을 창작했다. 그는 1950년대 중반까지는 단편에 집중했고 이후 타계할 때까지 단편을 쓰는 한편 20여 편의 중·장편도 창작했다. 필자가 확인한 바로는 개작 작품은 최종본 1편만을, 미완결 작품을 제외하고 완결된 작품만을 대상으로 했을 때 소천의 동화와 소년소설은 모두 208편이다. 이 중 단편이 월등히 많은데, 생전에 그가 단행본과 선집(選集)에 수록한 단편 작품은 107편(중복 제외), 배영사 전집에 추가 수록한 작품은 27편(중복 제외),『강소천 아동문학가 스크랩북』[4]에 54편으로 모두 188편이다. 중·장편은 20편이다. 출간된

---

4   『강소천 아동문학가 스크랩북』은 생전에 소천이 자신의 동화와 동시를 비롯하여 다양한 종류의 글들을 연도별로 스크랩해놓은 것이다. 현재 이 스크랩북은

책으로는 단편동화집 7권, 선집 4권, 장편동화집 6권, 그림동화집 4권, 그 외 소천 사후 1주년 기념으로 완간된 배영사본『강소천 아동문학전집』전6권과 신교문화사본 전7권, 문천사본 전12권, 문음사본 전15권, 교학사본 전10권이 있다. 소천은 이외에도 동요 및 동시 273여 편,[5] 아동극 11편, 수필 20여 편 등 모두 500여 편이 넘는 작품을 남겼다. 길지 않았던 생애에, 특히 그가 본격적으로 동화를 창작했던 시기는 불과 10여 년 남짓밖에 되지 않았음에 비춰볼 때 놀라운 창작열이라 할 수 있을 것이다.

　이 책에서 주요하게 다룰 소천의 동화는 선집(選集)을 비롯한 단편동화집과 중·장편동화로 소천이 생전에 출판한 단행본을 중심으로 한다. 그 외 배영사본 전집과 교학사본 전집은 보조 텍스트로 삼는다. 주지하다시피 소천은 처음 신문이나 잡지를 통해 작품을 발표한 후 수정하여 단행본으로 묶어 출판했다. 때문에 필자는 소천 동화의 최종본을 그가 생전에 출판한 단행본에 실린 작품들로 본다. 한 연구자는 소천이 1961년 위암 회복 후 배영사 전집을 위해 작품 목록을 정하고 개작하기 시작했다[6]고 하며 소천 작품의 최종본을 대부분 배영사본으로 하는데, 여기

　　국립청소년어린이도서관에서 소장하고 있는데, 대부분 발표 지면이나 발표일자가 기재되어 있지 않는 경우가 많다. 이하『강소천 아동문학가 스크랩북』은『스크랩북 ○권』으로 표기한다.

5　동요 및 동시의 편 수는 〈강소천-영원한 어린이의 벗〉(http://www.kangsochun.com)을 참고했다. 그러나 작가 이름을 밝히지 않은 채 교과서에 실린 수많은 동요 및 동시 중 소천의 작품이 상당할 것으로 추정되며 이에 대한 발굴 작업이 이어져야 할 것이다.

6　박금숙,「강소천 동화의 서지 및 개작 연구」, 고려대학교 대학원 박사학위 논문,

에는 문제가 있다고 본다. 배영사본은 1963년 5월 소천 타계 후 1963년 8월에 1·2권, 1963년 11월에 3·4권, 1964년 4월에 5·6권이 차례로 출판된다. 소천 생전에 이 작업이 완료되었다면 이렇게 해를 넘기며 순차적으로 출판하지는 않았을 것이다. 연구 대상 목록은 다음과 같다.

●단편 동화집 목록

(1) 『조그만 사진첩』, 다이제스트사, 1952

박 송아지 / 딱따구리 / 조그만 사진첩 / 아버지 / 꼬마동화 다섯 편 : 잠꾸러기, 마늘 먹기, 과일점, 일요일, 빨간 고추 / 새해 선물 / 술래잡기 / 정희와 그림자 / 바둑이와 편지 / 달밤에 만난 동무 / 돌멩이 Ⅰ / 돌멩이 Ⅱ / 토끼 삼형제

(2) 『꽃신』, 문교사, 1953

그리운 얼굴 / 방패연 / 꽃신 / 만점 대장 / 신파 연극 / 푸른 태양 / 가사 선생 / 제일 반가운 편지 / 인형과 크리스마스 / 산따 할아버지의 선물 / 준이와 구름 / 눈사람 / 아기 참새 삼 형제 / 꽃이 되었던 나 / 빨강눈 파랑눈이 내리는 동산 / 사슴골 이야기 / 설 맞이 하는 밤

(3) 『꿈을 찍는 사진관』, 홍익사, 1954

준이와 백조 / 꿈을 파는 집 / 꿈을 찍는 사진관 / 웅이와 제비 / 크리

2015, 30쪽.

스마스 종이 울면 / 비둘기 / 봄 날 / 푸른 하늘 / 아기 토끼 / 명수의 시험 공부 / 허공다리 / 고향으로 돌아가는 배에서 / 퉁수와 거울

(4)『종소리』, 대한기독교서회, 1956

그리다 만 그림 / 잃어버린 시계 / 멀리 계신 아빠 / 동화 아닌 동화 / 송이와 연 / 언덕길 / 감과 꿀 / 남의 것 내 것 / 민들레 / 막동이와 약발이 / 뻐쓰에게서 들은 이야기 / 종소리 / 산 속의 크리쓰마스 / 임금님의 눈 / 크리쓰마스 카아드 / 꼬마 싼타의 선물 / 크리쓰마스 꼬까옷 / 크리쓰마스 선물 / 생일날에 생긴 일

(5)『무지개』, 한국기독교서회, 1957

잃어버렸던 나 / 메리와 귀순이 / 무지개 / 맨 발 / 조각빗 / 눈 내리는 밤 / 누가 누가 잘 하나 / 꾸러기라는 아이 / 조판소에서 생긴 일 / 어떤 작곡가 / 인 어

(6)『인형의 꿈』, 새글집, 1958

꽃신을 짓는 사람 / 영식이의 영식이 / 칠녀라는 아이 / 잠꾸러기 / 영점은 만점이다 / 찔레꽃 / 피리 불던 소녀 / 대낮에 생긴 일 / 바람개비 비행기 / 파랑새의 봄 / 나무야 누워서 자거라 / 인형의 꿈

(7)『어머니의 초상화』, 배영사, 1963

어머니의 초상화 / 짱구라는 아이 / 아버지는 살아 계시다 / 도라지꽃 / 꽃 씨 / 빨강 크레용 까만 크레용 / 이상한 안경 / 동갑 나무 / 나 혼자

부른 합창 / 누나와 조가비 / 다시 찾은 푸른표 / 꾸러기 행진곡

● 선집 목록

(1) 『강소천 소년문학선』, 경진사, 1954

돌맹이 / 박 송아지 / 조그만 사진 첩 / 그리운 얼굴 / 꽃 신 / 사슴골 이야기 / 고향으로 돌아가는 배에서 / 꿈을 파는 집 / 꿈을 찍는 사진관 / 어머니 얼굴 / 포도 나무

(2) 『꾸러기와 몽당연필』, 새글집, 1959

아기 곰 / 길에서 만난 꼬마 / 마늘 먹기 / 빨간 고추 / 잠꾸러기 / 일요일 / 짐승 학교 / 5월의 꿈 / 편지의 호텔 / 꾸러기와 몽당연필 / 푸른 태양 / 인형과 크리스마스 / 막동이와 약발이 / 영식이의 영식이 / 바둑이와 편지 / 아기 다람쥐

(3) 『강소천 아동문학독본』, 을유문화사, 1961

해바라기 피는 마을 / 토끼 삼 형제 / 전등불들의 이야기 / 딱따구리 / 박 송아지 / 꽃 신 / 꿈을 찍는 사진관 / 설날에 생긴 일 / 어떤 작곡가 / 무지개 / 꽃신을 짓는 사람 / 칠녀라는 아이

(4) 『한국아동문학전집–강소천편』, 민중서관, 1962

인형의 꿈 / 서울 가는 꿈 / 잃어버린 인형 / 그리운 자장가 / 인형의 내력 / 결혼 / 새 학교 새 동무 / 글짓기 시간 / 음악 콩쿨 / 반가운 소식

/ 돌아온 아버지 / 작곡 발표회 / 잃어버린 시계 / 돌멩이 Ⅰ / 돌멩이
Ⅱ / 꽃들의 합창

● 중 · 장편동화

(1)『진달래와 철쭉』, 다이제스트사, 1953

(2)『대답 없는 메아리』, 대한기독교서회, 1960

(3)『그리운 메아리』, 학원사, 1963

(4)「해바라기 피는 마을」,『강소천 아동문학독본』, 을유문화사, 1961

(5)「내 어머니 가신 나라」,『강소천 아동문학전집 6 조금만 하늘』, 배
영사, 1964

(6)「어린 양과 늑대」,『강소천 문학전집 5 초록색 태양』, 배영사, 1964

(7) 강소천 아동문학전집 8『봄이 너를 부른다』, 교학사, 2006

● 전집:『강소천 아동문학전집』전6권, 배영사

(1)『나는 겁쟁이다』, 1963

어느 보육원에서 생긴 일 / 개구리 대장 / 토끼 나라 / 아빠 손가락 엄
마 손가락 / 나는 겁쟁이다 / 다시 찾은 푸른 표 / 이런 어머니 / 꽃신을
짓는 사람 / 네가 바로 나였구나 / 수남이와 수남이 / 포도나무 / 시집
속의 소녀 / 아버지는 살아계시다/ 어떤 작곡가 / 인 어 / 맨 발 / 날아
가는 곰 / 마늘 먹기 / 이름표 / 짐승 학교 / 빨간 고추 / 병아리와 고무
줄 / 준이와 구름 / 동전 한잎 / 돌멩이 Ⅰ / 돌멩이 Ⅱ

(2) 『잃어버렸던 나』, 1963.8

꽃 신 / 조그만 사진첩 / 잃어버렸던 나 / 찔레꽃 / 이상한 안경 / 아버지 / 칠녀라는 아이 / 사슴골 이야기 / 12 다음엔? / 꼬마들의 꿈 / 바둑이와 편지 / 빨간 크레용과 까만 크레용 / 꾸러기와 몽당연필 / 정희와 그림자 / 인형과 크리스마스 / 개미한테 혼난 이야기 / 새해 선물 / 과일점 / 미야와 황소 / 잠꾸러기 / 참새 삼 형제 / 술래잡기

(3) 『그리운 얼굴』, 1963.11

꿈을 찍는 사진관 / 그리다 만 그림 / 영점은 만점이다 / 꾸러기 행진곡 / 잃어버린 시계 / 무지개 / 그리운 얼굴 / 퉁수와 거울 / 고향으로 돌아가는 배에서 / 방패연 / 꾸러기라는 아이 / 조판소에서 생긴 일 / 준이와 백조 / 영식이의 영식이 / 토끼한테 들은 이야기 / 아기 다람쥐 / 암소와 돼지 / 나무야 누워서 자거라 / 피리 불던 소녀

(4) 『꿈을 파는 집』, 1963.11

나 혼자 부른 합창 / 허수아비와 아기 참새들 / 고추 잠자리 / 인형의 꿈 / 빨강 눈 파랑 눈이 내리는 동산 / 크리스마스 카아드 / 눈 내리는 밤 / 막동이와 약발이 / 토끼 삼 형제 / 아기 토끼와 양말 / 만화경 / 종소리 / 편지의 호텔 / 봄 날 / 민들레 / 꽃이 되었던 나 / 꽃 씨 / 꿈을 파는 집 / 꾸러기와 보따리

(5) 『초록색 태양』, 1964.4

전등불들의 이야기 / 짱구라는 아이 / 도라지꽃 / 눈사람 / 푸른 태양

/ 대낮에 생긴 일 / 길에서 만난 꼬마 / 아기곰 / 잠꾸러기 / 일요일 / 아기 띠와 짐승들 / 딱따구리 / 메리와 귀순이 / 어린 양과 늑대 / 파란 불이 켜졌다

(6)『조그만 하늘』, 1964.4

잠자는 시계 / 내 어머니 가신 나라 / 어머니의 초상화 / 느티나무만 아는 일 / 설날에 생긴 일 / 박 송아지

● 전집: 『강소천 아동문학전집』 전10권, 교학사, 2006

(1)『꿈을 찍는 사진관』

박송아지 / 딱따구리 / 조그만 사진첩 / 아버지 / 잠꾸러기 / 마늘먹기 / 과일점 / 일요일 / 빨간 고추 / 새해 선물 / 술래잡기 / 정희와 그림자 / 바둑이와 편지 / 돌멩이 1 / 돌멩이 2 / 토끼 삼 형제 / 그리운 얼굴 / 방패연 / 꽃신 / 푸른 태양 / 가사 선생 / 인형과 크리스마스 / 준이와 구름 / 눈사람 / 참새 삼 형제 / 꽃이 되었던 나 / 빨강 눈 파랑 눈이 내리는 동산 / 사슴골 이야기 / 전등불들의 이야기 / 준이와 백조 / 꿈을 찍는 사진관

(2)『꽃신 짓는 사람』

꿈을 파는 집 / 봄날 / 비둘기 / 퉁소와 거울 / 고향으로 돌아가는 배에서 / 어머니 얼굴 / 그리다 만 그림 / 잃어버린 시계 / 송이와 연 / 감과 꿀 / 민들레 / 막동이와 약발이 / 종소리 / 임금님의 눈 / 크리스마스

카드 / 크리스마스 꼬까옷 / 설날에 생긴 일 / 메리와 귀순이 / 무지개 / 맨발 / 눈 내리는 밤 / 누가누가 잘 하나 / 꾸러기라는 아이 / 조판소에서 생긴 일 / 어떤 작곡가 / 인어 / 꽃신을 짓는 사람 / 영식이의 영식이 / 칠녀라는 아이 / 잠꾸러기 / 영점은 만점이다 / 찔레꽃

(3) 『나는 겁쟁이다』

피리 불던 소녀 / 대낮에 생긴 일 / 나무야 누워서 자거라 / 어머니의 초상화 / 짱구라는 아이 / 아버지는 살아계시다 / 도라지꽃 / 꽃씨 / 빨간 크레용 까만 크레용 / 이상한 안경 / 나 혼자 부른 합창 / 동갑 나무 / 누나와 조가비 / 다시 찾은 푸른 표 / 어느 보육원에서 생긴 일 / 개구리 대장 / 토끼 나라 / 아빠 손가락 엄마 손가락 / 나는 겁쟁이다 / 이런 어머니 / 네가 바로 나였구나 / 수남이와 수남이 / 포도나무 / 시집속의 소녀 / 날아가는 곰

(4) 『꾸러기와 몽당연필』

이름표 / 짐승 학교 / 병아리와 고무줄 / 동전 한 닢 / 12다음엔? / 꾸러기와 몽당연필 / 개미한테 혼난 이야기 / 미야와 황소 / 암소와 돼지 / 토끼한테 들은 이야기 / 아기다람쥐 / 허수아비와 아기참새들 / 고추잠자리 / 아기토끼와 양말 / 만화경 / 편지의 호텔 / 길에서 만난 꼬마 / 아기곰 / 아기띠와 짐승들 / 어린 양과 늑대 / 잠자는 시계 / 내 어머니 가신 나라 / 느티나무만 아는 일 / 뻐꾹새 / 은희의 인형 / 소나무의 나이 / 헌 고무신

(5) 『꾸러기 행진곡』

인형의 꿈 / 꾸러기와 보따리 / 꼬마들의 꿈 / 꾸러기 행진곡

(6) 『해바라기 피는 마을』

진달래와 철쭉 / 해바라기 피는 마을

(7) 『잃어버렸던 나』

잃어버렸던 나 / 대답 없는 메아리

(8) 『봄이 너를 부른다』

(9) 『그리운 메아리』

(10) 『호박꽃 초롱』

2) 분석의 틀

이 책에서는 '창작동화'를 'Creative Children's Stories', 즉 창작된 아동의 이야기, 혹은 아동을 위해 창작된 이야기로 넓은 의미의 동화 개념을 취하기에 특별히 동화와 소년소설을 구분하지 않는다.

소천은 동화와 소년소설을 구분하여 작품을 발표하거나 출판했다. 『아동문학』[7) 제2집의 특집, 「동화와 소설」을 보면 소천은 동화와 소설에

---

7 『아동문학』은 배영사에서 낸 부정기 아동문학 이론지이다. 소천이 아동문학의

대해 명확히 구별한다. 여기서 소천은 동화를 일종의 산문시로 공상적, 시적, 상징적인 문학 형식이며 인간 일반의 보편적인 진실을 그리는 것이라 정의한다. 반면에 소년소설은 완전한 산문예술로 현실적이며 구체적인 문학 형식이며 인물의 성격이나 또는 디테일까지 진실을 그려야 한다고 한다. 잡지나 신문에 작품을 발표할 때도 소천은 동화와 소년소설을 구분해 실었다. 그러나 작품집을 묶을 때는 이 구분이 흐려지곤 한다. '동화집'이라 묶인 작품들 가운데 발표 당시 '소년소설'로 제시되었던 작품들이 포함되곤 하는데, 예를 들면 「재봉 선생」은 1937년 10월 31일 『동아일보』에 '소년소설'로 발표되었고, 1958년 7월 『소년한국일보』에 연재된 「어머니의 초상화」도 '소설'로 명시되었다. 하지만 책으로 묶을 때는 모두 '동화집'으로 표제를 단다. 장편 출판물은 더욱 혼란스럽다. 『대답 없는 메아리』는 장편동화로, 『그리운 메아리』는 순정소설로 출간되지만 소천의 구분에 따르면 그 반대가 되어야 한다. 때문에 필자는 소천의 작품을 아동을 위해 창작된 이야기로 넓은 의미의 동화 개념으로 포섭한다.

또한 소천의 작품집을 시기별로 그 성격이나 특징에 따라 구분하는 것은 큰 의미가 없다. 다만 『꿈을 찍는 사진관』(1954.6)에 잃어버린 것을 찾고자 하는 사람의 이야기가 전체 13편 중에서 9편이나 된다는 점, 『종소리』(1956.6)에 종교적인 이야기가 전체 19편 중 7편이 된다는 점이 두드러진다. 『꿈을 찍는 사진관』의 잃어버린 것을 찾고자 하는 사람

이론 정립을 위해 펼친 대표적인 사업으로 창간호(1962.10)에서 제4집(1963.3)까지 특집으로 기획되었던 아동문학 심포지엄을 보면 소천의 아동관과 문학관을 살펴볼 수 있다.

의 이야기 9편 중 6편은 잃어버린 것을 찾는 과정에서 세계와 불화하고 분열한다는 특징을 드러낸다. 이는 1953년 휴전협정과 1954년 초 남한에서의 재혼과 밀접한 관련을 맺고 있다고 볼 수 있다. 1954년 전반기는 이러한 소천 내면의 분열이 가장 팽배한 시기로 볼 수 있는데, 이후 이와 같은 작품이 많지는 않으나 지속적으로 창작된다는 점에서 이 시기만의 특징이라기보다는 이 시기부터 소천의 내면에 자리하는 갈망과 좌절의 기표라고 보는 편이 합당하다. 이러한 '잃어버린 것을 찾는 것'이나 '종교적'인 이야기는 소천 동화의 특징으로 꼽는 것으로 어느 작품집에서나 발견할 수 있으나 두 작품집에 많이 수록되었다는 것일 뿐이다. 따라서 이 책에서는 시기별로 나타나는 특성보다는 소천 동화가 내포하는 담론 내용과 그 담론을 견인하고 구현하는 담론 형식에 주목하여 고찰하였다.

그간 대부분의 소천 연구는 선행 연구를 답습하는 경향이 농후했다. 그 과정에서 몇몇 작품을 제외한 대부분 작품들이 충분히 고찰되지 못했다. 그런 까닭에 이 책에서는 전체 작품을 충실히 읽어 가장 특징적인 담론 양상을 추출한다. 여기서 담론은 "어떤 가치와 신념을 드러내고 있는 말하기와 글쓰기를 의미한다."[8] "어떤 가치와 신념을 드러내고 있"다는 것은 세계를 보는 관점, 경험을 효과적인 방식으로 구성한다는 뜻이다. '효과적인 방식으로 구성'한다는 것은 독자를 전제한 행위이다. 그렇다면 강헌국의 말처럼 동화 또한 "창작과 수용의 상호작용으로 구조화되고 의미화된다는 점에서 대화적 속성을 지닌 담론"으로 이해할

---

8   권영민, 『서사양식과 담론의 근대성』, 서울대학교 출판부, 2005, 97~98쪽.

수 있다.[9]

한편 서사물이 이야기 내용과 그것을 드러내는 언어적 측면, 즉 형식으로 이루어진다는 것은 이미 여러 논자들에 의해 확인되었다. 때문에 이 책에서는 소천의 동화를 하나의 담론 체계로 보고 담론 내용과 담론 형식으로 나누어 고찰한다.

추출된 담론 내용은 크게 세 가지로 나뉜다. 첫째는 '아버지의 말'로 형상화되는 세계이다. 여기서 '아버지의 말'은 다음의 두 가지 사항을 기반으로 한다. 첫째는 일반적으로 아버지는 부계사회가 시작되면서부터 가정의 가장으로서 구성원을 보듬어 이끌어가는 동시에 그 구성원을 자신의 질서로 통제하여왔다. 가정의 아버지로서의 이러한 역할은 사회와 나라를 통합하며 질서를 관장하는 자의 상징적 이름으로 기능해왔다. 둘째, 라캉에게는 아버지의 이름이라는 중요한 개념어가 있다. 이 아버지의 이름은 오이디푸스 콤플렉스, 증상 등을 낳게 하는 이 사회의 질서를 의미한다. 때문에 범박하게 해석하자면 아버지의 이름은 사회에서 작동하는 내면화된 법이며 규율이며 질서이다. 이 책에서는 이러한 기표로서의 아버지라는 개념을 전제로 하여 소천이 한 가정의 아버지로서, 한 사회의 어른(아버지)으로서의 역할을 함을 의미한다. 그런 아버지가 하는 말, 아버지의 말은 그 역할을 자임하는 자가 가진 의식 혹은 규범을 뜻한다. 소천의 동화에서 이러한 '아버지의 말'은 다시 '개인적 아버지'가 그리는 세계와 '사회적 아버지'가 그리는 세계로 나누어진다. 이 세계는 소천이 개인적 · 사회적 아버지로서 이 땅의 불우한 어

9   강헌국, 『서사문법시론』, 고려대학교 민족문화연구원, 2003, 42쪽.

린이들에게 보여주고자 하는 세계이며 다시 세우고자 하는 세계이다.

둘째는 '내면 분열의 형상화'로 드러나는 소천의 자기 고백적 글쓰기 담론이다. 소천 개인의 고향으로의 회귀 욕망이 현실의 강고한 질서 속에서 갈등하고 불화하다가 종국에는 현실의 질서에 순응함으로써 자신의 욕망을 봉합하는 내용이다.

셋째는 '시대인식의 형상화'로 일제강점기와 1950년대를 바라보는 소천의 비판적 인식을 내포하는 담론이다.

세 가지 담론 양상을 추출하는 과정에서 몇 가지 연구 방법을 원용하였다. 가장 기본적으로는 작가 전기적 측면이다. 소천의 가계와 고향, 함흥 영생고등보통학교 졸업 후 미둔리 주일학교 교사 시절과 월남 이후 남한에서의 활동과 생활, 1950년대 아동문단에서의 위치 등은 소천의 동화문학 전반에 큰 영향을 미친다. 이러한 소천의 생애와 문학과의 관계를 주시하며 작품을 분석하고자 했다. 그러나 주지하다시피 월남인의 월남 이전의 삶은 대체로 베일에 싸여 있어 심도 있는 규명이 어렵다. 소천의 경우도 마찬가지인데 때마침 박덕규의『강소천 평전』이 나와 많은 도움이 되었다. 특히 2장 소천 문학의 배경으로서의 '문학적 성장과 확장'은『강소천 평전』에 많은 빚을 지고 있다.

둘째, 문학이 한 사회의 산물이면서 동시에 그 사회를 넘어서는 것이라고 할 때, 문학은 그 사회의 특수성과 그 사회를 넘어서는 보편성을 획득해야 한다. 그 사회의 특수성은 그 사회가 위치하는 시공간에서의 특수한 성질을 의미한다. 그 사회를 넘어서는 보편성은 그 사회와 다른 시공간의 사회를 관통하는 공통의 성질을 말한다. 그렇다면 문학의 해석은 이 시공간에 대한 해석 없이는 이루어질 수 없다. 소천은 일제강점기에서부터 해방기를 거쳐 1960년대 초까지 한반도라는 시대 환경 속에서 살았다. 그의 작품은 이 시공간의 산물이다. 그러므로 일제강점기부터 1960년대 초기까지 우리 사회의 역사적 배경을 충실히 살펴 그 사회 속에서 소천의 작품이 내포하는 의미와 그러한 의미를 낳게 한 사회 구조 등을 고찰하고자 했다. 이러한 관점은 특히 '내면 분열의 형상화'와 '시대 인식의 형상화' 담론을 추출하고 분석하는 데 주요한 관점을 제공했다.

셋째, 같은 시공간에 살았다고 해도 개인의 체험은 다를 수밖에 없다. 더구나 작가는 그가 살아낸 시공간의 체험을 가공한다. 특히 소천의 경우 자신의 체험이 그의 문학을 빚어냈다고 해도 과언이 아닐 만큼 작품과 개인사가 농밀하게 엮인다. 심리 분석적 측면에서 그의 작품에 나타나는 특이한 기표들과 작품에 내포된 그의 개인사를 면밀히 탐색했다. 이와 같은 측면은 주로 3장 2절, '내면 분열의 형상화'에서 고찰되는데, 이러한 고찰로써 소천 개인의 참담한 내면 풍경을 마주하며 작품 이해에 한층 가까이 갈 수 있었다. 또한 이와 같은 개인사적 상황은 소천이 1950년대를 비판적으로 인식하는 계기로도 작용했다.

소천 동화문학에 나타나는 담론 내용은 담론 형식을 통해 구현된다. 4장에서 담론 내용을 구현하는 형식적 측면을 인물, 구성, 서술 전략의 관점에서 살폈다. 4장의 분석은 나병철의 시점과 서술 이론에 빚지고 있다. 나병철은 서구의 보편적 서사 이론을 바탕으로 우리 소설을 깊이 이해할 수 있는 소설론을 제시하는데, 시점과 서술을 화자시점 서술과 인물시점 서술, 1인칭 서술로 나누어 제안한다.[10] 소천 작품의 경우 '아

---

10   나병철, 『소설의 이해』, 문예출판사, 2006.

버지의 말'로 형상화되는 세계는 주로 화자시점 서술이 이용되는데, 특히 '사회적 아버지'가 그리는 세계에서는 논평적 화자가 두드러진다는 특징이 있다. '내면 분열의 형상화'에서는 1인칭 서술이 두드러지며 '시대인식의 형상화'에서는 인물시점 서술과 복수초점화가 두드러진다는 특징이 있다. 3장을 통해 산출된 담론 내용들이 각기 일정한 담론 형식에 따라 견인되고 구축되었음은 4장을 통해 확인할 수 있다. 요컨대 4장은 3장의 논의의 타당성을 확보하면서 그의 동화문학이 일정 부분 미학성을 지니고 있음을 확인하는 것이다.

한 작가가 어떤 가치관을 형상화할 때 그 작가는 필연적으로 자신이 소속된 시대와 계층의 눈을 빌릴 수밖에 없다고 한다면, 중요한 것은 작가의 작품이 내포하는 의미를 찾아내는 것만이 아니라 그것을 가능하게 한 숨은 구조와 그 의미의 한계를 찾아내는 것이다.[11] 소천의 동화문학도 이 같은 맥락에서 살펴보아야 한다. 따라서 이 책은 어떤 일면적 고찰로서 소천과 소천의 동화문학을 바라보던 관점에서 벗어나 일제강점기에서 1950년대라는 격동의 시대사 속에서 그와 그의 작품을 입체적으로 보고자 한다. 소천 동화 전체를 구체적으로 살펴 그가 개진한 담론 체계를 제시하고 그의 동화문학을 당대적 맥락에서 재구성하는 일이 소천 동화문학에 대한 편향적 평가를 극복할 수 있는 길이기 때문이다.

---

11   김치수, 『문학사회학을 위하여』, 문학과지성사, 1988, 18쪽.

3. 그동안의 논의들

2015년 소천 탄생 100주년을 맞았다. 이를 기념하기 위해 소천의 삶과 문학을 근대 한국의 역사적 변동을 집약한 것으로 보며 그의 삶을 치밀하게 추적한 박덕규의 『강소천 평전』(교학사, 2015)이 출간되었고 논문집 『강소천』(김종회·김용희 편, 새미, 2015)이 출간되었다. 그러나 아직까지 소천과 그의 작품에 대한 연구는 충분치 않다. 해방으로부터 월남하기까지의 행적이 제대로 밝혀지지 않았고 미발굴된 작품이 상당히 있다고 추정되며 작품 연구도 양적으로도 질적으로도 빈약하다고 할 수밖에 없다.

소천 문학에 대한 지금까지의 연구물을 정리하면, 박사학위 논문으로 김수영의 「강소천 연구―트라우마와 애도를 중심으로」(건국대학교, 2016)와 박금숙의 「강소천 동화의 서지 및 개작 연구」(고려대학교, 2015)가 있다. 석사학위 논문으로는 동화 작품론이 9편[12] 있고, 소천의

---

12 남미영, 「강소천 연구」, 숙명여자대학교 대학원 석사학위 논문, 1980 ; 공선희, 「강소천 동화 연구」, 한국교원대학교 대학원 석사학위 논문, 1996 ; 함윤미, 「강소천 동화의 환상성 연구」, 단국대학교 대학원 석사학위 논문, 2005 ; 이선민,

작품과 다른 작가의 작품을 비교한 연구가 3편,[13] 특정 주제 아래 소천의 동화 일부를 포함한 연구가 10편[14] 있다.

학술 논문 및 평론으로는 소천의 전기적 측면에 초점을 맞춘 글[15]과

「강소천 동화 연구」, 부산교육대학교 대학원 석사학위 논문, 2006 ; 홍의정, 「강소천 동화 연구」, 한양대학교 대학원 석사학위 논문, 2006 ; 김수영, 「강소천 동화의 특성 연구」, 건국대학교 대학원 석사학위 논문, 2008 ; 김효진, 「강소천 동화 연구」, 성신여자대학교 대학원 석사학위 논문, 2009 ; 천희순, 「강소천의 장편동화 연구」, 고려대학교 대학원 석사학위 논문, 2012 ; 조윤정, 『강소천 장편동화의 인물유형 연구』, 경희대학교 대학원 석사학위 논문, 2014.

13 권영순, 「한국아동문학의 양면성 연구 : 강소천과 이원수의 소년소설을 중심으로」, 이화여자대학교 대학원 석사학위 논문, 1994 ; 차보금, 「강소천과 마해송 동화의 대비적 연구」, 연세대학교 교육대학원 석사학위 논문, 1994 ; 박영지, 「1950년대 판타지 동화 연구 – 이원수의 「꼬마 옥이」와 강소천의 「꿈을 찍는 사진관」을 중심으로」, 인하대학교 대학원 석사학위 논문, 2013 등

14 박상재, 「한국 창작동화에 나타난 환상성 연구」, 단국대학교 대학원 박사학위 논문, 1998 ; 김명희, 「한국동화의 환상성 연구」, 전주대학교 대학원 박사학위 논문, 1999 ; 김용희, 「한국 창작동화의 형성과정과 창작원리 연구」, 경희대학교 대학원 박사학위 논문, 2008 ; 정선혜, 「한국기독교 아동문학 연구」, 성신여자대학교 대학원 박사학위 논문, 2001 ; 선안나, 「1950년대 동화 아동소설 연구」, 성신여자대학교 대학원 박사학위 논문, 2006 ; 윤소희, 「한국 아동문학의 가족 서사 연구」, 중앙대학교 대학원 박사학위 논문, 2010 ; 조준호, 「한국 창작동화의 생명의식 연구 – 마해송, 강소천, 김요섭, 권정생, 정채봉의 동화를 중심으로」, 고려대학교 대학원 박사학위 논문, 2014.

15 김동리, 「강소천, 그 인간과 문학」, 『강소천 문학전집 5 대답 없는 메아리』, 문음사, 1981 ; 전택부, 「소천의 고향과 나」, 『강소천 문학전집 2 조그만 사진첩』, 문음사, 1981 ; 박창해, 「강소천 선생, 어린이와 함께 사신 문학가」, 『강소천 아동문학전집 3 그리운 얼굴』, 배영사, 1964[박금숙의 논문에는 "강소천 선생, 어린이와 함께 살아온 문학가」, 『강소천 아동문학전집』, 배영사, 1963"으로 기재하고 있어 바로잡는다(박금숙, 「강소천 동화의 서지 및 개작 연구」, 고려대학교 대학원 박사학위 논문, 2015, 11쪽). 이 글은 다시 교학사본 『강소천 아동문학전집 3 나는 겁쟁이다』(2006)에 박금숙이 기술한 제목으로 수록되어 있다. 이처럼 소천

소천 문학을 개괄한 글,[16] 동화를 분석한 글로 나눌 수 있다.

이들 중 주목할 만한 연구들을 살펴보면 먼저 소천 동화에 대한 본격적인 연구로서 선구적인 의의를 지니는 남미영의 논문을 들 수 있다. 남미영은 소천의 동화를 주제와 배경, 인간상, 방법론에 따라 분석하며 소천 동화 전반을 고찰하여 소천의 문학을 '효용의 문학'과 '꿈의 문학'이라고 규명한다. 소천 사후 끊임없이 제기되어왔던 '교육성'의 문제를 "한국 아동문학의 민족주의적 전통과 선도라는 시대적 요청", 그리고 소천의 개인사가 맞물려 이루어진 결과로 파악하여 소천의 작품에 대해 비교적 공정한 시각을 제시했다는 점에 의의가 있다. 그러나 문학작품의 분석을 통계적으로 처리했다는 점과 그 통계를 위한 기준으로 제

의 동화뿐만이 아니라 소천에 대한 글도 여러 차례 전집으로 간행되며 당시 상황에 따라 제목을 수정해서 혼란을 준다] ; 어효선, 「순진·솔직·엄격 : 강소천의 인간과 문학」, 『현대문학』 1963.6 ; 최태호, 「천부의 아동문학가(天賦의 兒童文學家) : 강소천의 인간과 문학」, 『현대문학』 1963.6[박금숙의 논문에는 「「천직의 아동문학가」」로 기술하고 있어 바로잡는다(박금숙, 앞의 글, 11쪽)] ; 서석규, 「어린이 헌장과 어깨동무 학교 – 강소천 선생의 어린이 문화 운동」, 『강소천 아동문학전집 7 잃어버렸던 나』, 교학사, 2006. 그 외 이종환, 「동심 그대로의 작가 : 강소천의 인간과 문학」, 『현대문학』 1963.6 ; 손소희, 「강소천씨와 나」, 『현대문학』 1963.6 ; 유경환, 「순진무구에의 꿈」, 『아동문학』 10집, 1964 ; 정원석, 「한 못난 제자의 회상」, 『강소천 문학전집 7 해바라기 피는 마을』, 문음사, 1981 ; 박경종, 「대보다 더 곧은 소천 형」, 『강소천 문학전집 12 짱구라는 아이』, 문음사, 1981 등이 있다. 이 글들의 제목의 변화와 2차, 3차 게재 지면을 부록에 따로 정리했다.

16 김요섭, 「바람의 시 구름의 동화」, 『아동문학』 10집, 1964 ; 최태호, 「소천의 문학 세계」, 『강소천 문학전집 4 꽃신 짓는 사람』, 문음사, 1981, 222~227쪽[이 글은 1963년 『아동문학』 5집에 실은 「소천의 문학」을 수정하며 소천의 문학 세계를 심층적으로 고찰한 것이라 할 수 있다] ; 이재철, 앞의 책.

시된 세부 항목이 적절한가 하는 점에서 한계가 있다.

　함윤미는 강소천 동화의 환상성을 고찰하며 환상의 기법과 기능을 분석한다. 환상의 표현 기법으로 꿈의 형식과 도구 활용, 의미 부여의 장치를 살펴보고 환상의 인식론적 기능으로 해방 기능, 윤리 기능, 유희 기능을 들고 있다. 그리하여 소천 동화에 나타난 환상은 "현실 극복 의지"라고 주장했다. 함윤미의 연구는 소천 동화에 나타난 환상의 기법과 기능을 심층적으로 고찰했다는 점에서 의미가 있다. 이선민은 소천의 장·단편 50편을 대상으로 주제, 구성, 문체를 고찰하여 소천의 작품세계를 밝힌다. 그는 소천 동화가 주제적 측면에서는 '수난에서 이루어진 사랑', '상실에서 얻은 희망', '꿈의 추구', '도덕적 교훈성' 등을 특징으로 하며 구성적 측면에서는 '순환의 구조', '상실과 회복의 구조', '변신의 구조'를 이루고 있다고 밝힌다. 또 문체에서는 '간결하고 유연한 문체', '시적 문장', '알레고리의 사용'을 그 특징으로 들고 있다. 이선민의 연구는 기존의 학위 논문에서는 다루어지지 않았던 소천 작품의 구성과 문체까지를 다루고 있다는 점에서 의의가 있다.

　박금숙은 강소천의 미발굴 작품들을 찾아내고 작품의 발표 연도와 발표지를 확인하는 등 소천 동화의 서지를 정비하고 개작 양상을 고찰했다. 작가의 끊임없는 개작과 사후 정밀하지 못한 출판 관행으로 어지러웠던 소천의 동화를 정비했다는 점에서 그 의의가 크다. 그러나 작품의 개작 양상 고찰에서 심층적인 분석이 이루어지지 않은 점은 그 한계라 하겠고 1장 2절에서 살핀 바와 같이 소천 동화의 최종본이자 정본을 배영사본으로 삼는 데에는 논란의 여지가 있다고 본다. 김수영의 연구는 유일한 작가론이라는 의미가 있으나 몇 가지 문제점이 보인다. 무엇보다도 소천의 삶과 작품이 라캉의 트라우마와 애도라는 개념으로 다 포섭될 수 없다는 점에서 김수영의 고찰은 마치 프로크루스테스의 침대처럼 소천의 삶과 작품을 재단했다는 혐의를 준다. 논문의 골격이 되는 소천 작품세계의 시기 구분도 문제가 된다. 특히 월남 이후 강소천의 문학세계를 작품 속에서 심리적 변화가 감지되는 시점을 기점으로 1기와 2기로 나누고 있는데 1기에 포함되는 1953년 하반기에서 1954년 전반기에 발표되는 작품들은 그녀의 구분대로라면 2기에 속하는 작품들이다. 정치하지 못한 분류는 작품에 대한 이해를 왜곡할 위험이 있다.

특정 주제 아래 소천과 다른 작가를 대비 고찰한 연구들은 소천과 다른 작가들의 대조를 기반으로 하기에 소천만의 특성을 파악하는 데는 한계가 있고 연구 대상 작품이 적어 일반화하기에도 무리가 따른다. 이 연구들 중 유의미한 것은 다음과 같다. 먼저 우리 동화에 나타나는 환상성을 고찰하며 소천의 동화를 다룬 연구 중 박상재는 한국 창작동화의 역사적 전개를 환상동화를 중심으로 고찰하며 환상의 개념을 "인간의 상상력이 빚어낸 문학의 총아로서 현실 속에 비현실의 이야기를 합리적 수단으로 끌어들여 불가능을 가능하게 이끄는 영원한 창조적 생명력"으로 정의하며 한국 창작동화에 내재된 환상성을 전승적, 몽환적, 매직적, 우의적, 시적, 심리적 환상으로 분류했다. 소천은 주로 매직적 환상을 구사했으나 저항의식이 적극적이지 못하고 소극적이라는 한계를 지니며 여러 상징적인 의미를 담고 있다고 고찰했다. 김명희는 동화 구성에서 나타나는 환상의 기능 고찰을 통해 한국 동화의 환상성을 연구했다. 그녀는 소천은 '꿈'의 형식을 창작 원리로 사용했고 소천 동화에 나타나는 '꿈'은 현실과 연계를 갖고 미래를 암시하고 밝혀주는 하나의 상징적인 기호로서 의미를 가진다고 평가했다. 김용희는 우리나라 창작동화의 형성 과정과 전개 양상을 고찰하며 마해송, 강소천, 김요섭 동화의 구성 원리를 추출했다. 그는 소천 동화에 나타나는 꿈의 역할에 주목하는데, 소천 동화 속의 꿈은 "미적이고 상징적인 화합을 통해 주관적인 내면성과 객관적 현실 사이의 근원적인 불일치를 해소하고, 자아와 세계의 단절된 관계를 회복하는 서정적 구조를 지닌다"고 했다. 그의 연구는 소천 동화의 일부 작품, 즉 꿈을 모티프로 하는 동화의 구성 원리를 깊이 해명한다는 데 그 의의가 있다. 그러나 이렇게 동화의 환상성을 연구하는 이들의 연구는 공통적으로 창작동화의 본질이 무엇인가 하는 문제에서 논란의 여지가 있다. 창작동화는 곧 환상이라는 도식으로 작품을 선별하기에 환상성을 지니지 않는 창작동화는 배제한 채 동화문학 전반을 평한다는 점에서 논란이 따른다.

그 외 다양한 주제 아래 소천의 제한된 작품을 다루고 있는 학위 논문 중 유의미한 연구는 다음과 같다. 정선혜는 한국 기독교 아동문학을 고찰하며 "강소천 동화의 창작 원리는 '꿈'을 통한 환상의 구축"이라고 하며 그 기저에는 "기독교적 소망, 즉 구원 의식"이 존재한다고 본다. 선안나는 "체험적 반공 의식을 자연스럽게 드러내"던 소천이 마지막 작품 (『그리운 메아리』)에 이르러서는 "동화의 형식을 빌려 자신의 소망과 분노, 좌절과 체념의 정서를 고스란히 담"아 반공이데올로기를 강하게 노출한다고 분석했다. 그러나 이러한 선안나의 평가는 반공 이데올로기라는 잣대 하나로 작품을 표피적으로 파악했다는 점에서 문제가 있다.

이 밖에 학술 논문 및 평론이 있는데 소천의 전기적 측면에 초점을 맞춘 글은 주로 그의 지인들이 쓴, 그와 함께 어려운 시기를 보낸 사람들의 글이 대부분이다. 대표적으로 김동리, 전택부, 박창해, 어효선, 최태호, 서석규 등의 글을 들 수 있다. 소천 문학 전반을 개괄한 글로는 김요섭과 최태호, 이재철의 글이 대표적이다. 김요섭은 소천 문학의 바탕은 동시 「조그만 하늘」에서 드러나듯 "약동하는 생명력"에 있었으나 분단의 비극을 겪으면서 그의 동화와 소년소설의 세계는 "그리움의 세계"로 변모했으며 그의 동화의 꿈은 "현실도피에 도움이 되는 꿈"이고 동화의 인물들은 착한 어린이라는 "유형화된 어린이상"을 양산했다고 평했다. 김요섭의 이러한 평가는 이후 소천의 문학이 회고적이며 현실도피의 문학이라는 부정적 평가의 근간이 된다. 최태호의 글은 소천의 작품을 해방 이전, 1951년 남하 후 1954년까지, 1955년 장편동화 시도 이후로 나누어 소천의 작품(시와 동화)을 살펴본다. 그리하여 그 특징을 "주관적인 동심 세계"의 표현이라고 말하며 "작품을 통해 자신의 구원을 어린이에게서 찾았"기에 그의 "작품 속 어린이는 언제나 그의 애정 밑에서 사회악과는 천리만리 떨어진 존재"가 되고 만다고 했다. 이러한 김요섭과 최태호의 평가는 동전의 양면과 같다. 김요섭은 본격문학의 측면에서, 최태호는 문학사회학적 측면에서 소천을 논하고 있는 것이다.

이재철은 '1930년대의 중요 작가들'을 논하는 자리에서 강소천의 산문문학을 세 시기로 구분하며 강소천의 초기작 「돌멩이」에 대해 최인학[17]의 평을 빌려 "시적 묘사와 짙은 예술성으로 거의 '상징동화의 절

---

17 최인학은 동화문학사를 다룬 첫 번째 학위 논문인 「동화의 특질과 발달과정 연구」를 발표하며 동화에 대한 기본적인 정의와 특성, 동화의 역사적 전개 과정을 정리했다. 최인학, 「동화의 특질과 발달과정 연구」, 경희대학교 대학원 박사학

정'"이라고 평가한다. 그러나 같은 「돌멩이」에 대해 '근대적 동화문학의 생성'을 논하는 자리에서는 "접속적인 구성", "1인칭의 사소설적인 수법" 등을 언급하며 "순수동화라 하기엔 미흡"한 "동화의 한 변형"으로 "「바위나리와 아기별」의 차원을 넘어서지 못했다"고 평한다. 반면 소천 동화의 교육성에 대해서는 독자 수용적인 측면에서 당시 그와 같은 동화문학이 필요했기 때문이라고 평한다. 또한 '1950년대의 작가들과 그 경향'을 논하면서는 "반공 일변도로 치닫고 있던 정부 당국의 의도와 일치"하여 "문학예술 작품이기보다 초등학교 교과서를 만들기 위한 자료로서 안성맞춤"인 작품을 생산하는 작가군에 강소천을 포함했다. 그런가 하면 1960년대 소천의 일련의 작품에 대해서는 "아름다운 환상적 감동을 불러일으켜 동화문단에 많은 영향력을 미쳤다"고 긍정적으로 평가하고 있다. 이러한 이재철의 평가는 일면 타당한 점이 있으나 소천 작품의 시기 분류에 대해 구체적인 기준을 설정하지 못했다는 점, 또 지면마다의 평가가 일관적이지 못하다는 점 등에서 문제가 있다.

소천 동화에 대한 연구물들 중에는 꿈과 환상에 대한 것[18]이 많고 그

위 논문, 1967.

18 남미영, 「꿈·고향·그리움−강소천 선생이 주고 가신 세계」, 『강소천 아동문학 전집 6 해바라기 피는 마을』, 교학사, 2006 ; 신헌재, 「한국 아동문학의 환상성 연구−Ⅰ」, 『아동문학연구』 제27호, 한국아동문학학회, 2014 ; 김자연, 「'꿈' 형식을 통한 강소천 동화의 환상세계」, 『강소천』, 새미, 2015 ; 장정희, 「분단 극복의 환상−1960년대 장편동화 「그리운 메아리」를 중심으로」, 위의 책 ; 최정원, 「판타지 동화인가, 동화의 판타지인가?」, 위의 책 ; 강은모, 「강소천 동화에 나타난 장자(莊子)사상−꿈을 소재로 한 작품을 중심으로」, 위의 책.

외에 교훈과 교육적인 측면에 초점을 맞춘 것[19]과 전쟁과 분단 체험 및 시대인식을 논하는 것[20], 서사 구조적 측면을 고찰하는 것[21], 기타[22] 등이 있다.

---

19 이원수, 「소천의 아동문학」, 『아동문학』 10집, 배영사, 1964 ; 박창해, 「소천 강선생의 생애와 아동문학」, 『봄동산 꽃동산』, 배영사, 1964 ; 하계덕, 「모랄의 긍정적 의미 : 강소천론」, 『현대문학』 1969년 15호 ; 이상현, 『아동문학강의』, 일지사, 1991 ; 박화목, 「강소천론」, 『아동문학』 창간호, 아동문학사, 1973.

20 조태봉, 「강소천 동화에 나타난 전쟁체험과 꿈의 상관성 연구」, 『한국문예창작』 6권 1호, 한국문예창작학회, 2007 ; 장영미, 「전후 아동소설 연구 — 『그리운 메아리』와 『메아리 소년』을 중심으로」, 『한국아동문학연구』 제22호, 한국아동문학학회, 2012 ; 장수경, 「강소천 동화에 나타나는 월남의식과 서사의 징환」, 『현대문학의 연구』 제48권, 한국문학연구학회, 2012 ; 장수경, 「강소천 전후 동화에 나타난 현실인식과 기독교의식」, 『비평문학』 제51권, 한국비평문학학회, 2014 ; 이은주, 「소천의 시대인식과 서사적 대응」, 『아동문학연구』 제29호, 한국아동문학학회, 2015 ; 이영미, 「남북한 아동문학 판타지의 통일담론 연구」, 『평화학연구』 16권 1호, 한국평화연구학회, 2015.

21 김용희, 「강소천 동화문학 재평가의 필요성」, 『한국아동문학연구』 제11호, 2005 ; 이종호, 「강소천 동화의 서사 전략 연구 — 단편 동화를 중심으로」, 『동화와번역』 제12집, 건국대 동화와번역연구소, 2006 ; 이종호, 「강소천 장편동화의 서사학적 연구 — 장편 동화 「해바라기 피는 마을」을 중심으로」, 『동화와번역』 제15집, 건국대 동화와번역연구소, 2008 ; 이은주, 「강소천 단편 사실동화 연구」, 『한국아동문학연구』 제28호, 한국아동문학학회, 2015.

22 장수경, 「해방 후 방정환전집과 강소천전집의 존재 양상」, 『아동청소년문학연구』 제14호, 아동청소년문학학회, 2014 ; 원종찬, 「강소천 소고 : 해방기 북한체제에서 발표된 동화와 동시」, 『아동청소년문학연구』 제13호, 아동청소년문학학회, 2013 ; 김종헌, 「해방 전후 북한체제에서의 강소천 아동문학 연구」, 『우리말글』 제64호, 우리말글학회, 2015 ; 마성은, 「북한에서 발표한 강소천의 소년시 · 동요」, 『북한연구학회 추계학술발표논문집』, 북한연구학회, 2012 ; 신정아, 「강소천 동화의 아동상과 교육관」, 『한국아동문학연구』 제27호, 한국아동문학학회, 2014 등.

꿈과 환상에 관한 고찰로 김용희의 글은 주목할 만하다. 그는 소천의 동화세계를 바르게 해명하는 일은 꿈의 상징성을 파악하는 일이라고 전제하며 소천의 꿈은 수난과 상실의 체험을 극복하는 방법으로 상징화된다고 한다. 구체적으로 소천의 동화에서 꿈은 새의 꿈을 통해 발현되는 자유의 정신, 어머니의 꿈을 통해 드러나는 희망의 정신, 변신의 꿈을 통해 자아와 세계를 새롭게 깨닫는 사랑의 정신으로 드러난다고 정리한다.

교훈과 교육적인 측면에 초점을 둔 글로는 이원수의 글을 들 수 있다. 이원수는 소천의 소년소설을 평가하며 "소위 한국적인 '교육적 아동문학'이란 주장이 나온 근원지"이며 "상업주의적인 통속물로서 아동들을 끌어가는 교량적 소임"을 한다고 평한다. 이원수의 이러한 평가는 김요섭의 평가와 함께 이후 소천 문학에 대한 부정적 평가의 근간을 제공한다.

전쟁과 분단 체험 및 시대인식을 논하는 대표적인 글로는 장수경과 이은주의 논문을 들 수 있다. 장수경은 「강소천 동화에 나타나는 월남의식과 서사의 징환」에서 소천의 월남 의식과 남한 내에서의 정체성 찾기를 소천의 작품과 관련지어 분석하여 소천의 문학이 "월남의 억압된 기억의 흔적과 속죄의 수단으로 작동했다"고 분석한다. 이어진 「강소천 전후 동화에 나타난 현실인식과 기독교의식」에서는 소천의 동화가 다소 긴장감이 떨어지고 서사의 균열이 발견되지만 승자의 관점이 아닌 패자의 시각에서, 현실에 대한 불안과 공포를 암시적으로 드러내려고 의도한다는 점에 주목을 요하며, 그의 작품 세계가 "비극적 인식을 통해 작가의 복합적인 내면을 반영하고 있다는 점에서 의미를 지닌다"고

했다. 이 두 편의 논문은 그동안 환상성, 교훈성, 반공성의 틀에서 논의되던 소천의 문학을 작가의 내면을 찾는 새로운 시도로 접근했다는 점에서 의미가 있다. 그러나 후자의 논문에서는 인용한 작품에 대한 오독이 보이며 무리한 일반화도 보인다.[23] 이은주의 논문은 『그리운 메아리』의 구성과 주제 등의 서사 구조적 측면과 당대를 바라보는 작가의 인식이 어떻게 맞물려 있는지를 분석 한다. 그녀는 『그리운 메아리』가 "변신 모티프와 꿈 형식을 도입한 허구 속의 허구라는 액자 구조를 이용하여 시대적 속박을 피해 통일 담론을 제기한다"는 결론에 이른다. 『그리운 메아리』에 대한 구체적인 분석이 부족한 상황에서 의미 있는 논문이다.

이상의 선행 연구를 살펴보면 소천과 소천 작품에 대한 연구가 주로 꿈과 환상에 대한 것으로 편중되어 있다는 점과 연구자에 따라 자신의 연구에 적절한 일부 텍스트를 다루고 있어 소천 동화문학 전체를 조감하는 데는 한계가 있다는 점이 가장 큰 문제점으로 드러난다. 이러한 까닭에 이 책에서는 소천이 타계할 때까지 출판한 동화(집)을 중심 텍스트로, 그가 많은 관심과 노력을 기울여 정선하던 중 타계한 배영사본과 교학사본을 보조 텍스트로 하여 소천 동화문학 전체를 조감하고자 한다.

---

23 장수경은 「강소천 전후 동화에 나타난 현실인식과 기독교의식」에서 「딱따구리」를 언급하며 "'나'는 새를 잡았다가 어린 딱따구리들이" 아빠 없는 새들이 될까봐 "잡았던 새도 다시 놓아 준다"고 했는데 이 작품에서 새를 잡는 이는 '나'가 아니라 '나'의 친구 희성이다. 또한 「무지개」에서 춘식의 이동 행보가 월남 직후 소천의 이동 행보와 유사한 면이 있다며 춘식이 당하는 불운을 '월남 아동'의 현실로 일반화하는 것도 무리가 있다고 보인다.

제2장

문학적 배경과 문학관

1. 문학적 성장과 확장

1) 가계(家系)와 고향의 영향

강소천(姜小泉)은 1915년 9월 16일(음력 8월 8일) 함경남도 고원군 수동면 미둔리 342번지에서 태어났다. 아버지 강석우와 어머니 허석운의 2남 4녀 중 둘째 아들이었다. 본명은 용률(龍律)이다. 형이 큰아버지의 양자로 입적(入籍)되어 호적상에는 장남으로 기재되어 있다.

소천이 태어난 고원군은 산이 웅장하고 들이 기름지며 물이 풍부해 물산이 풍요롭고 인심이 넉넉한 곳이었다. 고원의 미둔리는 강씨 집성촌이었다. 이곳에서 소천의 할아버지 강봉규는 마을 공동체의 어른으로서 과수원을 운영하여 넉넉한 살림을 일구었다. 「꾸러기라는 아이」나 『대답 없는 메아리』 등의 작품에는 미둔리에서 소천의 집이 어떤 일을 하였고 마을 내 입지가 어떠했는가가 잘 드러난다.

> 꾸러기네 집은 할아버지 때부터 무척 부자였어요. 논도 많고 밭도 많고, 그리고 널따란 과수원도 있었어요.
> 배, 사과, 복숭아, 감, 대추…… 없는 실과가 없어요.

x

x

x

과수원 뒤가 뺑 둘러 산, 산…… 병풍을 두른 것 같지요.

산에는 봄부터 철따라 예쁜 꽃이 피고, 과수원 앞으로 맑은 내가 흐르고, 내 건너 툭 터진 벌이 모두 꾸러기네 논밭이래요.

거기 집들이 여기저기 있는데, 이 마을 사람들은 누구 하나 이 꾸러기네 신세를 지지 않고 사는 사람은 한 사람도 없답니다. 직접 꾸러기네 논밭을 부치는 사람이 아니라도.[1]

「꾸러기라는 아이」 전반부에 나타나는 꾸러기의 집 설명은 그대로 소천의 집 설명이다. 현재 미국에 살고 있는 소천의 조카, 강경구가 기억하는 미둔리의 집이며[2] 전택부가 쓴 「소천의 고향과 나」나 소천의 수필에 나타나는 소천 고향의 풍광이다. 이렇게 고원군 미둔리의 강씨 마을 공동체는 소천의 할아버지를 중심으로 풍요로운 자연 속에서, 경제적 어려움 없이 자족적으로 꾸려졌다. 이 속에서 소천은 행복한 어린 시절을 보냈고 공동체의 삶이 뿌리 깊이 각인되었다. 월남 이후 그의 작품에 나타나는 공동체의 삶 지향은 이와 같은 어린 시절과 관계가 깊다고 볼 수 있다.

고원공립보통학교에 입학했을 때 소천은 11세였다. 이미 성경 공부로 한글을 배운 소천에게 학교 공부는 문제가 아니었다. 이 시기 소천은 여섯 살 위의 형님이 읽는 잡지며 단행본도 읽고 있었다. 소천의 수필 「잊혀지지 않는 4학년 때의 담임선생님」를 보면 소천이 보통학교의 문예작품 모집에서 매해 상을 받자 4학년 담임선생님이 소천에게 동요를 지어 잡지사에 보내라고 권유했다고 한다. 이 권유는 소천이 문학에

1   강소천, 「꾸러기라는 아이」, 『무지개』, 한국기독교서회, 1957, 132쪽.
2   박덕규, 『강소천 평전』, 교학사, 2015, 29~31쪽.

발을 내딛게 하는 계기가 되었다. 그러나 몇 번의 투고에도 불구하고 글은 게재되지 않았다. 이때 헌 잡지에서 동요 한 편을 찾아 자신의 이름으로 투고하여 게재가 되었으나 들통이 남으로써 더욱 노력하게 되었다는 일화(「나의 어렸을 때―남의 글을 도둑하던 이야기」)를 소개한다. 이 경험은 동화, 「남의 것 내 것」의 모티프가 되었다. 마침내 소천이 지면에 자신의 작품을 발표한 것은 보통학교 마지막 해인 1930년 16세 때였다. 동요「버드나무 열매」가 강용률이라는 이름으로『아이생활』에 게재된 것이다.

　동화「남의 것 내 것」이나 실제 소천 집안의 행사였던 할버지의 회갑연을 소재로 한「꾸러기라는 아이」에서 보듯 고향에서의 경험과 추억들은 소천 동화에서 주요 사건이나 모티프로 활용된다. 1954년 2월 16일『소년서울신문』에 실린「내 고향은 동화의 세계」에서 소천은 "「돌맹이」, 「박 송아지」같은 내 동화를 읽어보면 알겠지만, 내 작품은 거의 다 나를 길러준 아름답고 조용한 내 고향의 자연과 그 속에서 뛰놀던 나의 소년 시절의 추억들"이라고 고백한다. 이렇게 그리움의 대상으로 작품의 배경이 되던 고향은 휴전선의 확정과 남에서의 재혼이라는 역사적·개인적 분기점을 지나며 더 이상 갈 수 없는 곳이 되면서 변화한다. 고향의 풍광은 구체성이 사라진 채 묘사되고 '꾸러기 할아버지', '창덕이와 창덕이 아버지', '돌맹이와 돌맹이 아들 차돌이' 등으로 구체적인 가족 관계 속에서 설정되던 인물들도 가족 설정 없이 단독적인 인물로, 또 일반적인 명사를 이용하여 묘사된다. 1957년 출간한『무지개』에 실린「어떤 작곡가」에서는 배경은 구체적인 지명이나 설명 없이 "어느 깊은 산속에 아늑한 수풀"로 묘사되고 인물도 사나이, 작곡가, 아가

씨 등으로 일반적인 보통명사로 지칭된다. 같은 책에 실린 「인어」에서도 배경은 바닷가, 조용한 산속 등으로, 인물도 나, 우리, 아내 등의 호칭으로 구체성이 상실된 채 묘사된다. 이후 1958년 출간한 『인형의 꿈』에 실린 「파랑새의 봄」에서는 그런 경향이 더욱 강화된다. 이는 남북 대립 상황에서 북에 대한 그리움을 마음 놓고 말할 수 없는 현실이 가하는 심리적 억압을 반영한 것이다. 즉, 소천에게 북의 고향은 1950년 대 초반까지는 구체적 배경과 인물로 제시되다가, 1953~1954년 역사 적·개인적 분기점을 지나면서부터는 구체성이 결여된 채 일반적인 명 사로 형상화된다. 그러나 그의 마지막 출간작, 『그리운 메아리』에서만 은 예외적으로 1950년대 전반기와 마찬가지로 구체적으로 그려진다.

이렇게 현실과 그의 복잡한 내면의 결착 관계를 보여주는 고향은 작 품의 배경이 될 뿐만 아니라 소천의 평생 세계관 형성에도 작용한다. 스스로 지은 필명 소천(小泉)이 이를 보여준다. 이 필명은 고향 땅을 흐르는 천(川)과 관계된다. 묘향산을 근원으로 하는 용흥강(龍興江) 지류인 덕지강(德池江)은 고원의 중심으로 흘렀다. 1960년대 한 일간지의 기사 를 보면 예부터 이 덕지강으로부터 용흥강을 거슬러 오르는 연어는 임 금에게 진상할 정도로 유명한 명물이었다.[3] "德池江의 漁火! 이것은 高 原八景 中 하나이어서 一種의 勝景에만 고칠뿐 아니라 이 漁火가 휘날 니는 一面에는 鰊魚 鮭魚 등 生鮮의 銀鱗이 번득이는데서 한층 그 名勢 를 도두윗다"고 1930년대 또 다른 일간지는 전한다.[4] 신문에 날 정도로

---

3 「사냥(113) 묘향산편」, 『경향신문』, 1968.7.22.
4 「내 고향의 명산(名産)을 찾아서 고원연어 덕지강의 명산」, 『동아일보』, 1934.10.6.

풍요로웠던 덕지강의 한 지류에는 수동천이 있었고, 소천이 어린 시절을 보냈던 미둔리의 개울은 이 수동천으로 흘러 들어갔다. 그러니 소천이란, 용흥강에서 시작되어 덕지강, 수동천, 마을 앞개울을 거치는 가장 작은 개울이기도 하고, 이 작은 개울은 점점 더 큰 내를 거쳐 용흥강이라는 풍요로운 강줄기에 이르는 출발점을 뜻하기도 한다. 이 필명에 대한 그의 애착은 특별하여 한국전쟁 이후 본명으로 확정한다. 이는 그 필명 속에 자신의 세계관이 담겨 있는 까닭이다. 박덕규에 따르면, "소천은 小泉이 大泉이 되기 위해 쉬지 않고 가야 한다고 스스로를 낮추기도 했"고 "당장 눈앞에 크게 보이는 세상을 말하지 않고, 그 세상에 양분을 대는 뿌리를 생각했"다. 그리하여 소천의 "문학과 삶은 그 이름대로 '미둔리 앞뒷산 돌 틈 여기저기에서 솟아나오는 맑은 샘'으로 초지일관했다."[5] 요컨대 소천을 본명으로 확정한 것은, 이름 속에 담긴 자신의 세계관을 평생 지속시키고 싶어했음을 증거한다. 개명한 이름이 고향과 무관하지 않으니, 고향 산천은 소천의 영혼의 안식처로 기능했다고 할 수 있다.

고향과 더불어 소천의 삶과 작품에 영향을 끼친 것으로 기독교 정신을 들 수 있다. 소천에게 기독교란 문자 생활을 가능케 해준 매개체이기도 했다. 보통학교 입학 전 소천은 성경 공부를 하며 한글을 익혔다. 그리고 소천은 함흥 영생고등보통학교를 졸업하자 미둔리로 돌아와, 교회 주일학교에서 아이들에게 한글을 가르치고 동화를 들려주었다. 이 시절, 동시를 쓰던 소천은 처음으로 동화를 쓴다. 주일학교에서 만

---

5   박덕규, 앞의 책, 16~19쪽.

나는 아이들이 있었기에 동화작가 소천이 탄생할 수 있었다. 따라서 기독교는 소천과 동화를 이어준 매개물이기도 하고 이후 창작 활동에서 작품의 기저에 자리하는 핵심적인 가치관이기도 하다. 이러한 정신적인 토대는 할아버지가 있어 가능했다.

독실한 기독교 신자인 할아버지는 소천이 태어나기 4년 전에 미둔리에 교회를 설립하고 1대 장로가 되었다.[6] 할아버지는 강씨 집성촌인 미둔리에서 힘이 있는 문중 어른이었고 재력가였다. 할아버지는 마을 공동체의 지도적 인사답게 공동체를 유지하고 운영하는 데 실질적인 힘을 발휘했던 인물이다. 소천의 자전적인 성격을 가진 장편동화『대답 없는 메아리』에는 이러한 할아버지의 모습이 잘 드러나 있다.

> 예수를 믿지 않는 친척이나 동네 사람들은 젊은 장로에게 하루 바삐 딴 부인을 얻어 아들을 보도록 하라고 권했읍니다.
> 그러나, 할아버지 장로와 젊은 장로에겐 그런 소리가 모두 마귀의 꾀임이라고 밖에 안 들렸읍니다.
> 단 하나인 아기 희순이를 아들같이 잘 기르면 그만이라고 했읍니다.
> 희순이에게 재산을 쓸 만큼 물려주고 나머지는 불쌍한 사람들에게 나누어 주기도 하고, 교회와 학교를 위해 바쳐도 좋다고 했읍니다.[7]

동화 속 인물인 할아버지 장로는 소천의 친할아버지와 동일시된다. 젊은 장로는 소천의 큰아버지로 보인다. 큰아버지에게는 아들이 없어

---

6   위의 책, 29쪽.
7   강소천, 『대답 없는 메아리』, 대한기독교서회, 1960, 10쪽.

서 소천의 형을 아들로 입적했다. 큰아버지에게 딸이 있었는지는 자료의 부재로 확인할 수 없으나 남성 중심 사회에서 아들의 존재가 중요했지, 딸의 존재 여부는 중요하지 않았다. 때문에 위 서사에서 눈여겨볼 것은 손자 없음에 대처하는 할아버지의 태도이다. 손자를 얻기 위한 방책에 골몰하지 않고 손녀를 잘 키우는 데 애정을 쏟는다. 이와 유사한 태도는 이 작품에서 머슴의 아들인 동주를 손녀 희순이와 함께 교육시키는 장면에서도 나타난다. 이러한 할아버지의 태도는 성별이나 신분 구별 없이 인간을 두루 사랑한다는 기독교 정신에서 기인한다. '예수를 믿지 않는' 사람들이 손자를 얻으라고 권하지만, 할아버지 '장로'는 이를 거절하고 있는 것이다.

기독교 정신은 할아버지를 통해 소천에게 이어졌다. 소천의 작품에도 성별, 빈부, 계층 등과 무관하게 모든 아이를 내 아이같이 사랑하라는 사랑의 정신이 직·간접적으로 드러나 있다. 「종소리」, 「크리스마스 꼬까옷」, 「잃어버린 시계」 등 기독교적 분위기를 또렷하게 띠고 있는 작품들은 물론, 그렇지 않은 「꽃신」, 「눈물」, 「나는 겁쟁이다」 등에서도 아동뿐만이 아니라 모든 사람은 사랑받아야 할 대상이고, 더 나은 위치에 있는 사람이 낮은 위치에 있는 사람에 대해 관심을 갖고 배려해야 한다고 그린다. 이러한 사고가 기독교에 한정된 것은 아니나 소천의 사랑의 정신은 기독교에 젖줄을 대고 있다. 이 작품들을 놓고 박덕규는, "기독교의 가르침으로 세상을 평화롭게 할 수 있다는 종교적 신념이 강하게 반영"된 것으로 정리한다.[8] 요컨대 소천은 기독교를 통해 세상 평화를

1. 문학적 성장과 환경

---

8 박덕규, 앞의 책, 297쪽.

희원하는 가운데, 어린이들에 대한 사랑과 배려를 구체적인 실천 덕목으로 꼽았다고 할 수 있다.

이러한 소천의 기독교 정신은 공동체의 윤리를 구축하고 확장하는 일로 나아간다. 위 인용문에서 할아버지 장로는 희순이 쓸 만큼을 남기고 여타 재산은 다른 이나 교회, 학교 등에 기부하려 한다. 이 역시 미둔리의 장로였던 소천의 할아버지 행적이다. 할아버지가 공동체의 질서와 안위에 노력했던 것은 씨족 마을 공동체의 어른 노릇이기도 했지만, 기독인으로서의 실천적 자세이기도 했다. 소천은 할아버지의 이런 자세를 이어나가고자 자신의 작품에서 바람직한 공동체의 윤리 확립을 위한 발언을 꾸준히 이어갔다. 즉 기독교 정신은 그의 삶 전반을 지배하며 동화 전반에 내재해 있는 가치관으로 파악된다.

2) 동시에서 동화로 영역 확장

함흥 영생고등보통학교에 다니며 소천은 아동문학지에 꾸준히 작품을 투고했다. 고보에 입학하던 1931년부터 해마다 여러 잡지에서 그의 동시들을 수 편씩 찾아볼 수 있다. 그러나 1934년(고보 4학년)에는 그 전이나 후와는 달리 발표 작품이 1편에 그친다. 정확히 1934년 5월에 「달님얼골에」를 『아이생활』에 발표하고는 1935년 1월 22일에 「강아지신」을 『조선중앙일보』에 발표한다.[9] 이 두 편 사이 대략 8개월간 발표작

---

9   이동순, 「강소천 발굴 동요와 문학적 의미」, 『한국아동문학연구』 제30호, 한국아동문학회, 2016, 8쪽.

이 없다. 이 기간 그가 용정에 있었다고 볼 수 있다. 사실 용정에 가 있는 기간에 대해 혼란이 있다. 전택부에 따르면 1934년 겨울방학부터 1년 정도 간도에 머물다 돌아왔다고 하고,[10] 소천 자신의 회고에는 1935년인가 36년 외사촌 누이를 따라 용정에 갔었다고 한다.[11] 그러나 당시의 우편이나 여러 상황을 고려하면 그의 발표가 끊어진 이 기간 용정에 있었던 것으로 추정할 수 있다. 학업 도중의 용정행에 대한 사정은 친구 전택부의 글을 참고하면, 조선 학생들과 일본인 교사들 간의 갈등과 점점 수위를 높이던 한글 탄압이 그 원인이다. 용정에서 시간을 보낸 소천은 학교로 돌아온다. 이 부분도 논란이 있다. 전택부는 소천이 4학년 겨울방학에 집으로 돌아가 영영 학교로 돌아오지 않았다고 하나 소천의 자필 이력서(국립아동청소년도서관 소장)에는 1937년 학교를 졸업했다고 한다. 1936년 4월 영생고보 영어 교사로 부임한 후 1938년 12월 사임한 시인 백석은 1941년 소천의 동요시집 『호박꽃 초롱』(박문서관)에 권두시 「서시」를 쓴다. 이전에 교류가 없었던 백석과 소천이고 보면 이들의 인연은 백석의 부임 후 이루어졌을 것이다. 그렇다면 소천이 용정을 다녀온 후 다시 영생고보에 다니며 맺어진 인연으로 보인다.

1937년 고보를 졸업한 소천은 미둔리로 돌아온다. 미둔리에서는 할아버지의 커다란 그늘 아래에서 문학에 전념할 수 있었다. 소천은 미둔리 교회 즉 할아버지가 세운 교회 주일학교에서 교사 생활을 했다. 미둔리 교회의 주일학교는 이후 반듯한 학교로 독립하며 큰아버지 강찬

----

10   전택부, 「소천의 고향과 나」, 『강소천 아동문학전집 2 꽃신을 짓는 사람』, 교학사, 2006, 227쪽.

11   강소천, 「고국의 하늘과 '닭'」, 『동아일보』, 1963.5.7.

우가 학교장을 맡았다. 조카 강경구의 증언에 따르면 주일과 수요일 그는 아이들에게 국내외 동화뿐 아니라 직접 쓴 동화를 읽어주었다고 한다.[12] 여기서 소천 동화의 일면을 찾을 수 있다. 주일학교에서 아이들을 가르치는 일에 동화가 자연스레 동반되고 있었다는 점이다. 후일 소천의 동화가 아동 독자의 계도를 주요한 목표로 삼는 것은, 그의 동화 쓰기의 출발이 주일학교에서 이뤄졌다는 것과 무관하지 않을 것이다.

　성인이 된 소천에게 미둔리에서의 삶은 결과적으로 중요한 문학적 전환점을 갖게 했다. 동시를 썼던 소천이 동화로 자신의 문학 영역을 확장시켰던 것이다. 박목월, 윤동주 등 당대 시인들의 행보가 보여주듯 대개 동시로 출발했던 시인들은 성인을 대상으로 한 시 쓰기로 옮아가는 것이 일반적이었다. 이미 백석, 박목월 등과 교류하고 용정에서 윤동주를 만났던 소천이기에 가능한 일이었다. 그러나 소천은 그 길을 가지 않았다. 소천은 동화를 쓰게 된 연유에 대해 『동아일보』(1960.4.31)에 발표한 「동아일보와 나 「돌맹이」 이후」에서 다음과 같이 밝혔다.

　　　십 년 가까이 동요와 동시를 써 왔지만 나는 그것으로 만족하지
　　못하였다. 그때 정말 하고 싶은 많은 이야기가 있었기 때문이다.
　　　나는 동화를 써야겠다고 생각했다. 나는 일본사람들이 우리나라
　　를 빼앗은 이야기며 우리들이 고생하는 이야기를 써 보고 싶었다.

　위 인용문을 보면 소천이 동화를 쓰게 된 것은 동요와 동시로 쓰지 못하는 것을 쓸 수 있다는 기능적인 면에서 선택한 것이었다. 여기에는

12　박덕규, 앞의 책, 131쪽.

'알려주고자 하고 깨우쳐주고자 하는 의도'가 보인다. 이는 전술한 미둔리 주일학교에서 시작된 동화 쓰기의 목적과도 연결된다. 그러나 그보다 더 크게 작용한 것은 일본의 침탈, 그들의 무자비한 통치라는 시대적 정황이 소천으로 하여금 동화로까지 문학의 영역을 확장하게 한 것이다. 이처럼 소천 동화문학의 출발은 바로 현실에 대한 인식과 저항에서 비롯되었다. 소천 동화문학은 흔히 현실에 대한 응전 의식이 희미한 것으로 평가되어왔다. 더 나은 어린이들의 미래를 만들어야 한다는 아동문학인으로서의 강렬한 소명 의식을 시대적 당면 과제라고 생각하다 보니 뒤로 밀쳐져 있었을 뿐, 이에 무감했다거나 외면했던 작가라고 말할 수는 없다. 소천이 보여준 현실 고발적 작품들이 그 증거이다. 전체 동화에서 차지하는 비율이 많지 않으나, 이를 간과하고서는 소천 동화 세계를 온전하게 읽었다고 할 수 없다. 따라서 이에 대해서는 새로운 평가가 요청된다. 이에 대한 논의는 이 글 3장에서 깊이 있게 다룬다.

「돌멩이」[13]는 이러한 소천의 시대인식을 드러내며 이후 소천 동화의 기본적인 특성을 내포하고 있다는 점에서 중요한 작품이다. 그런데 이 작품의 발표와 관련해 주목할 부분이 있다. 1954년『강소천 소년문학선』(경진사, 1954)에 수록된 소천의 수필, 「잃어버린 동화의 주인공들」과 「후기」에 진술된 내용에 따르면, 소천은 1939년 겨울에 「돌멩이」를 써서 1940년『동아일보』에 발표했으며, 「돌멩이」를 쓰고 난 뒤에 결혼했다고 한다. 그러나 위의 1960년『동아일보』기사에는 "1938년 12월

---

13 「돌맹이」는 처음『동아일보』에 발표될 1939년 당시 표기이다. 앞으로 돌멩이 표기는 인용일 경우 당시 표기 그대로, 그렇지 않을 경우 현재의 표기로 고쳐 쓴다.

나는 세편의 동화를 써서 각 신문사에 부쳤다." 그러나 떨어지고 "그 뒤 내가 보낸 「돌맹이」라는 동화가 『동아일보』에 그냥 발표된 것이다. 얼마 뒤에 원고료와 또 작품을 보내달라는 원고청탁서가 함께 왔다"고 기술하고 있다. 둘 다 소천의 진술이지만 「돌맹이」의 창작 연도가 다르다는 문제를 남긴다. 『동아일보』에서 확인하면, 1939년 2월 5일부터 9일까지 5회에 걸쳐 「돌멩이 Ⅰ」이 『동아일보』 석간에 연재되었고, 「돌멩이 Ⅱ」는 같은 해 9월 13일부터 18일까지(9월 14일은 연재되지 않았다) 5회에 걸쳐 『동아일보』 석간에 연재되었다. 그러므로 두 번째 기억이 맞다.

소천의 기억에 이런 혼선이 빚어진 것은 「돌멩이 Ⅰ」과 「돌멩이 Ⅱ」를 구분하지 않은 결과일 수 있다. 그러나 한편 1954년 소천의 정황 때문일 수도 있다. 1950년 가족을 두고 월남했던 소천에게 1953년 7월에 확정된 휴전선은 고향과 가족에게 돌아갈 수 없다는 충격적인 선고였다. 포기와 단념 그리고 실의를 소천은 새로운 결혼으로 극복해나갔다고 보이는데, 이 결혼이 1954년 초였다. 어쩔 수 없이 삶의 전환점을 찍는 상태에서 소천 내부의 혼돈이 기억의 오류를 불러왔을 수 있다. 이는 1954년 발표된 작품들에서 분열적 양상이 드러나는 것과 같은 맥락에서 볼 수 있다. 반면 1960년의 진술은 시간이 흐르며 내부의 혼돈이 어느 정도 안정된 결과일 것이다.

「돌멩이」의 창작 시기를 좀 더 자세히 살펴야 할 이유는 「돌멩이」를 쓰고 난 뒤에 결혼을 했다는 진술 때문이다. 현재 이북에서의 소천의 행적을 알려주는 자료는 거의 남아 있지 않다. 첫 결혼에 대해서도 알기 어렵다. 때문에 「돌멩이」 창작과 관련된 뒷이야기 끝에 나온 결혼에 대한 진술은 중요하게 다가온다. 「돌멩이 Ⅰ」의 창작은 1938년 하반기 겨울이다. 이 작품을 쓰고 결혼을 했을 수 있다. 그러나 1939년 가을 「돌멩이 Ⅱ」를 쓰고 이어지는 겨울에 결혼을 했을 수도 있다. 어느 것 이 정확한 사실인지는 단언하기 어렵다. 정리하자면, 소천의 첫 결혼은 1938년 하반기 겨울부터 1939년 초 어느 무렵이거나, 아니면 1939년 하반기 겨울로 짐작된다.[14]

북에 남겨둔 자녀에 대해서도 구체적으로 알려진 바는 없다. 다만 소 천의 수필과 작품에서 조심스레 추측해볼 수는 있다. 수필 「잃어버린 동화의 주인공들」에는 다음과 같은 언급이 나온다. "그 뒤 나는 결혼하 여 아기의 아버지가 되었다. 그러니까 자연 내 동화의 주인공들은 내 아이들이 되어버렸다. 해가 거듭할수록 동화의 주인공들이 불어갔다. 웅이, 송이, 영이, 순이. 한 형제들이라 해도 그 성격들은 모두 달랐다. ……그러니깐 어떤 이야기를 쓰려면 그 이야기의 알맞을 성격을 가진 아이 하나를 정하면 된다. 몇째 놈이 좋을거라고 정해버리면 이름도 그 놈의 이름을 그대로 쓴다."[15] 이로 보건데 소천의 자녀 이름은 위와 같 이 웅이, 송이, 영이, 순이라고 볼 수 있다. 소천의 말처럼 작품 속에 위 의 이름들은 높은 빈도로 나타난다. 작가 대변적 화자가 서술하는 「꿈 을 파는 집」에서도 이 이름들이 나타난다. 그런데 꿈과 바꾸는 사진에 는 세 아이만 언급된다. 수필 「세월」에는 "내가 떠날 때 돐밖에 안 된 아

---

14   소천의 첫 결혼에 대한 연구자들의 의견도 분분하다. 김용희는 그의 박사학위 논문(137쪽)에서 1939년 결혼했다고 한다. 박금숙은 박사학위 논문에서 전택부 의 전언을 근거로 소천이 용정에서 돌아온 후인 1936년 즈음이라고 한다.

15   강소천, 「잃어버린 동화의 주인공들」, 『강소천 소년문학선』, 경진사, 1954, 222쪽.

이는 이 아비의 모습을 통 모를 게 아닌가?"[16]라고 안타까워하는 구절
이 나온다. 그렇다면 「꿈을 파는 집」에서 사진 속에 세 아이밖에 없는
것은 막내가 돌밖에 안 되어 사진이 없기 때문일 수 있다.

『동아일보』를 통해 1937년에 「재봉 선생」, 1939년에 「돌멩이 Ⅰ」, 「돌
멩이 Ⅱ」 등의 동화를 발표했지만 소천은 신춘문예에 재도전하여 「전등
불의 이야기」로 1940년 『매일신보』 신춘현상공모 동화 작품 부문에 당
선한다. 이해 장편동화 「희성이와 두 아들」을 『아이생활』에 연재한다.
1941년은 동요시집 『호박꽃 초롱』을 간행한 해이다. 아울러 『만선일보』
에 동화 「허공다리」를 발표하는 등 1941년까지 모두 17편의 동화와 소
년소설을 발표한다.

소천은 미둔리에서 해방을 맞고 그해 11월 고원중학교 교사로 부임
한다. 1946년 6월에는 아동문학 재건운동을 함께하자는 고향 친구 유
관우의 제의를 받아들여 청진으로 이주하여 청진여자고급중학교 교사
를 맡는다. 그 뒤 1948년 9월부터 다음해 2월까지 청진제일고급중학
교 국어 교사로 근무한다. 그리고 1950년 12월 흥남 철수 때 소천은 월
남한다. 그동안 소천은 동화 「박 송아지」와 「정희와 그림자」를 썼고 5편
의 동요·동시를 발표한다. 안타깝게도 월남 이전에 썼던 「박 송아지」
는 찾을 수 없다. 다만 『강소천 소년문학선』 「후기」에서 소천이 "「박 송
아지」는 8·15해방 후에 쓴 것인데, 원고를 가지고 다니다가 잃어버리
고 월남하여 다시 쓴 것"이라고 밝혔다. 월남 전 발표한 동요·동시는
「가을 들에서」(『소년단』, 1949.8), 「자라는 소년」(『아동문학』 1949.6), 「나

---

16 강소천, 「세월」, 위의 책, 228쪽.

두 나두 크면은」(『아동문학』, 1949.12), 「둘이 둘이 마주 앉아」(『아동문학집』, 1950), 「야금의 불꽃은」(『아동문학집』, 1950)이다.

해방 직후 북한의 문단은 사상적 단일화가 상당히 느슨했다. 1946년에 일어난 '관서시인집 사건'과 '응향 사건' 같은 필화사건이 그 증거이다. 『관서시인집』(평양 : 인민문화사, 1946)은 해방 이후 북한에서 출판한 최초의 공동 시집으로 황순원, 김조규, 양명문 등의 시가 실렸다.[17] 『응향』(원산문학동맹, 1946)은 이중섭이 장정을 하고 강홍운, 구상, 박경수 등이 시를 실었다.[18] 이 시집 두 권에 대한 필화사건은 문학 영역에 북한식 사회주의 리얼리즘이 표방되기 시작한 것으로 볼 수 있다. 요컨대 이 사건들의 중요성은 "종래의 서정시 개념이 북한에서는 더 이상 존속할 수 없음을 밝"혔다는 데 있다.[19] 이 과정에서 두 시집에 각각 시를 실었던 황순원과 구상 등은 월남한다. 이러한 성인문학의 성격 만들기는 아동문학에까지 영향을 미쳐 1947년경 이른바 '아동문화사 사건'[20]이 발생한다. 원종찬에 따르면 이 사건은 "평양 아동문화사에서 발행하는 『어린 동무』와 『어린이신문』 및 단행본들의 계급적 성격을 문제 삼아 내부 '불순분자'를 제거하고 출판사 명칭을 바꾼 사건을 가리

17 유성호, 「해방 직후 북한 문단 형성기의 시적 형상-『관서시인집』을 중심으로」, 『인문학연구』 46권, 조선대학교 인문학연구원, 2013, 328~329쪽.
18 김윤식, 「해방후 남북한의 문화운동」, 『해방공간의 문학운동과 문학의 현실인식』, 한울총서 75, 1989, 27쪽.
19 위의 글, 27쪽.
20 '아동문화사 사건'은 '응향 사건'에 상응해서 원종찬이 명명한 용어이다(원종찬, 「북한 아동문단 성립기의 '아동문화사' 사건」, 『동화와 번역』 제20집, 동화와번역연구소, 2010, 11쪽).

킨다." 이 와중에 1946년 10월에는 북조선문학예술총연맹이 출범한다. 1947년 3월에는 당중앙상무위원회의 결성서인 「북조선에 있어서의 민주주의민족문화건설에 관하여」에서 긍정적 주인공과 혁명적 낭만주의에 기초한 교조적 사회주의 리얼리즘이 집약된 '고상한 민주주의'를 표방하며 북한 문학의 성격을 공고히 한다.[21] 1947년 12월에 발표한 북조선문학예술총동맹의 전문 분과 아동문학위원에 송창일, 노양근과 더불어 소천의 이름이 올라 있다.[22]

이 시기 소천이 쓴 「박 송아지」와 「정희와 그림자」(『아동문학』 창간호, 평양: 어린이신문사, 1947)는 북의 체제에서 보면 분명히 문제의 소지가 있는 작품이다. 당시 북의 체제가 중점을 두고 지도하던 문맹 퇴치와 현물세 납부 문제를 슬쩍 기입하고는 있지만 작품 전체는 있는 그대로의 아동을 보여주고 있기 때문이다. 월남 이후 반공치하의 남한에서 이 작품들은 다시 발표된다. 북에서 발표가 확인되는 동요·동시 다섯 편 중에서도 세 편은 남에서 일부 수정을 거쳐 다시 발표한다.[23] 그렇다면 이들, 동화와 세 편의 동요·동시는 사상적으로 문제가 없다는 말이 된다. 나머지 두 작품, 「나두 나두 크면은」과 「야금의 불꽃은」 역시 앞의 작품들보다는 북한 체제의 요청과 더 밀착되어 있지만 그보다는 아동의 호기심과 동경이 더욱 크게 드러난다. 때문에 원종찬은 "강소천이

---

21   유성호, 앞의 글, 345쪽.

22   원종찬, 앞의 글, 10쪽.

23   「가을 들에서」→「가을 뜰에서」, 「자라는 조선」→「자라는 나무」, 「둘이 둘이 마주앉아」→「1학년」으로 큰 틀은 그대로 유지한 채 일부 수정을 거쳐 다시 발표한다.

해방기 북한체제에서 발표한 동화와 동시들은 직간접으로 당의 정책과 관련된 내용들이다. 그러나 당시 북한의 실정에 입각해서 바라본다면, 그는 '당의 문학'으로부터 많이 벗어난 창작활동을 벌인 편이다. 북한 체제에서의 강소천은 이른바 '정치권력의 나팔수'가 되기보다는 아이들이 공감할 만한 인물과 서정적 자아를 작품에 그려 보이고자 힘썼다고 할 수 있다"[24]고 평한다. "아이들이 공감할 만한 인물과 서정적 자아"는 소천 동화의 한 특징이다. 그렇다면 월남 전 북한 체제에서의 동화 작품은 강점기 작품과 월남 후 작품의 연결선상의 한 지점으로 해석해도 무리가 없다. 이는 원종찬이 지적한 대로 6·25 이전까지 북의 체제의 강제가 성인문단과 달리 엄격하지 않았기에 소천은 자신의 문학적 지향을 그대로 유지할 수 있었을 것으로 보인다. 소천이 북의 요청이 강화될수록 사상성이 쉽게 드러나는 동화보다는 동요나 동시를 발표하였던 것도 같은 이유로 보인다. 그러나 그 무엇보다도 기독교도이며 지주 계급이라는 소천의 태생적인 습성이 북의 요구와는 맞지 않았기에 그의 문학적 지향이 연속성을 가질 수 있었다고 본다.

날로 도를 더해가는 사상적 억압 속에서 기독교도이자 지주 출신인 소천에게 앞날은 없었다. 이미 그들의 요구가 강해지면서 소천은 동화보다는 동요와 동시를 더 많이 발표하고 있었다. 동화를 쓸 수 없었던 소천은 그간 써온 원고 뭉치만 보자기에 싸서 집을 떠나 흥남으로 갔다. 흥남 철수 작전이 진행되고 있었고 소천은 기적처럼 남으로 향하는 배에 몸을 실을 수 있었다. 1950년 12월 26일 새벽 소천은 거제도 장승

---

24 원종찬, 앞의 글, 30쪽.

포항에 내렸다. 함경남도 고원 출신의 36세 소천이 월남한 것이다. 소천이 해방 후 북한에서 발표했던 동화 작품은「정희와 그림자」로 확인되고 미발표 원고「박 송아지」가 있다.

3) 월남 이후 문학 활동

이북 출신의 실향민, 소천이 가진 것이라고는 입고 있는 옷과 원고 뭉치밖에 없었다. 거제도에서 소천은 산에 가서 나무를 해다 팔거나 행상으로 겨우 입에 풀칠을 하는 형편이었다. 어느 날 근처 초등학교 교장과 이야기를 하며 신분을 밝혔는데, 그 교장은 소천이 잡지에 발표한 글을 읽었다며 점심을 대접한다. 이 일로, 소천은 문학이 자신에게 어떤 의미인지를 다시금 체감했다. 몸은 거지꼴이었으나 자신의 작품은 대한민국 각지 사람들이 읽은 동시이고 동화였다. 이 경험은 소천이 자신이 할 일을 마치 천명처럼 받아들이게 하는 계기가 되었다. 소천은, 전쟁에 시달려 마음이 메마른 어린이들에게 꿈과 용기를 심어주겠다는 결심을 굳혔다.

이 일을 계기로 소천은 거제도 생활을 접고 부산으로 온다. 1951년 초 소천은 영생고보 동기생 박창해와 만난다. 연희전문에서 공부했던 박창해는 문교부장관 백낙준의 비서로 근무하고 있었다. 박창해의 주선으로 소천은 국군 정훈대대 772부대 문관으로 근무한다. 정훈부대의 주요 임무는 수복 지구에 들어가 적군의 죄악을 폭로하고 대한민국의 이념을 선전하는 일이었다. 소천은 대전까지 올라가 군인들에게 용기를 북돋고 지역민을 안심시키는 일을 했다. 이 일은 그에게 대한민국 국민으로 살아갈 현실적인 힘을 얻게 했다. 소천은 충남지구파견대에 근무할 때 대전의 지역신문에 「자라는 대한」이라는 동요를 발표한다. 이것을 당시 충남 진잠으로 피란 왔던 윤석중이 보고 찾아온다. 윤석중은 강점기 소천에게 지면을 마련해준 선배 동시인이다. 이 만남을 계기로 윤석중은 육군본부 심리작전과에 근무하게 된다. 당시를 회상하는 윤석중에 따르면, 소천은 그를 잠자던 방으로 안내해, 동시와 동화가 가득 적힌 손때 묻은 공책들을 보여주었다고 한다.[25] 남하 당시에 그가 챙긴 유일한 물건이 이 원고 뭉치였고, 거제도 피란민 수용소 생활에서도 수시로 손보았던 것이 이 원고였다.

772부대 근무로 신원이 확보되자 소천은 1951년 8월부터 부산 피란 정부의 문교부 편수국에서 초등학교 국어 교과서 편찬 및 심의위원으로 일하게 된다. 여기서 최태호와 인연을 맺는다. 최태호는 소천의 동시 「닭」을 읽고 깊은 인상을 받아 이를 국어 교과서에 게재토록 한 인물이다. 소천이 편수국에서 했던 일은 전쟁 중 학교에서 쓸 교재 만들기였다. 전쟁의 참혹한 상황 속에서 재미있으면서도 유익한 교과서가 필요했다. 게다가 당시 주적인 공산당을 반대하고 그들을 꺾고 통일을 이루어야 한다는 내용도 교과서를 통해 교육해야 했다. 여느 시대와 사회가 그렇듯 교과서는 체제 유지를 위한 기본 이념을 담보한다. 교과서에 요구되는 이러한 내용들을 소천은 매끄러운 문장의 이야기 형식으로 처리해나갔다.

편수국은 소천에게 자신의 생존과 안위를 보장하는 일터였을 뿐 아

---

25 박덕규, 앞의 책, 202쪽.

니라 달라진 환경 속에서 자신이 어떤 문학을 해야 하는가를 되새기는 곳이기도 했다. 이후 동화작가로서 그가 쓴 작품들이 계몽적·반공적 성향을 갖는 것은 남한 사회 정착기에 그가 담당했던 편수국에서의 일과 무관치 않다. 그러나 편수국 근무 이전에 소천의 동화 쓰기에는 계몽적 성격이 이미 내포되어 있었다. 미둔리에서 주일학교 교사를 할 때부터 소천은 아이들의 문맹을 깨치려는 계몽적 의도를 가지고 있었다. 또 "동화에다 나는 일본 사람들이 우리나라를 빼앗은 일이며 그 때문에 우리들이 고생하는 이야기를 써보고 싶었다"는「돌멩이」후일담에서도 '알려주고자 하고 깨우쳐주고자 하는 의도'가 보인다. 반공이데올로기 또한 이미 해방 공간 북한에서 체득하게 된 사상적 경향이었다. 이로 보건대 편수국 근무는 소천이 지니고 있던 계몽적·반공적 성향을 더욱 강화했던 것으로 볼 수 있다.

소천은 1953년 휴전 성립 후 서울에 정착한다. 이후 1963년 간암으로 작고할 때까지 대략 10년간 서울에서의 삶은 부산에서 구축한 삶의 기반을 발판으로 문학인, 생활인 그리고 어린이문화운동가라는 세 분야의 삶을 맹렬하게 펼쳐나간 것으로 정리된다.

문학인으로서의 그는 생활인과 아동문화운동가로서의 바쁜 삶을 살면서도 창작의 물꼬를 한 번도 중단한 적이 없었다. 1952년 피란지 부산에서 제1동화집『조그만 사진첩』출간 이후 1953년에는 제2동화집『꽃신』, 제3동화책으로 장편동화『진달래와 철쭉』을, 1954년에는 제4동화집『꿈을 찍는 사진관』과 동화, 동시, 동극, 수필을 담은『강소천 소년문학선』을 펴낸다. 1956년에 제5동화집『종소리』를 출간한 데 이어 1957년 제6동화집『무지개』, 1958년 제7동화집『인형의 꿈』, 1959년 동화선집『꾸러기와 몽당연필』을 펴냈다. 1960년 제8동화책으로 장편동화『대답 없는 메아리』, 1961년 동화동시 선집『강소천 아동문학독본』, 1962년『한국아동문학전집-강소천편』, 1963년 제9동화집『어머니의 초상화』를 출간하고 작고 4일 후 생애 마지막 작품『그리운 메아리』가 출간된다. 대략 일 년에 한 권 이상 펴낸 셈이다.

　문학인으로서 소천은 창작 활동 외에 연구 활동에도 주력했다. 1960년 그는 '아동문학연구회'를 발족시킨다. 여기에는 그의 오랜 지인인 박목월, 박창해(당시 연세대 교수), 최태호(당시 국립도서관장) 등이 함께했다. 아동문학연구회에서는 월례회를 열어 아동문학 각 장르의 창작론과 문제작과 신춘문예 당선작 합평, 그리고 등단 작가 초청 등의 활동을 벌였다. 소천은 연구회 활동을 통해 아동문학의 수준을 한 단계 올리고자 했다. 이러한 아동문학연구회의 활동은 1962년 부정기 간행물로 본격적으로 아동문학 이론을 다루는『아동문학』의 발간으로 이어진다. 이 잡지는 매호 아동문학의 현실을 진단하고 미래를 개척하는 주제로 심도 있는 지상 심포지엄을 여는 등 아동문학의 이론적 저변을 확대한 잡지로 평가된다. 앞의 연구회가 회원들 중심의 활동이었다면『아동문학』은 아동문학가뿐만이 아니라 독자 대중과 함께 연구의 내용을 공유하고 소통하며 관련 담론을 창출시킬 수 있었다는 점에서 중요하다. 이러한 아동문학 연구의 필요성은 대학에서의 강의와 연관된다 하겠다. 소천은 처음으로 대학에서 아동문학 강의를 개설하고 강의했다. 1958년 한국보육대학교를 시작으로 1959년 이화여대, 1960년 연세대학교에서의 아동문학 강의는 창작 경험과 함께 아동문학 연구의 필요성을 절감하게 하는 계기가 되었다고 보인다. 이는 전술한 '아동문학연구회'의 발족으로 이어졌다. 더불어 1960년 계몽사에서 간행한『소년소녀 세계문학전집』기획을 그가 전담했다는 사실도 언급해야 한다. 소천이 기획한 이 전집은 당시 출판계에서 기록적인 반응을 일으키며, 향후 한국 아동문학 시장에 큰 자극을 주었던 일로 평가된다. 창작과 연구, 강의, 그리고 전집 기획 등의 이 모든 일을 소천은 아동문학인으로서의 강한 소명의식으로 감당했다. 이 소명의식이 그를 1950년대를 대표하는 아동문학인으로 자리매김하는 데 있어서 가장 큰 요인이라고 할 수 있다.

생활인으로서 소천은『어린이 다이제스트』주간(1952.7~ 1954.2)을 거쳐『새벗』주간(1955.8~1960.1)으로 일했다. 그러는 동안 문교부 교과용 도서편찬심의위원, 문교부 우량아동도서선정위원 등의 일을 한다.

다양한 아동문화운동가로서 소천의 활동으로 '어린이헌장'의 제정·공포와 관련된 일을 기술해야 한다. 소천은 소파 방정환이 1923년 제정했던 어린이날의 기본 정신을 승계하여 우리나라 최초로 '어린이헌장'을 만드는 데 앞장섰다. 그의 주도로 시작되었던 어린이헌장은 1957년에 마침내 제정·공포되었다. 소천은 그간 다져온 풍부한 인맥과 추진력, 꼼꼼함으로 이 일을 성사시켰다. 1960년『새벗』주간에서 물러난 이후 소천은 어린이 독자와의 만남에 발 벗고 나섰다. 먼 곳의 초등학교라도 마다하지 않고 찾아가 글짓기 수업을 진행했다. 또 도시 학교와 외딴섬·두메 학교의 자매결연 운동, '어깨동무학교' 운동에도 적극 참여했다. 사회적으로 배려받지 못하는 어린이가 없게 하려는 그의 의지의 발로였다.

이렇게 소천은 문학인으로서, 생활인으로서, 아동문화운동가로서 그에게 주어지는 일뿐만 아니라 어린이와 관계된 일은 찾아서 앞장섰다. 이는 소천에게 한 사회의 어른, 아버지로서의 자각이 있었음을 말해준다. 이러한 인식은 미둔리에서 할아버지가 마을 공동체를 이끌어나가는 것을 보고 자라며 배태된 것이라고 볼 수 있다. 그러나 그보다 더 중요하게 작용한 것은 자신이 직접 돌볼 수 없는 북의 자녀들을 위한 근본적이면서도 초월적인 애정에 기인한다. 소천의 다음과 같은 말은 이러한 판단에 근거를 제공한다.

> 이 아빠는 너희들을 생각하는 시간을 모두 수많은 이 땅의 어린이들에게 바쳐 버리려 애썼다. 문득문득 너희들 생각이 날 때마다 이 아빠는 한편의 동화를 썼고 한편의 노래를 지었다.[26]
>
> 언제인가 나는 골목길에서, 이북에 두고 온 내 아이와 모습이 흡사한 아이를 만난 적이 있다.
> 나는 달려들어 그 아이를 부둥켜 안고 싶은 행동을 느끼었다.[27]

위의 인용문들을 보면 월남 후 소천이 북에 두고 온 자녀들에 대한 그리움에서 한시도 자유로울 수 없었음을 간취할 수 있다. 소천은 자녀들을 생각하며 들려주고 싶은 이야기를 동화라는 매개를 통해 전하고 있다. 북의 자녀들을 대신해 "이 땅의 어린이들에게 바쳐 버리려 애썼다"

26 강소천, 「크리스마스 단상─이북의 아이들에게 부치는 편지」, 『스크랩북 1권』, 1952~1953.
27 강소천, 「세월」, 『강소천 소년문학선』, 227쪽.

는 진술은 그의 작품이 "잃어버린 것에서 더 큰 사랑을 찾아내는" [28] 선
의로 가득한 인물들을 그려내는 이유가 된다. 아울러 그의 엄청난 창작
양과 어린이와 관계된 일은 찾아서 앞장서려 한 활동들을 이해하는 근
거가 된다. 아버지가 부재한 채 자라날 북에 있는 자신의 아이들, 그리
고 부모 잃은 이 땅의 수많은 어린이들에게 아버지로서, 또 한 사회의
성인으로서 그가 하는 말은 개인적 아버지의 말이면서 동시에 그 사회
의 윤리와 질서를 관장하는 사회적 아버지의 말이 된다. 다시 말해, 소
천의 동화는 북의 자녀든, 남의 어린이든, 불우한 시대의 모든 어린이
들이 미래 사회의 일원으로 건강하고 밝게 성장하기를 바라는 개인적
또 사회적 아버지로서 전하는 소천의 메시지라고 볼 수 있다.

　지친 몸은 그에게 휴식을 호소하였다. 1961년 소천은 위암 수술을 받
는다. 장기려 박사의 집도로 위암의 질곡은 건널 수 있었다. 회복 후 소
천은 다시 작품을 발표하고, 문단에서 주요직을 맡고, 아동문학 이론
지인 『아동문학』을 발간하는 등 다양한 일들을 해나갔다. 1963년 두 번
째 병원 신세를 진다. 이번에는 간암이었다. 암은 상당히 진행되어 있
었다. 소천은 복수를 빼내는 약의 도착을 기다리지 못하고 마지막 눈을
감았다. 어린이날 다음 날인 5월 6일의 일이었다.

4) 문학사에서의 위치

　아동문학가로서 소천의 행적이 문학사적 지형 속에서 어느 위치에

28　박목월, 「해설」, 『강소천 아동문학독본』, 을유문화사, 1961, 6쪽.

있는지 살펴야 그에 대한 온전한 이해와 평가가 가능할 것이다. 동화작가로서 소천의 활약은 1950년대로 집약된다. 1950년대를 이해하려면 직전의 역사적 시기인 해방 정국 때부터 살펴야 할 것이다.

해방 정국에서 좌우익의 헤게모니 다툼은 치열했다. 문단도 예외가 아니었는데, 해방 정국의 문단은 '조선문필가동맹'(1946)과 '전조선문필가협회'(1946)로 분열된다. 그런데 '전조선문필가협회'가 광범위한 문인들의 집단으로, 구체적인 문학 활동을 하기 어렵다고 판단한 소장파 순수 문인들은 따로 모임을 만든다. 이들이 만든 것이 '청년문학가협회'(1946, 약칭 청협)이다. '청협'의 대표적인 인사는 김동리, 최태응, 조지훈, 조연현, 서정주, 박목월 등이다. 1948년 정부 수립 후 '조선문필가동맹'은 불법으로 해체되고 여순사건을 계기로 문단 내 자유 진영 중심의 세력이 형성되어 새롭게 '한국문학가협회'(1949)가 발족된다. 박종화, 김동리, 조연현, 서정주, 황순원 등이 중심 세력을 형성하였는데, 여기에 공인된 모든 문인을 회원으로 받아들여 우익 진영 문단의 단일화를 이룬다. 그러나 1954년 대한민국예술원을 둘러싼 갈등을 계기로 '한국자유문학자협회'(1955)가 따로 출범하였다. 그러나 1961년 5·16 직후 사회단체 통폐합 조치에 따라 '한국문학가협회'와 '한국자유문학자협회'를 통합하여 '한국문인협회'(1961)를 이루어 현재까지 활동하고 있다. 한편 1974년 문인간첩단사건을 계기로 유신 반대 운동을 전개하던 고은, 백낙청, 염무웅, 신경림 등의 문인들 중심으로 '자유실천문인협회'(1974)라는 새로운 구심체가 등장하여 '한국문인협회'에서 분리되었다. '자유실천문인협회'는 1987년 '민족문학작가회의'라고 개칭한 뒤 2007년 '한국작가회의'로 다시 개칭하여 오늘에 이르고 있다.

해방 정국에서 남한 문단은 좌익 문사들에게 헤게모니가 선점당한 상황이었다. 이때 조연현과 김동리에 의해 순수문학론이 대두되어 전쟁 이후 지배적인 문학관으로 자리 잡는다.[29] 그 과정에서 선봉에 선 김동리를 중심으로 우익 문단은 재편된다. 1950년대 제1공화국은 사회는 물론 개인의 의식마저 반공 규율로 통제했다. 이런 사회 분위기에서 문단의 주류적 담론이었던 '순수문학은 민족문학'이라는 논리로 격상된다. 1950년대 '공산=폭력=비민족, 반공=애국=민족'이라는 등식은 의심의 여지가 없었고 이러한 논리가 1950년대 지속적으로 순수문학론을 통해 이론화되었다. '순수'라는 문학 이념은 반공주의 자장 안에서 1950년대에 강력한 정치적 권력을 행사한다.[30] 그 중심에는 김동리가 있었다.

해방 정국에서 아동문단의 중심인물은 윤석중, 마해송, 이주홍, 이원수, 김영일 등이다. 그런데 강점기의 청산과 반공 규율로 통제되던 1950년대 남한 사회에서 마해송, 이주홍, 이원수, 김영일은 입지가 좁아질 수밖에 없었다. 먼저 마해송과 김영일은 각각 일본에서의 잡지 발간과 일본 경찰이었던 전력으로 친일 부역의 혐의를 받았다. 이들은 더욱 적극적으로 반공주의를 받아들임으로써 위기를 타개해나갔다. 한편 이원수와 이주홍도 좌파적 경향으로 1950년대 아동문단의 주류에서 비켜나 있었다. 이원수는 서울에 남아 꾸준히 중앙문단과 교류를 해나간 반면 이주홍은 부산으로 옮겨 제2의 문학 인생을 펼쳐나갔다. 소파의

---

29 김동리, 「순수문학의 진위」, 『서울신문』, 1946.9.15 ; 김윤식, 『김동리와 그의 시대』, 민음사, 1995. 참조.

30 이충일, 「1950~1960년대 아동문학장의 형성과정 연구」, 단국대학교 박사학위논문, 2014, 16쪽.

애제자로 아동문단 초창기부터 문단의 주요 인물들과 두루 인연을 맺어온 인물이 윤석중이다. 그러나 노경수와 김제곤에 따르면 윤석중은 부친과 계모가 공산주의자였다는 것이 밝혀지며 상당한 부담감을 안게 되었지만 대구 육군본부 작전국 심리작전과에 근무하며 그 핸디캡을 벗어났다고 한다.[31] 그리고 환도 후 아동문단의 중심적인 인물이 된다.

　해방 정국에서 소천은 주요 인물이 아니었다.「닭」이 교과서에 실렸고 많은 작품을 신문과 잡지에 발표했다고는 하나 남한 사회에서 그는 변방의 시인에 불과했다. 그런 그가 1950년대 문단의 중심에 설 수 있었던 것은, 가장 기본적으로는 김동리가 간파했듯이, 문학적 뛰어남과 성실하고 부지런한 사람됨 덕분이었다.[32] 여기에 더해 월남 후 맺게 되는 박창해와 전택부로 이어지는 영생고보 인맥과 최태호, 김동리와의 인연의 힘이 그를 아동문단의 주류로 부각할 수 있게 작용했다. 전술한 바와 같이 부산에서 맺게 된 박창해와 최태호, 전택부와의 인연으로 소천은 불안한 월남민의 신분에서 벗어날 수 있었다. 문교부 편수관으로 근무한 덕분에 문교부 교과용 도서편찬심의위원에 위촉되는 등 교육계와 긴밀한 관계를 지속할 수 있었다. 또『어린이 다이제스트』에 이어『새벗』주간을 맡게 되면서 아동문단 문인들 사이에서 영향을 미칠 수 있는 위치에 설 수 있었다. 어효선이 소천의 청탁으로『새벗』에 실을 작품을 보냈을 때, 너무 슬픈 것을 썼다며 싣지 않고 그달에 다른 사람의

31　노경수,『윤석중 연구』, 청어람, 2010, 98~99쪽 ; 김제곤,『윤석중 연구』, 청동거울, 2013, 130쪽.

32　김동리,「강소천, 그 인간과 문학」,『강소천 문학전집 5 대답 없는 메아리』, 문음사, 1981, 228쪽.

작품이 실렸다고 했듯이,[33] 주간은 잡지의 방향은 물론이고 필진까지 좌지우지할 수 있는 자리인 까닭이다. 이러한 소천의 영향력은 당시 성인문단의 실세였던 김동리에게도 든든한 것이었다.

소천과 김동리의 인연은 임시 정부가 있던 부산에서 시작되었다. 1951년 가을, 편수국에 근무하던 소천은 당시 피란 문인들이 자주 모이는 창선동의 금강다방을 찾았다. 강점기의 펜팔 친구였던 손소희를 만나기 위해서였다. 이때 소천은 손소희와 결혼하게 될 김동리와 인연을 맺는다. 이 만남으로 김동리는 소천의 '북한 탈출기'를 바탕으로 단편 「흥남 철수」를 쓰기도 했고, 1952년 출간한 소천의 첫 동화집, 『조그만 사진첩』 출판 기념회 사회를 보기도 했다.[34] 『조그만 사진첩』 출판 기념회에는 박종화, 이헌구, 모윤숙, 한정동, 김영일 등 성인문학과 아동문학의 중심인물 26인이 참석했다.[35] 이때 참석자의 면면을 보며 김동리는 매우 놀라워했는데, 이 일을 계기로 소천을 눈여겨보게 되었다고 한다. 이렇게 시작된 김동리와의 인연은 1950년대 내내 서로에게 큰 힘이 되었다. 정부 수립 후 아동문인들은 '한국문학가협회' 아동문학분과에 소속되어 있었다. 1949년 윤석중은 '한국문학가협회' 초대 아동문학분과위원장에 피선되고 1951년 2차 총회에서 재선되어 1952년까지 위원장직을 맡는다. 당시는 "전쟁으로 문협의 모든 사업이 전무했던 시

33 어효선, 「호박꽃 초롱은 내 교과서」, 『강소천 아동문학전집 4 꾸러기와 몽당연필』, 교학사, 2006, 313쪽.

34 김동리, 「강소천, 그 인간과 문학」, 228쪽.

35 「조그만 사진첩 출판 기념회 개최」, 『경향신문』, 1952.9.25.

기"로 윤석중의 선임은 "상징적 의미가 한층 강했다"고 볼 수 있다.[36] 이 후 1953년에 분과위원장 자리가 소천에게 넘어오고 소천은 이후 8년간 유임한다. 이처럼 오랫동안 유임했다는 사실은 성인문단의 중심이었던 김동리와의 연관 관계에서 해석될 수 있는 부분이다. 김동리와의 밀착 은 이후 소천이 『아동문학』지를 발간할 때 김동리가 편집위원으로 참여 한 사실로 다시 확인된다.

한편 1954년 대한민국예술원을 둘러싼 갈등을 계기로 '한국자유문학 자협회'가 '한국문학가협회'로부터 분리된다. '한국자유문학자협회'도 아동문학분과를 두어 아동문인들이 소속되어 있었다. 1955년 분과위 원장에 마해송이 피선되고 1956년 정홍교, 1957년 이원수로 이어지나 1958년에서 1960년까지는 누가 맡았는지 알려져 있지 않다. 이 양 진 영의 단체가 구체적으로 어떤 일을 했는지도 뚜렷한 흔적이 없다. "아 동문학사에서 1950~1960년대 아동문학 단체에 대한 연구는 불모의 영 역으로 남아 있"기 때문이다.[37]

그러나 1954년 창립된 '한국아동문학회'는 독립적인 단체로 의미 가 있다. 형식적으로 '전국문화단체총연합회'(1947, 약칭 문총) 소속으 로 되어 있어 완전한 독립체라 보기에는 무리가 있지만 '한국문학가협 회'나 '한국자유문학자협회'의 분과와는 달리 독립되어 있는 단체였다. "1954년 창립멤버들은 회장에 한정동, 부회장에 김영일과 이원수, 그 외 윤석중과 강소천이 등이 참여"하고 있었다. 그러나 1955년 '문총'으

36 이충일, 앞의 논문, 46쪽.
37 위의 논문, 43쪽.

로부터 '자유문학자협회' 아동문학분과와 통폐합 권고가 있은 후부터 그 조직도가 선명히 드러나지 않는다. 분명한 것은 "윤석중과 강소천은 이 단체에 적극적으로 관여한 정황이 뚜렷"하게 나타나지 않는 점이다. 이 단체의 의의는 "해방 이후 최초의 선집인『현대한국아동문학선집』 (동국문화사, 1955)을 편찬하였고, 우량도서 선정, 아동문학 강좌 주최, 출판 기념회 등의 사업을 전개"해나갔다는 점이다.[38] 그런데 1950년대 말 소천의 언급을 보면 '한국아동문학회'가 부정적인 양상을 보인 것으로 파악된다.

> 韓國兒童文學會라는 團體가 있다. …(중략)… 몇해가야 작품 한 편 안 쓰는 會員이 있나 하면 兒童文學을 副業으로 하는 사람들이 많다. …(중략)… 그저 一年에 한回「감투」를 위해 總會를 모이는 것 같은 感밖에 주지않는會다. 회가계획한 회원들의 작품선집한 권을 못내는 회다. 하루바삐 감투싸움을버린 現役作家들이 하나로 뭉친 韓國兒童文學家協會가 發足되어야겠다.[39]

신문에 발표한 것으로 보이는 이 글에서 소천은 회에 이름만 걸어놓고 작품을 쓰지 않는 사람들, 부업 삼아 활동하는 사람들, 감투를 쓰고자 하는 사람들을 비판한다. 그러면서 대안을 모색한다. 이러한 대안은 곧 실천으로 옮겨진다. 소천이 박목월, 최태호, 박창해 등과 함께 '아동문학연구회'를 발족한 것이다. 이는 오랫동안 창작과 어린이문화 활동을 해오면서 아동문학의 이론적 연구의 절실함을 느꼈던 소천이 체계

---

38 위의 논문, 52~55쪽.
39 강소천,「올해에 미처 못한 말」,『스크랩북 12권』, 1959~1960.

적인 이론 연구를 실시하고자 했던 기획이다. 그리고 이 연구회는 본격적인 아동문학 이론지인『아동문학』의 창간으로 이어진다.

 이러한 행보 속에서 소천은 1950년대 아동문단의 중심적인 위치에 있었다. 이것이 가능했던 이유는 전술했듯이 소천의 사람됨과 문학가로서, 활동가로서의 역량, 그리고 그가 맺고 있던 인맥에 기인한다.

2. 아동관과 문학관

1) 아동관

아동문학은 어린이 독자를 전제로 성립되는 문학이다. 이는 아동문학을 창작하는 작가가 아동에 대한 일정한 관점을 자기 작품에 투영시키고 있음을 가리킨다. 아동문학 창작 과정에서 독자와 작품과의 관계를 의식하게 되는 순간, 아동문학가는 누구보다 진지하게 자신의 아동관 검토에 나서게 된다. 작가가 남긴 글이나 작품을 통해서 그의 아동관이 어떠한 것인지를 살피는 일은 중요하다. 어린이에 대한 이해가 어떤 것이었느냐에 따라 그 작가의 작품은 전혀 다른 궤적을 그리기 때문이다.

소천의 아동관은 크게 두 가지로 집약된다. 첫째는 동심주의 아동관이다. 아동을 순수하고 천진난만한 존재로 파악하는 것이다. 이는 1920년대 아동문학이 형성된 이래 아동문학가들이 유지해온 가장 대표적인 아동관이다. 소천을 비롯한 당대 아동문학가들 대다수가 이 아동관을 공유하고 있었다. 이들의 아동관은 원론적인 이해에서 출발한다. 소천

은 그들과 달리, 아동 세계로 들어가 있는 그대로의 아동을 파악하겠다
는 의지가 있었다. 소천이 아동을 지키고 보호하는 일에 행동으로 나섰
다는 것은 앞서 소천의 행적을 통해 지적했다. 이런 소천이기에 원론적
아동관을 추종하며 관념적으로 이해하는 이들을 '동심지상주의자'라고
지칭하며 그들과 자신을 구분하였다. 그리고 스스로 동심지상주의라는
이상화에 빠지는 일을 경계했다.

> 진정한 아동문학은 아동을 곁에서 바라보는 것이 아니오, 아동
> 속에 뛰어들어 그들의 바람을 만족시켜주며 키워 나가는 것이라
> 나는 믿는다.[40]

> 아동편에 서서 아동들의 기쁨과 즐거움과 원망(願望)과 슬픔을
> 그대로 받아들여, 오늘날 우리가 요구하는 뚜렷한 아동상을 보여
> 주는데 그 사명이 있다.[41]

"아동 속에 뛰어들어", "아동편에 서서" 아동을 있는 그대로 보겠다는
의지를 가지고 어린이에게 다가선다고, 아이들 자체를 파악할 수 있는
것은 아니다. 어른이 파악한 아이들 모습이란, 관찰하는 주체인 어른의
시선에 포착된 아이들의 모습일 뿐이다. 어른이 아이들을 파악하는 과

---

40 강소천, 「아동문학이란 무엇인가?─아동문학의 특수성」, 『아동문학』 제1집, 배
영사, 1962, 11쪽.
41 강소천, 「아동문학의 나아갈 길─작가가 좋은 작품을 생산하도록」, 『아동문학』
제4집, 배영사, 1963, 22쪽.

정에서 주로 주목하게 되는 건 어른과 구분되는 면모들이다. 때문에 소천이 본 있는 그대로의 아동이란, 결국 순수한 존재, 천진한 존재에서 크게 벗어나지 않는다. 요컨대 소천이 파악한 아이들이란 동심지상주의자들의 주장과 크게 다를 바 없다. 실제적으로 소천이 많은 단편동화에서 그리는 아동은 유희하고자 하는 본성에 충실하고 자기중심적이며 양껏 욕심을 부리면서도 순수하고 천진난만한 모습으로 나타난다. 그렇기에 일부 연구자들이 소천을 동심지상주의자로 평가하는 것을 그르다 할 수만은 없다. 그러나 원론적인 아동에 대한 이해와 아동 속에 뛰어들어 그들과 함께 호흡함으로써 얻어진 아동에 대한 이해는 구분하여 평가해야 한다. 소천이 "아동 속에 뛰어들어", "아동 편에 서서" 보는 있는 그대로의 아동의 모습은 주로 '개인적 아버지'가 그리는 세계에 나타난다.

소천의 두 번째 아동관은 전후 나라의 재건에 대한 책임이 있는 성인이 요구하는 아동상이다. 이는 당시 사회가 요구하는 아동상과 관계되며 미래 사회의 역군으로서의 아동관이다. 이 아동관은 그가 여러 지면에 발표한 글들과 '사회적 아버지'가 그리는 세계에 속하는 작품들에서 나타난다.

> ① 잎이 피고 우거져서 온 산과 들을 새파랗게 물들이고, 고운 색 아름다운 향기를 자랑하는 꽃봉오리의 자랑, 이것이 할아버지와 할머니, 아버지와 어머니가 바라는 너희들의 모습이란다. 무럭무럭 자라는 너희들의 잎이 피고 꽃이 필 때, 우리나라는 그 얼마나 자랑스런 땅이 되겠느냐? …(중략)…
> 하루 바삐 자라서 무럭무럭 자라서, 이 나라 이 땅의 일군이 되

어 주기를 바라는 마음이란다. [42]

② 어린이를 중심으로 하는 사회가정이어야 그 나라의 앞날은 행복할 것이다. 아니 오늘 우리 성인들이 무슨 희망으로 사느냐 말이다. 「어린이」가 있기 때문이 아닐까?[43]

③ 강소천 : 아동문학이라고 하면 동심지상주의로 흘러버린 경향이 종래엔 농후했거든요. 그 때문에 아동의 실생활과는 거리가 먼감이 없지 않아요. 이제부터의 아동문학은 아동의 실생활에도 기여하는 바가 있어야겠어요.
이종환 : 실생활에 기여한다고 재미가 없어선 안되죠.
강소천 : 그야 물론입니다. 제 말은 일반문학과 달라 아동문학에 있어서는 어떠한 경우에라도 아동을 보호해야한다는 전제조건을 잊어서는 안된단 말입니다.
방기환 : 말하자면 넓은 의미에서의 교육을 잊지 말자는 거군요.
이종환 : 그야 교육적이어야 한다는 점은 재론할 필요도 없는 것이지만 교육에 기반을 두고 또 예술적인 면에서도 재미가 있으면 더 좋지 않습니까.[44]

①은 1955년 어린이날을 맞아 이 땅의 어린이들을 "영길이와 순희"라고 호명하며 소천이 들려주는 말이다. 소천은 어린이들이 나무와 꽃처럼 산과 들을 새파랗게 물들이고 곱고 향기로운 꽃봉오리로 피어나기를 바란다. 그리하여 이 땅의 내일의 역군이 되어주기를 희망한다. 이 아동관은 사회의 어른으로서 어린이들을 돌보고 가르쳐야 하는 입지,

42   강소천, 「정다운 어린이」, 『스크랩북 7권』, 1955.
43   강소천, 「어린이 날을 맞아 어른들의 반성의 날」, 『경향신문』, 1956.5.5.
44   강소천, 「아동문학가가 말하는 아동문제」, 『스크랩북 8권』, 1956.

이를테면 사회적 아버지라는 위치에 있는 그의 입장을 반영한다.

사회적 아버지로서의 소천의 말은 ②에서 다시 반복된다. ②의 밑줄 친 부분에서 "어린이를 중심으로 하는 사회가정"이란 말 그대로 어린이 중심의 사회와 가정이며 동시에 어린이를 사랑과 관심으로 감싸 안는 가정과 사회를 말하는 것이다. 소천의 작품에 등장하는 성인 인물들은 주로 이 역할을 위해 존재한다.

③은 1956년 5월 1일 소천을 비롯하여 장수철, 이종환, 방기환 등이 모 신문사에서 만나 나눈 대담 중의 일부분이다. 이 대담에서 논자들은 아동문학은 아동을 보호하는 것을 기본 전제로 교육적이어야 한다고 믿고 있음을 알 수 있다. 이것은 대담이 '아동헌장 제정'을 촉구하기 위한 자리인 것과도 무관치 않지만, 당시 헐벗고 굶주린 아동들을 보호해야 한다는 인식이 팽배했고 이것이 아동문학의 지향점과 밀접한 관련이 있었음을 알 수 있다. 여기서 소천이 아동 보호를 구체적으로 지적했음은 그가 누구보다도 이 문제에 대한 의식이 강렬했음을 알려준다.

인용문들에서 보듯 소천은 성인으로 즉 한 가정과 한 사회의 아버지로서, 강점기와 전쟁을 거친 황폐한 조국의 내일을 어린이에게 걸며, 그들을 보호하고 바르게 인도하고자 했다. 소천은 아동을 보호하고 가르치며 키워나가야 하는 대상으로 본다는 점을 분명히 드러낸다. 여기서 소천의 아동관은 최남선 이래 우리 사회 지식인 성인이 지녀온 계몽 담론을 계승했음을 어렵지 않게 짚어낼 수 있다.

소천이 불우한 시대를 극복해나가려는 아버지로서 아동에게 보여주고자 하는 세계는 '있어야 할 세계'로 요약된다. 이에 대해서는 소천의 문학관을 통해 좀 더 상세하게 살펴본다.

2) 문학관

위와 같은 아동관을 바탕으로 소천이 그리고자 하는 문학은 어떤 것
인지 다음의 글들에서 구체적으로 확인할 수 있다.

④ 어린이들에게 ⊙ 참된 세계, 아름다운 세계, 평화와 자유의
세계를 보여줌으로 어린이들의 좋은 인격을 형성시킬 수 있을 것
이다. 그렇다고 ⓛ 동심지상주의자들과 같이 어린이들을 천진한
동심 세계에 가두어 두고 머물러 두자는 것은 아니다. 아동문학에
서 생활성을 주장하는 것은 그들의 심리발달에 적응한 작품을 주
어 그들의 공감을 사려는 것이지 현실 복사 그것을 일삼자는 것이
아니다. 그렇다고 어린이들에게 ⓒ 현실의 부정면을 은폐해야 된
다는 말은 아니다. … (중략)…
　　교육이 ⓔ「있는 상태에서 있어야 할 상태로 끌어 올리려는 노
력」이라면 ⓜ「있는 사실」 그것이 곧「현실」은 아닐 것이요, 그것
이 곧「진실」은 아닐 것이다.[45]

⑤ 아동으로서 자기가 가져야 할 모든 것을 제대로 받아들여 원
만하게 성장하여야 성인이 되어 완전한 인간이 될 수 있는 것이
다.[46]

⑥ 지나치게 어린이들의 일상 생활적인 면에만 관심을 갖는 것
이 우리 부모들의 관심사이지만 자녀들의 ⓗ 인격 형성을 위한 근
본적인 지도 ─ 내면 생활을 윤택하게 하는데 관심을 가져야겠다고
생각합니다. 그들의 나이에 알맞은 이야기 ─ 정신생활에 알맞는 아

45　강소천, 「아동문학과 교육 ─ 아동문학과 현실성」, 『새교육』, 1961, 87쪽.
46　강소천, 「동화와 소설」, 『아동문학』 제2집, 배영사, 1962, 16쪽.

름답고 따뜻한 이야기를 통하여 Ⓐ 그들의 꿈을 길러주며, 그들의 앞길에 참된 빛과 참된 용기를 복돋아 주어야겠습니다.[47]

　　위 인용문들을 살펴보면 소천이 동화문학을 보는 관점은 '있어야 할 세계'의 추구임을 여실히 알 수 있다. 소천이 상정하는 '있어야 할 세계'의 구체적인 모습은 ④의 ㉠ "참된 세계, 아름다운 세계, 평화와 자유의 세계"이며 ⑥의 Ⓐ처럼 아동들의 "꿈을 길러주며, 그들의 앞길에 참된 빛과 참된 용기를 복돋아"줄 수 있는 세계이다. 아울러 이 세계는 ⑤의 밑줄 그은 부분처럼 "아동으로서 자기가 가져야 할 모든 것을 제대로 받아들여 원만하게 성장"하는 공간이다.

　　이렇게 소천이 어린이들에게 "있는 사실"의 제시보다 '있어야 할 세계'를 보여주고자 했던 구체적인 원인은 다음 두 가지로 짚어진다. 우선은, 자신이 처한 현실이 어린이들에게 제시하기에는 바람직하지 않다는 판단을 했을 것이다. 그가 동화문학에 몸을 담았던 1930년대 후반에서 1960년대 초반까지 이 땅은 일제강점기, 전쟁과 분단이라는 거대한 격랑을 겪었다. 그가 경험한 현실은 암울하고 황폐하여, 순진무구하되 곧 사회의 기둥이 될 어린이들에게 보여주기에 소망스럽지 않은, '있어야 할 세계'와 거리가 먼 "있는 사실"이었다.

　　소천이 '있어야 할 세계'를 추구하는 것은 그의 문학이 상대하는 독자가 어린이인 까닭이다. 소천에게 어린이란 아직은 순진무구하나 곧 우리 사회의 주역이 될 존재들이다. 이 어린이들이 "있는 사실"을 '현실

47　강소천, 「자녀들은 이런 이야기를 좋아한다」, 『스크랩북 15권』, 1961~1964.

의 전부'나 "진실"로 받아들인다면 그들에게 희망찬 미래를 기대하기는 어렵다고, 소천은 판단한 것이다. 그런 까닭에 소천은 현존하지는 않지만 있어야 할 사실, 어린이들이 누려야 할 현실, 되찾아야 할 현실, 즉 '있어야 할 세계'를 상정하고 이를 그려내고자 했다. 이것이 곧 이상주의적 문학관이라 할 수 있다. 소천은 이러한 의식과 태도를 작품으로 승화하여 제공하는 것이 아동문학가로서 자신의 사명이라고 생각했다.

'있어야 할 세계'를 그려내고자 했던 또 하나의 이유는 교육적 의도를 가졌을 것으로 보인다. 그에게 교육이란, ④의 ㉣처럼 "있는 상태에서 있어야 할 상태로 끌어 올리려는 노력"을 뜻했다. 구체적으로 그것은 ⑥의 ㉫처럼 '어린이들에게 좋은 인격을 형성시'키는 것을 의미했다. 당시 아동 현실은 남북 어디나 척박했다. 특히 소천에게는 북에 아비 없이 자라는 자식들이 있었고, 자신이 몸을 의탁한 남한 사회에는 대다수 어린이들이 정신적으로 물질적으로 헐벗고 굶주려 있었다. 이러한 인식 속에서 소천은 당시 "있는 사실"로 인해 억압받고 통제받는 어린이가 아니라 '있어야 할 세계' 속 어린이의 모습을 그리고자 했다. 어린이들을 온전한 인격체로 고양시키기 위해, 소천은 비루한 현실에서 이야기를 건져내기보다는 '아름답고 평화롭고 자유로워서 아동이 자신들이 누려야 할 것을 제대로 누릴 수 있는', '있어야 할 현실'을 제시하는 길을 택했던 것이다.

그러나 여기에 전제를 두었다. 하나는 ④의 ㉡처럼 동심지상주의와 같이 아동을 천진한 동심주의에 가두어서도 안 된다는 것이고, 다른 하나는 ④의 ㉢처럼 현실의 부정적인 면을 은폐해서도 안 된다는 것이다.

그러면서 그가 생각하는 아동문학은 ④에서 말하는 것처럼 "현실의 복사"가 아니요, "있는 사실"이 그대로 "현실"이 아니며 그것이 또한 "진실"도 아닌 것이다.

　이상에서 보듯, 소천의 문학은 '있어야 할 세계'를 다루는 일에 결착되어 있다. 그의 동화문학은 '있어야 할 세계'와 개인의 관계를 탐색하고 이를 형상화하는 일이었다. 즉, 소천에게 문학이란 '나'와 세계의 관계 탐색이다. 이 과정에서 그가 늘 염두에 두었던 것은 '있어야 할 세계'였다. 그런 까닭에 그의 동화 세계는 아버지의 말로 '있어야 할 세계' 보여주기와 '있어야 할 세계'와 현실 세계 사이의 좌절과 도전으로 정리된다. 이를 구체적으로 세분하면 전자는 '개인적 아버지'가 그리는 '있어야 할 세계'에 부합하는 세계와 '사회적 아버지'가 그리는 "있는 사실" 속에서 '있어야 할 세계'를 제시하는 세계이다. 후자는 '있어야 할 세계'와 현실 세계 사이의 좌절과 봉합, 그리고 '있어야 할 세계'의 회복을 위해 현실 세계에 대한 비판과 도전으로 구분된다. 이 책에서는 이를 '개인적 아버지'가 그리는 세계, '사회적 아버지'가 그리는 세계, '내면 분열의 형상화', '시대인식의 형상화'로 나누어 고찰한다.

　그의 동화문학에서 두 번째 범주에 속하는 '사회적 아버지'가 그리는 세계에 속하는 작품들은 교육적 성향이 강하게 드러난다. 이 작품들이 그의 전체 동화에서 대략 65%를 차지한다. 나머지 세 범주에 속하는 35%의 작품들은 교육적 문학관에 포섭되지 않는다. 이 작품들로 말미암아 소천의 동화문학을 교육적 문학으로 한정해서는 안 된다. 교육성이 드러나지 않는 이들 35%의 작품들 또한 '있어야 할 세계'와 밀접한 관계를 맺는다. 전술했듯이 이는 이상주의적 문학관이라고 정리할 수 있다. 소천 자신도 여러 차례 '아동문학은 이상주의적이어야 한다'고 말한 바 있다.[48] 요컨대 소천은 크게 보아 교육적 문학관과 이상주의적 문학관을 가진 것으로 정리된다.

---

48 "아동문학이란 현실주의보다는 이상주의적인 것이며, 사실주의보다는 낭만주의적인 것이다."(강소천, 「아동문학이란 무엇인가? ─아동문학의 특수성」, 10쪽)
"아동문학가는 언제나 새로운 세계를 이상(理想)하는 이상주의자라야 할 것이다. 그 꿈은 현실도피가 아니라 현실에 깊이 뿌리를 박고 현실에서 출발한 새로운 낭만주의자라야 할 것이다."(강소천, 「한국 아동은 행복한가? ─아동문학과 아동」, 『스크랩북 8권』, 1956)

제3장

소천 동화의 담론 내용

1. '아버지의 말'로 형상화되는 세계

'아버지의 말'은 한 가정의 아버지로서, 한 사회의 어른(아버지)으로서의 역할을 자임하는 소천이 가진 의식이자 규범을 뜻한다. 아버지로서 소천은 "있는 사실"이 아니라 '있어야 할 세계'를 추구한다. 이 두 세계와의 관계 속에서 소천이 자신의 소명을 어떻게 자각하고 있는지에 따라 소천은 '개인적 아버지'와 '사회적 아버지'의 말로 이 땅의 어린이들을 호명한다. '개인적 아버지'의 말로 호명하는 어린이들은 주로 '있어야 할 세계' 속에서 천진난만한 모습으로 나타난다. 사회적 아버지의 말로 호명하는 어린이들에게는 '있어야 할 세계'를 제시한다. 이 절에서는 소천의 작품들 중에서 '개인적 아버지'와 '사회적 아버지'가 그리는 세계에 해당하는 작품들을 살펴 그 속에 호명된 어린이의 모습과 그들에게 전하고자 하는 소천의 담론을 살펴본다.

1) '개인적 아버지'가 그리는 세계

소천이 최초로 발표한 소년소설은 1937년 10월 31일 『동아일보』에 실린 「재봉 선생」[1]으로 확인된다. 「재봉 선생」은 언니가 학교의 재봉 선생님으로 오면서 '나'가 겪는 갈등을 언니에게 토로하는 모습을 형상화하고 있다. 첫 작품으로서 상당한 성취를 이룬 작품이다. 무엇보다도 주체적인 어린이의 모습을 그렸다는 점에서 주목된다.

> "난 언니를 선생님이라고 부르고 싶지는 않아요."
> 그랬더니, 언니는
> "그건 또 왜?"
> 하고 다시 묻지 않겠어요.
> 그래서 나는 혼잣말처럼 천천히 이렇게 대답했어요.
> "언니!" 하면 어쩐지 엄마! 하는 것처럼 정답게 들리지만, '선생님!' 하고 부르면 어쩐지 딱딱하고 무시무시한 생각이 나요."
> "왜 그럴가?"
> "숙제를 조금 못해 가지구 가두 막 꾸지람을 하구 곁의 동무들과 시간 중에 이야기를 좀 해도 막 야단을 치구……"
> "그거야 네가 잘못했으니까 그러는 게지! 네가 미워서 그러겠니?"
> "언니도 그럼 내가 잘못하면 다른 동무들 앞에서 막 꾸지람을 할 테애요? 막 야단을 할 테애요?"

---

1   이 작품은 1953년 5月 『여성계』에 「가사 선생」으로 실린 후 1953년 『꽃신』(문교사)에도 「가사 선생」으로 수록된다. 「재봉 선생」에서 「가사 선생」으로 제목이 바뀌며 인물의 이름도 '김순히'에서 '장달선'으로 바뀌고 시작 부분과 전개 방식이 수정되었다.

"달선아! 너 그게 무슨 말이냐? 그렇게 함부로 말하는 게 아니다. 너 오늘 가사 시간에 기분 나빴지? 집에서는 내가 네 언니지만 학교에 가면 다른 학생들 앞에서는 너도 언니를 선생님으로 대해야 될 게 아니냐? 달선이 이번 학기 성적이 좀 나빴지? 그런 쓸데없는 생각하지 말고 공부만 잘 해봐! 어련히 선생님께서 귀여워 하시지 않으려구……"

　　"난 다 알아요. 선생님이 암만 우리를 사랑해 주시고 귀여워 하신대도 아버지 어머니께서 우리를 사랑해 주시고 귀여워 하시는 것 같지는 않아요. 그렇지요, 언니?"

　　언니는 내가 묻는 말에 아무 대답도 안 하시고 '휴우우' 하고 기일게 한숨만 쉬었습니다.

　　아마 내 말이 맞은 모양이지요?[2)]

　　인용문은 언니가 학교에 재봉 선생으로 오게 되면서 달선이가 겪는 갈등을 언니에게 토로하는 마지막 장면이다. 일반적인 어른의 모습을 보이는 언니와 생기 있는 달선의 모습이 대비되며 달선의 성격이 부각된다. 언니를 선생님이라고 부르고 싶지 않다며 선생님이 아무리 사랑한다 해도 부모님이 사랑하는 것보다는 못하다고 하는 모습 등에서 당당히 자신의 의견을 말하는 주체적인 어린이의 모습을 볼 수 있다. 이 작품의 발표 연도에 주의할 필요가 있다. 1937년은 중일전쟁의 여파로 국가 총동원령이 시행되며 일제의 인력 동원과 수탈이 도를 더해가던 시기였다. 성인은 물론 어린이의 삶 역시 일상적일 수 없던 시기, 소천은 '있어야 할 세계' 속에서 당당히 자신의 목소리를 내는 어린이의 모

2　강소천, 「가사 선생」, 『꽃신』, 문교사, 1953, 56~57쪽.

습을 보여주고자 했다. '개인적 아버지'로서의 소천이 애정을 가지고 형
상화하는 어린이의 모습이다.

「마늘 먹기」 역시 월남 전 작품으로 1939년『조선일보』에 발표한 작품
이다. 이 작품은 힘들고 지겨운 일도 놀이로 바꾸어버리는 어린이들의
유희 본능을 전제로 한다. 김장마늘을 까다가 누가 많이 까는가, 누가
많이 먹는가 내기를 하는 돌이와 친구들의 모습을 담았다.

> 돌이의 목구멍은 터질 듯 쓰렸읍니다.
> 그러나, 돌이는,
> ─이 번 내기에 내가 꼴찌를 해선 안 된다……
> 이렇게 생각하고, 작은 마늘 쪽을 골라 연방 꿀꺽꿀꺽 씹어 넘깁
> 니다.
> 거게 따라 아이들의 셈 소리도 빨라집니다.
> 「서어이!」
> 「너어이!」
> 「다아섯!」
> 그러나, 셈은 다섯에서 뚝 그쳤읍니다.
> 돌이는 그만 「으아아!」 하고 울어 버렸읍니다.[3]

인용문은 마늘 까기 내기에서 늘 꼴찌를 하는 돌이가 마늘 먹기에선
꼴찌를 면하고자 마늘을 연신 씹어 넘기다 울고 마는 마지막 장면이다.
나이가 어려 언제나 꼴찌를 하지만 새로운 놀이에선 이기고자 하는 마
음이 빚어내는 슬픈 파국은 안타깝기도 하지만 웃음을 끌어낸다. 그것
은 돌이의 무모한 도전을 놀리듯 "약속이나 한 듯이 똑같이 하아나! 하

3　강소천, 「마늘 먹기」, 『조그만 사진첩』, 다이제스트사, 1952, 36~37쪽.

고 세"던 아이들이 돌이가 하나를 먹고 두 개를 먹자 "웃지도 않고 셈을 세"는 모습에서 이기고 싶은 돌이의 마음을 이해하고 그 고통에 동참하는 모습으로 그려지기 때문이다. 어린이의 마음속에 있는 놀고 싶은 마음, 놀이에서 이기고 싶은 마음이 잘 드러나 있다.

「박 송아지」는 창덕이라는 인물이 개성적으로 형상화되어 있는 수준 높은 작품이다. 겨우내 창덕이 잡은 족제비를 팔아 송아지를 사 온 아버지는 창덕에게 송아지를 준다. 창덕은 송아지에게 자신의 성을 붙여 '박 송아지'라 부르며 식구처럼 대한다. 어느 날 동회에서 문맹자 조사를 나왔던 사람에게 창덕이 박 송아지를 식구처럼 말하며 박 송아지만 글을 모른다고 하자 조사원은 박 송아지를 야학에 보내라고 한다. 이 일을 계기로 동네에서는 박 송아지가 유명해지고 아이들은 박 송아지가 글을 안다는 둥, 야학에 다닌다는 둥 하며 놀려댄다. 아이들의 놀림이 싫은 창덕은 꾀를 낸다.

> 창덕이는 저 혼자 종이 쪽에다 무어라 벅벅 쓰더니,
> "자, 누가 가져 갈테냐?"
> 하고 아이들을 둘러 보았습니다.
> "내가 가마. 내가 가마."
> 모두들 제가 간다고 야단들이었습니다.
> 창덕이는 제일 어리고 얌전한 영구에게 글 쓴 종이를 주었습니다.
> "너도 미리 보아서는 안 돼!"
> "그래, 안 볼게."
> 영구는 글 쓴 종이를 가지고 박 송아지 앞으로 갔습니다.
> 영구가 무얼 불쑥 내미는 것을 본 박 송아지는, 먹을 것이나 주는 줄 알았더니 그건 종이였습니다. 박 송아지는 속았다는 듯이 언

제나 하는 버릇으로,

"음매애……"

하고 울며, 고개를 돌렸습니다.

"자, 읽었다. 인제 글 쓴 종이를 가지고 와."

창덕이는 무슨 큰 일이나 생긴 듯이 떠들었습니다. 제 생각대로
된 것이 여간 기쁘지 않았습니다.

아이들은 영구의 종이 쪽에 벌 떼 같이 모여들었습니다.

"정말 '음매에' 라고 썼구나."

"참, 잘 읽는데!"

"됐어, 야학에 다닌 공이 있어……"

아이들은 정말 재미가 있다는 듯이 깔깔깔 웃어 댔습니다.[4]

'박 송아지'라는 명명(命名)부터 창덕의 어린이다운 엉뚱함은 사람들
을 당황케 한다. 그 명명 덕분에 박 송아지를 둘러싼 이야기들이 퍼지
고 창덕의 엉뚱하면서도 재치 넘치는 기지로 박 송아지는 글 읽는 송아
지가 된다. 그 후 야학에서는 글을 배우는 데 서툰 사람을 박 송아지와
비교하며 한바탕 웃어버린다는 작품이다. 이 기지 넘치는 동화는 야학
을 중심으로 전개되던 문맹 퇴치 운동을 바탕으로 한다. 동화적 상상력
이 적절한 대화와 묘사를 통해 어우러지며 창덕과 아이들을 유쾌하고
활달하게 그리고 있다.

이처럼 개인적 아버지로서 소천은 달선, 돌이, 창덕이처럼 '있어야 할
세계' 속에서 당당히 자신을 드러내고, 놀고, 기지를 발휘하고 하는 어
린이들을 형상화한다. 이 '있어야 할 세계'는 특별한 이상적 공간이 아

---

4   강소천, 「박 송아지」, 위의 책, 12쪽.

니라 강점기나 전쟁 같은 일이 없었으면 어린이들이 살았을 일상의 삶의 공간이다. 하지만 소천은 '있어야 할 세계' 속의 아동을 형상화하면서 자신이 소망하는 어린이의 모습을 투사하기도 한다. 「준이와 구름」은 그 대표적인 작품이다.

> "저 파아란 하늘을 한 번만 만져 보자! 저 흰 구름을 한 송이만 잡아보자!"
> 지금 준이의 머리에는 이 한 가지 생각밖에 없었읍니다.
> "애, 준아! 어딜 그렇게 혼자 달아나니? 나하고 함께 가!"
> 옥이가 짜증을 내다시피 이렇게 큰 소리로 외치는 소리도 준이의 귀엔 안 들립니다.
> "어깨 동무하고 둘이서 '하나, 둘' 세며 천천히 올라가!"
> 그래도 준이의 귀에 이런 소리가 전혀 안 들립니다. 옥이의 외치는 소리가 높아 가도 옥이와 준이의 거리는 점점 멀어만 갑니다.
> "아이, 저 구름, 아이 저 구름!"
> 준이는 숨이 찬 줄도, 다리가 아픈 줄도 모르고 자꾸 층층대를 올라갑니다.
> 옥이의 부르는 소리가 울음으로 변한 것도 준이의 귀에는 들릴 까닭이 없읍니다.[5]

열까지 셈을 셀 수 있게 된 준이는 옥이와 셈 세기 놀이를 하다가 층층대를 세기로 한다. 열까지 세고 발걸음을 멈추었을 때, 준이는 계단 꼭대기를 지나가는 흰 구름을 본다. 인용문은 구름을 본 준이가 순간적으로 구름을 잡고 싶다는 호기심에 계단을 올라가버리는 모습을 담

5   강소천, 「준이와 구름」, 『꽃신』, 80쪽.

았다. 준이는 구름을 잡고 싶다는 한 가지 생각밖에 없다. 숨이 찬 줄도 다리가 아픈 줄도 모르고 자꾸 계단을 올라간다. 같이 계단을 오르던 옥이는 이미 머릿속에 없다. 새로운 것에 대한 어린이의 호기심을 잘 드러내는 시적인 동화이다. 그러나 '준이'가 계단 꼭대기에 흘러가는 구름을 보며 자기도 모르게 잡으러 간다는 상황은 새로운 것에 대한 호기심과 더불어 이상에 대한 동경을 표현하는 것이다. 그런데 이제 열까지 숫자를 셀 수 있다고 설정된 준이의 나이를 고려해볼 때 소천의 이상화한 아동상이 짙게 배어 있다고 볼 수 있다.

이처럼 '있어야 할 세계'에 부합하는, 평범한 일상의 있는 그대로의 어린이의 모습을 그리는 작품은 다음과 같다. 거짓말을 하면서까지 자기 욕심을 다 채우는 용호(「감과 꿀」), 뒤는 생각지도 않고 우선 자기가 하고 싶은 대로 해버리는 숙이(「눈사람」)와 송이(「송이와 연」), 아버지 없는 틈을 타 아버지 옷을 입고 아버지 행세를 하는 송이(「일요일」), 나무도 사람처럼 누워서 잔다고 생각하고 또 서서 자는 나무가 다리 아플 거라고 생각을 하는 남규(「나무야 나무야 누워서 자거라」) 등이 여기에 해당한다. 대부분이 단편 사실동화이다. 이렇게 사실동화가 많은 이유는 소천의 환상동화가 주로 "있는 사실" 속에서 '있어야 할 세계'를 추구하는 인물, 즉 결핍을 겪는 인물이 환상을 통해 '있어야 할 세계'(결핍의 충족)를 경험하는 이야기인 데 반해 사실동화는 "있는 사실"보다는 "있어야 할 세계" 속의 어린이를 그리기 때문이다. 즉 결핍된 세계가 아니라 결핍이 충족된 혹은 결핍이 없는 일상적인 세계 속 어린이의 모습을 그리기 때문이다.

1930년대 후반에서 1960년대 초반까지, 이 땅의 많은 어린이들은

"있는 사실" 속에 던져져 있었다. 그러나 그 "있는 사실"이 "현실"도 아니고 "진실"도 아니라고 생각했던 소천은 "있는 사실"을 넘어 '있어야 할 세계'를 형상화하고자 했다. 이 '있어야 할 세계'는 강점기나 전쟁 같은 역사의 질곡을 겪지 않았다면 어린이들이 누렸을 평범한 일상적인 세계이다. '개인적 아버지'로서 소천은 그 당위적인 세계에서 울고 웃는, 있는 그대로의 어린이의 모습을 오롯이 그려냈다. 이 어린이의 모습 속에는 때로 소천이 소망하는 어린이상이 투사되기도 한다. 여기에는 어떤 감상적 동심주의도, 관념적인 아동상도, 이데올로기도 없다. "기교로서 출발하지 않고 무한한 애정으로 먼저 어린이를 관찰하고 파악"함으로써 나타낼 수 있는 "소박하고 대담한 작품"이다.[6] 이렇게 '있어야 할 세계'를 형상화함으로써 소천은 어린이들이 꿈을 꾸고 현실 극복의 힘을 키울 수 있다고 믿었다.

2) '사회적 아버지'가 그리는 세계

소천의 동화 중에서 가장 많은 작품들이 '사회적 아버지'가 그리는 '있어야 할 세계'의 제시에 포함된다. 현실의 "있는 사실"이 '있어야 할 세계'가 아님으로 그는 사회의 어른으로서 어린이와 성인들에게 '있어야 할 세계'를 제시하고자 한다. 때문에 분명한 의도와 목적을 가지고 '있어야 할 세계'의 구체적인 대안으로 공동체의 모습을 형상화한다. 공동체의 모습은 공동체의 윤리를 형상화하는 작품군과 공동체의 연대로

---

6   최태호, 「발(跋)」, 『조그만 사진첩』, 다이제스트사, 1952, 134쪽.

서 대안 가족을 형상화하는 작품군, 공동체 연대의 매개체로서 예술이 중요하게 부각되는 작품군으로 나눌 수 있다.

(1) 공동체의 윤리 형상화

공동체란 "공간과 정체성의 공유를 바탕으로 제도와 규칙의 도움을 받아 상호작용하는 집단"이다.[7] 1950년대 당시 대한민국 사회는 한반도 지역에서 무구한 역사적 시간을 보냈다는 점, 일제강점기를 거쳤다는 점, 자유민주주의를 선택했다는 점, 민족 분쟁을 겪었다는 점 등에서 공간과 정체성의 공유를 확보하고 있는 공동체이다. 6·25전쟁은 공동체에게는 참담한 비극이며 너무나 갑작스럽게 삶의 기반을 뿌리째 뽑아버린 일이었다. 회복은 쉽지 않았고 무엇보다도 심각한 것은 원인도 모른 채 삶의 낭떠러지로 내몰린 어린이들이었다. 이들에겐 물질 이전에 따뜻한 품이 먼저였다. 소천이 주목한 것도 바로 이 부분이다. 소천은 공동체가 지녀야 할 윤리를 형상화함으로써 어린이들에게 함께 살아가는 따뜻한 세상을 보여주고자 했다. 또 성인들이 사랑과 관심으로 어린이들을 품어주어야 한다고 믿었다. 이 작품들은 크게 두 부류로 나뉜다. 하나는 어린이를 대상으로 그들이 지향해야 할 공동체의 윤리를 형상화하는 작품들이고, 다른 하나는 성인들에게 요구되는 공동체의 윤리를 형상화하는 작품들이다. 아동을 대상으로 공동체의 윤리를 형상화하는 작품에서는 주로 우정, 가족애, 정의와 정직, 협동, 맡은 바

---

7   정인관, 「공동체의 연대유형과 재난상황에서 대응에 대한 탐색」, 『한국사회학회 사회학대회 논문집』, 2010.12, 438쪽.

소임 등의 주제가 그려진다.

「신파 연극」은 서두에서 '신파 연극'이 신문팔이를 줄여 불렀던 '신파'에 '연극'을 붙여 부르는, 작년 가을까지 신문을 팔았던 인호의 별명이라는 것을 이야기하며 시작한다. 그러나 지난 '일요일의 일'이 있고부터 그 별명을 부르지 않게 되었다는 것을 설명하여, 그 일이 무슨 일인지에 대한 독자의 궁금증을 유발한다. 지난 일요일 일의 발단은 학급에 새로 들여온 책을 득성이 어렵게 빌려 인호에게 양보하며 벌어진다. 득성이 양보한 책을 인호의 동생이 찢어버린 것이다. 인호는 어쩔 수 없이 책을 사기 위해 다시 신문팔이로 나섰다가 득성이를 만난다.

> 인호의 말을 들은 득성이는,
> "그래, 너 그 신문을 다 팔 수 있겠니?"
> "팔아 봐야지!"
> "인호야! 내 좀 팔아 줄까?"
> 인호의 눈이 둥그레 졌습니다. 내일 학교에 가면 "신파 연극"이라는 별명이 자기에게만 아니라 득성이에게까지 불려질 것을 생각하니 한층 더 미안한 생각이 났습니다.
> "괜찮아! 나 혼자라도 팔 수 있을 거야!"
> "애! 그러지 말고, 그 절반은 내게 줘!"
> 처음에는 인호도 안 된다고 했으나 자꾸만 득성이가 조르니까 할 수 없이 절반 조금 못 되게 득성이에게 나누어 주었습니다.[8]

인용문은 득성이 안 된다는 인호를 졸라 신문을 나누어 받는 모습이

8 강소천, 「신파 연극」, 『꽃신』, 46~47쪽.

다. 인호는 신문을 팔게 되면 득성이도 자신처럼 '신파 연극'이라는 별명을 얻을까 봐 안 된다고 하다가, 득성이 조르자 할 수 없이 '절반 조금 못 되게' 나누어준다. 이런 인호의 모습에서 득성을 위하는 마음이 드러난다. 신문을 같이 팔기를 원하는 득성, 인호의 어려운 형편을 헤아려 책을 양보하는 득성의 모습에서도 인호를 조심스럽게 배려하는 모습이 보인다. 「신파 연극」은 여기서 끝나지 않고 각자 신문을 팔러 간 인호와 득성이 또 다른 급우를 각각 만나 다시 신문을 나누어 파는 것으로 전개된다. 친구들 덕분에 인호는 책값을 마련하게 되고 '신파 연극'이라는 별명으로도 불리지 않게 된다. '신파 연극'이 네 명이나 되었으니 부를 수 없게 된 것이다. 소천은 학교와 가정에서 일어날 수 있는 일을 소재로 아동들의 우정을 곱게 그리고 있다. 그런데 조금 더 들여다보면 형편이 조금 더 나은 득성이 드러나지 않게 인호를 배려하는 것을 볼 수 있다. 물론 인호도 친구의 고마움을 알고 마음으로 배려하지만 득성으로 형상화되는, 조금 더 여유 있는 사람이 어려운 사람을 배려하라는 의미를 읽을 수 있다.

「영식이의 영식이」는 처음 학교에 들어가 유치원에서 다 배운 거나 배우는 학교가 싫증나던 참에, 글자를 배우기 시작하며 자신의 이름을 쓸 수 있게 되자 재미나하는 영식이가 주인공이다. 영식이 장독이나 연통 토막 같은 눈에 띄는 모든 물건에 자신의 이름을 써놓자 영식이라는 이름을 얻게 된 물건들이 교실에 나타난다.

> 금방 교실은 장마당이 되어 버리고 말았습니다. …(중략)…
> "너희들이 왜 박 영식이란 말이냐?"

하고 소리를 질렀더니 장독하나가 빙그르르 선생님 쪽으로 돌더니

"자! 보셔요. 여기 분필로 쓴 글자를…그래도 "박 영식"이가 아니예요?" 했습니다. …(중략)…

"⊙ 영식이란 아이는 저기 거 있는 아이 하나 밖에 세상에 없단 말이야. 너희들은 박 영식이가 아니야. 너희들은 박 영식의 박 영식이란 말이야." …(중략)…

"ⓛ 좋아! 알았으면 인젠 모두 제 자리에가 제가 맡은 일을 하란 말이야. 너희들은 움직이면 사고야. 언제나 한자리에 자리잡고 앉아서 제가 맡은 일을 하는 게 너희들의 책임이야. 다신 "박 영식" 하고 출석을 불러도 왔단 안 돼! 알았지?" …(중략)…

그러나 영식이만은 한 번 큰 소리로 웃지도 못하고 쪼그리고 앉아 있었습니다. 아이들이 "와와" 하고 웃을 때마다 그게 모두 자기 때문이라고 생각하니, 자꾸만 가슴이 죄어드는 것만 같았습니다. 영식이는 노한 목소리로

"조용히 해!"

하고 큰 소리를 질렀습니다. 그러나 그것은 자기의 잠을 깨게 하는 소리였습니다.[9]

인용문은 영식이라고 주장하며 나타난 물건들로 혼란스러운 교실을 선생님이 단번에 정리하는 모습이다. 이 작품에는 어린 아동의 일상이 잘 드러나 있다. 처음 학교에 들어가 유치원 때 배운 것을 반복하는 학교가 싫어진다거나 자신의 이름을 쓸 수 있게 된 것이 신기하고 재미있어 여러 가지 사물에 이름을 써놓는다거나 하는 것은 아동들이 한 번씩 겪고 지나는 일이다. 이렇게 사소한 아동들의 삶을 포착해 '맡은 바 소임을 다하라'는 메시지를 전달하고 있다. 사회의 질서를 관장하는 사회

9   강소천, 「영식이의 영식이」, 『인형의 꿈』, 새글집, 1958, 22~26쪽.

적 아버지로서 소천의 모습이 선생님에게 투영되어 있다. 때문에 ㉠과 ㉡에서 드러나듯 당시 사회가 요구하는 뚜렷한 아동상이 선생님의 발화에 의해 직접적으로 드러나며 선생님에 의해 문제는 단번에 해결된다. 그런데 문제가 되는 것은 이 과정에서 영식이 아무런 변화를 보여주지 않은 채, 선생님과 박영식의 박영식들과의 갈등에서 비켜서 있다는 점이다. 여기까지만 보면 아동은 문제를 벌이고 성인은 그 문제를 해결해야 한다는 사고가 그대로 드러나며 교훈적이고 교시적이다.

그런데 마지막 문장에서 "……그것은 자기의 잠을 깨게 하는 소리였읍니다"(26쪽)라고 진술하여 모든 것이 영식의 꿈이었음을 말하며 끝난다. 이렇게 되면 작품은 열린 결말로, 해석의 문제는 독자에게 넘어간다. 또한 꿈이라고 설정됨으로써 사물들이 박영식이라고 나선 문제적 사건과 그에 대한 선생님의 반응은 개연성을 얻게 된다. 이를 이재철의 말을 역으로 이용해 정리하면, '맡은 바 소임을 다하라'는 작가의 의도가 내포하는 교육성을 꿈이라는 문학적 여과 과정을 거쳐서 예술적으로 용해하고 있다.[10] 이처럼 소천은 교육적 의도를 분명히 하는 작품에서도 가능한 예술성을 확보하기 위해 노력했음을 알 수 있다.

공동체의 윤리를 형상화하는 작품 중 위의 작품들 외에도 「만점대장」, 「푸른 태양」, 「허공다리」, 「언덕길」, 「남의 것 내 것」, 「잠꾸러기」 등과 같은 작품에서는 작가의 의도가 화자의 서술이나 인물의 발화 등으로 전달된다. 이러한 작품들이 소천의 동화가 교육적이라는 평가를 제

10　이재철은 1950년대 아동문학 작품의 경향을 논하는 자리에서 "교육성을 문학적인 여과 과정을 거쳐서 예술성으로 용해시켜야" 한다고 했다. 이재철, 『한국현대아동문학사』, 일지사, 1978, 448쪽.

공하는 원인이 된다. 그러나 주요 인물들이 불행한 상황에서도 밝고 건강하게 문제 해결에 임하여 결코 현실에 절망하거나 안주하지 않는다는 점에서 이 작품들의 의의를 찾을 수 있다. 또한 「영식이의 영식이」에서 보이듯 열린 결말과 꿈과 같은 서사 형식의 미학성을 확보하려 했다는 점도 기억해야 한다.[11]

위의 작품군과 더불어 주목을 요하는 것이 성인을 대상으로 공동체의 윤리를 형상화하는 작품군이다. 어린이가 바람직한 공동체의 일원으로 성장하는 것은 건강하고 희망찬 미래로 나아가는 담보이다. 소천은 이를 가능하게 하는 주된 요소로 성인의 각성을 요구한다. 성인의 각성을 요구하는 작품 속의 어린이들은 하나같이 상실과 결핍을 경험하고 있다. 이것이 당시 "있는 사실" 속에서 살아가는 어린이들의 모습이었다. 소천은 이 "있는 사실" 속에 던져진 어린이들을 성인이 돌보아야 한다고 말한다. 시대의 불운으로 야기된 핍박한 현실에서 벼랑으로 몰리는 아동들을 깊은 관심과 사랑으로 감싸 안으라고 말하는 것이다.

1950년대는 전쟁과 피란 혹은 미군 주둔 등으로 고아와 미아, 유기아 등이 대량으로 발생하던 시기였다. 이렇게 내던져진 어린이들은 거리의 부랑아가 되었는데 1956년 서울시에만 약 2,400여 명이나 되었다고 한다.[12] 이러한 당시의 "있는 사실"을 '있어야 할 세계'와 대비하여 반어적으로 보여주는 작품이 「눈 내리는 밤」이다. "있는 사실"과 '있어야 할 세계'가 문학적으로 잘 형상화되어 '있어야 할 세계'가 없음을 더 비판

11 단편 사실동화의 서사 형식의 탐색에 대해서는 이은주의 「강소천 단편 사실동화 연구」, 『한국아동문학연구』 제28호, 한국아동문학학회, 2015 참고.
12 「수용할 길 없는 부랑아」, 『경향신문』, 1956.3.27.

적으로 드러내며 성인의 역할을 환기하게 하는 작품이다.

> 춘식이는 이제 신문팔이가 아닙니다. 차 속에서 '안 사!' 하는 손님입니다.
> 차는 서울 시내를 얼마나 돌려는지 가다가는 멈춰서고, 또 가다가는 멈춰 섭니다. 차에 탄 아버지는 그만 쿨쿨 코를 고십니다.
> 춘식이는 어쩐지 몸이 점점 추워지는 것 같았습니다. 그러고보니 거리에 사람도 차도 별로 없는 듯하였습니다. …(중략)…
> "얘, 일어나! 어디서 자고 있는 거야?"
> 백화점 직원의 발길에 채여 소스라쳐 깬 춘식이는 몸이 오싹함을 느꼈습니다. 춘식이는 아직 많이 남은 내일 아침 신문을 끼고 백화점을 나왔습니다. 흰 눈은 여전히 펑펑 쏟아지고 있었습니다.
> 힘없이 터벅터벅 걸어가는 춘식이 앞으로 사람들이 지나가며 지껄입니다.
> "참 좋은 눈이야. 크리스마스엔 눈이 와야 크리스마스 기분이 난단 말이야!"[13]

인용문은 「눈 내리는 밤」의 마지막 부분이다. 크리스마스 전날 저녁, 사람들은 거리를 가득 메웠지만 신문은 좀처럼 팔리지 않는다. 눈까지 내리기 시작하자 춘식은 눈을 피하기 위해 백화점에 들어간다. 백화점 장난감 코너는 선물을 고르고 사는 아이들과 어른들로 가득하다. 춘식은 물끄러미 바라보고만 있다. 그때 사변 후 소식도 없던 아버지가 나타난다. 아버지는 장난감 비행기를 사주고 택시를 잡는다. 택시를 타고 너무 좋아하는 춘식을 보며 아버지는 시내를 한 바퀴 돌아 집에 가자고 하신다. 택시에서 춘식은 이제 손님이다. 춘식이 신문을 팔며 수없

13 강소천, 「눈 내리는 밤」, 『무지개』, 한국기독교서회, 1957, 125~126쪽.

이 들어왔던 '안 사!'라는 말을 이제 춘식이도 할 수 있다. 그런데 백화점 직원의 발길에 깨어나 보니 춘식은 계단 구석에 기대앉아 졸고 있었고 팔다 남은 신문은 아직도 많이 남아 있었다.

이 작품의 미학은 무심한 관찰자의 눈으로 춘식을 너무나 담담하게 그리고 있는 데서 발생한다. 전쟁 중에 아버지가 행방불명되고 생활이 어려워 거리에서 신문을 파는 어린 춘식이에게 화이트 크리스마스는 춥고 신문도 팔리지 않는 가혹한 날이다. 이런 춘식의 모습과 거리를 가득 메운 흥분한 사람들의 물결과 백화점 장난감 가게에 넘치는 행복한 사람들을 대비적으로 보여주며 춘식의 처지를 극명하게 드러낸다. 화자는 춘식의 내면을 한마디도 하지 않는 대신 춘식이가 바라는 '있어야 할 세계'를 춘식이 졸며 꾸는 꿈으로 형상화한다. 여기에 작품의 묘미가 살아 있다. 그러나 이 작품의 압권은 마지막 문장에 있다. 마치 「운수 좋은 날」을 떠올리게 하는, 화이트 크리스마스를 즐기는 사람이 '지껄이는' 말은 반어적 효과를 낳아 "있는 사실", 즉 춘식의 핍박한 삶을 한층 더 실감나게 한다. 동시에 그렇지 못한 현실을 비판하며 성인의 역할을 환기하게 한다.

「조판소에서 생긴 일」에서는 조판소 과장의 꿈에 활자들이 나타나 춘식을 옹호하는 이야기다. 고아로 인쇄소에 들어온 지 한 달밖에 안 되는 춘식은 온갖 잔심부름을 다 하기에 다른 아이들보다 몇 배나 더 피곤하다. 그러던 어느 날 아이들이 춘식이를 놀리느라 활자 크기도 제대로 모른다고 하자 조판 과장은 춘식을 한 대 때린다. 억울한 춘식이 눈물을 보이자 과장은 "사내 자식이 못났다고" 춘식을 다시 혼낸다. 그날 밤 조판 과장의 꿈에 활자들이 나타난다.

"차례로 서섯 다시 한번 제 이름을 번호 부르듯, 큰 소리로 불러
봐!"

그랬더니 나란히 선 활자들은 차례로 이렇게 제 이름을 대었읍
니다.

춘 식 이 는 재 주 있 는 아 이 요

"하하하…… 재미있는 활자들이로군 ……알았으니 인젠 제 자
리에 가 있어."

했더니 활자들은 메뚜기 뛰듯 홀짝홀짝 뛰어서 자기 쌍둥이 글
자들 집에 들어가 버렸읍니다.[14]

인용문은 조판 과장의 꿈속 장면이다. 아마도 조판 과장이 춘식을 때
린 일로 마음이 편치 않아 위와 같은 꿈을 꾸었을 것이지만, 여기서 중
요한 것은 아동들을 관심과 사랑으로 감싸 안으라는 메시지이다. 조판
과장이 평소에 직원들(아동들)에게 관심이 있었으면 아이들의 놀림으
로 힘든 춘식을 때리거나 혼내지는 않았을 것이다. 성인이 아동을 사랑
과 관심으로 보듬어야 하는 것은 어느 시대에나 필요한 일이다. 그러나
그 어느 때보다도 전후(戰後) 모두가 힘든 상황에서는 성인으로서 또 직
장 상사로서 혼자 힘으로 열심히 살아가는 아동에 대한 관심과 사랑은
절실한 것이다. 소천은 이 작품에서 전후 성인에게 필요한 공동체의 윤
리를 동화적 상상력으로 유쾌하고 발랄하게 그리고 있다.

「무지개」에서는 이러한 사회적 아버지로서의 소천의 인식을 인물의
발화를 통해 직접적으로 드러낸다. 보육원에 사는 춘식은 화가 아저씨
를 만나 함께 그림을 그리며 삶의 희망을 가진다. 그러던 어느 날 아저

---

14   강소천, 「조판소에서 생긴 일」, 『무지개』, 145~146쪽.

씨는 국전을 준비하기 위해 서울로 가고 약속한 시간이 지나도 돌아오지 않는다. 춘식은 아저씨가 그립고 국전의 그림도 궁금하여 서울로 갔다가 교통사고를 당한다. 뒤늦게 춘식을 찾아온 아저씨는 보육원 원장 선생님과 춘식을 찾으러 떠난다.

> "모두 사랑에 굶주려 그래요. 어디 자기들의 몸을 내맡길 사람을 찾고 있어요. 잘 먹고, 잘 입는 문제가 아니에요. 정말 따뜻한 손, 부드러운 손,—자기들을 어루만져 주는 그런 사랑의 손을 찾고 있는 거예요. 춘식이는 그 손과 그 품을 찾아 떠난 거예요. 그런데 이렇게 서로 어긋났구먼요."[15]

인용문은 춘식을 찾으러 떠나는 택시 안에서 보육원 원장 선생님이 하는 말이다. 춘식이 서울로 떠난 이유를 이야기하는 장면인데, 이는 결국 사회적 아버지로서 소천이 하는 말이다. 전쟁통에 고아가 된 어린이, 생활이 어려워진 어린이 등 당시 일반적인 삶의 궤도에서 벗어나 있는 많은 어린이들에게 진정 필요한 것은 성인의 따뜻하고 진심 어린 관심과 사랑이라는 것을 분명히 하고 있다.

이렇게 성인의 각성을 요구하는 소천은 구체적으로 두 가지 주제를 형상화한다. 첫째는 어린이들이 밝고 건강하게 자라려면 현실에서 부재한 대상(어머니 혹은 아버지 등)을 마음속에 함께 있는 존재로 내면화하여야 한다는 것이다. 소천은 이를 깨닫도록 하는 역할을 성인이 해야 한다고 본다.

---

15   강소천, 「무지개」, 『무지개』, 114쪽.

"잘 했다. 아버지 초상화를 네 손으로 걸어라." …(중략)…
아버지 대신 어머니가 철호의 목을 껴안아 주셨습니다.
"아버지는 지금도 살아 계시단다. 네 마음속에, 그리구 이 엄
마의 마음 속에두…… 네 몸과 마음 속에서 새 아빠가 자라난단
다." [16]

인용문은 「아버지는 살아계시다」의 마지막 부분이다. 아버지가 없는
철호에게는 너무나 훌륭한 어머니가 계신다. 철호 또한 어머니의 뒷바
라지에 어울리게 훌륭한 학생으로 자라고 있다. 철호가 중학교 입학시
험에 합격한 날 어머니와 철호는 서로에게 선물을 내어놓는다. 어머니
는 철호가 아무 걱정 없이 공부할 수 있는 통장을 주시고 철호는 아버
지의 사진을 구해 초상화를 맞추어 선물한다. 이날 모자는 서로 부둥켜
안고 오랫동안 운다. 그리고 어머니가 하는 말이다. 부재의 대상을 내
면화하여 상실의 아픔을 딛고 내일로 나아가라는 말일 것이다.

「어머니 얼굴」은 갓난아기 때 돌아가신 어머니가 그리워 빈 공터에서
어머니 얼굴을 그리는 일로 마음을 달래는 춘식을 주인공으로 한다. 말
라리아로 고열에 시달리던 춘식은 꿈속에서 흰 옷을 입은 어머니를 만
난다. 하지만 낮이 되자 그 모습을 잊어버려 춘식은 망연히 공터에 앉
아 있다. 그때 춘식은 산에서 내려오는 흰 옷 입은 어떤 어머니를 보게
된다.

저쪽 산 비탈 쪽으로 누가 내려오고 있는 것을 춘식이는 보았읍

16   강소천, 「아버지는 살아계시다」, 『어머니의 초상화』, 배영사, 1963, 54쪽.

니다.

　가까이 오는 것을 보니 그것은 흰 옷을 입은 여자였읍니다. 점점 더 가까이 오는 것을 본 춘식인 자기 눈을 의심하지 않을 수가 없었읍니다. 그것은 어제 저녁 춘식이가 만났던 흰 옷 입은 어머니 그대로의 어머니가 아니겠습니까? …(중략)…

　인제 지나간 흰 옷 입은 알지 못하는 어머니로 해서 춘식이는 정말 자기 어머니의 얼굴 모습을 이렇게 생시에 뚜렷이 느낄 수가 있었읍니다.

　춘식이는 그림을 그리기 시작했읍니다. 보름달만큼 큼직한 얼굴 테두리를 그리고, 눈과 눈썹과 코와 입과 귀를 그렸읍니다.

　오늘따라 그림은 춘식이가 생각하는 대로 잘 되었읍니다. 손이 어찌도 말을 잘 듣는지, 맘 먹은 대로 그야말로 사진처럼 자세히 어머니의 얼굴을 그렸습니다. …(중략)…

　"아가 울지 마!"

　하는 부드러운 목소리를 듣고 비로소 춘식이는 눈물 어린 눈으로 자기의 어깨를 어루 만져 주는 낯 모르는 흰 옷 입은 어머니를 쳐다 보았읍니다.

　춘식은 다시 두 눈을 감았읍니다.

　처음 느껴 보는 부드러운 손길, 다시는 못 돌아올 정말 어머니가 대신 보내 준 어머라고 생각했읍니다.

　"아가! 무척 어머니가 보고 싶지? 그렇지만 넌 어머니를 이 세상에서 찾아선 안 돼! 네 어머니는 네 마음 속에 있어. 아니 네 눈 속에, 네 머리 속에, 네 손 발에 있어. 네 몸과 마음 그 속에 네 어머니는 함께 살고 있어!"

　낯 모를 어머니는 이런 뜻의 긴 이야기를 들려주고 가 버렸읍니다.

　이 일이 있은 뒤로부터 춘식이는 다시 이 곳에 나오질 않았읍니다. 나와도 소용이 없었읍니다. 빈터에는 새 집들이 다시 섰기 때문입니다.[17]

17　강소천, 「어머니 얼굴」, 『강소천 소년문학선』, 경진사, 1954, 136~138쪽.

인용문은 낯선 어머니를 보고 춘식이 잊어버린 자신의 어머니 얼굴을 그리게 되고 이 어머니의 말로 인해 춘식이 상실의 아픔을 극복하게 되었음을 보여주는 마지막 장면이다. 이 낯선 어머니는 결국 사회적 아버지로서 소천을 대변하며 소천이 우리 사회 성인에게 요구하는 한 모습이다. 춘식은 낯선 어머니의 모습을 보는 것만으로도 자신의 어머니 얼굴을 떠올리고 자세히 그릴 수 있었다. 이 부분이 중요하다. 춘식이 어머니 얼굴을 그리는 데 낯선 어머니는 아무런 역할을 하지 않는다. 그냥 춘식의 옆을 지나갈 뿐이다. 하지만 춘식은 그 어머니의 모습만으로도 자신의 어머니를 떠올리며 그토록 그리워하던 어머니 얼굴을 그릴 수 있었다. 이는 소천이 생각하는 건강한 공동체의 순기능이라 할 수 있다. 공동체의 구성원들, 특히 성인이 바르고 건강하다면 그들과 함께 살아가는 것만으로도 어린이들의 아픔과 상처는 극복될 수 있는 것이다. 나아가 이 건강한 구성원, 성인의 따뜻한 사랑과 관심 어린 말은 춘식으로 하여금 부재하는 어머니를 자신 속에 살아 있는 존재로 내면화하게 한다. "다시 이 곳에 나오질 않았읍니다"라는 서술은 춘식이 더 이상 외부에서 어머니를 찾지 않음을 암시한다. 곧 부재 대상을 내면화함으로써 춘식이 한 단계 성장함을 함축적으로 보여주는 것이다.

사회적 아버지로서 소천은 어린이들이 부재와 상실의 대상을 마음속에 함께 살아가는 존재로 내면화함으로써 극복할 수 있도록 성인이 도와야 한다고 생각했다. 「아버지는 살아계시다」의 철호 어머니, 「어머니 얼굴」의 낯선 어머니, 「꼬마 산타의 선물」의 준이 어머니 등이 하는 말은 다 "곁에서 아버지를 찾지 말고 마음속에 살아계신 아버지를 찾아야

겠"[18]다고 하는 소천의 말과 같다.

둘째는 성인들이 세상 모든 어린이가 다 내 아이라는 깨달음을 얻기를 요구한다. 대표적으로「꽃신을 짓는 사람」에서 예쁜이 아버지의 각성이 이를 잘 보여준다. 결혼한 지 20년이 넘도록 아기가 없는 부부에게 예쁜 여자아기가 생긴다. 누군가 마당에 갖다놓은 것이다. 부부는 정성을 다해 아이를 키우지만 아이가 커가며 얻어온 아이라고 놀림을 받게 된다. 이를 속상해한 부부는 서울로 올라와 친구의 신발 가게를 맡아 하게 된다. 그런데 이사한 지 며칠 안 돼 아이(예쁜이)가 없어진다. 부부는 백방으로 찾지만 예쁜이를 찾을 수 없다.

그 상실감을 아빠는 꽃신을 지으며 회복한다. 꽃신을 예쁜이로 생각하고 꽃신을 짓는 행위를 예쁜이와 함께 있는 시간으로 인식의 전환을 하였던 것이다. 그러나 시간이 지나며 예쁜이가 더 이상을 꽃신을 신을 수 없는 나이가 되자, 아빠에게 꽃신을 짓는 행위의 이유와 의미가 사라진다. 아빠는 죽음까지 생각할 정도의 상실감에 빠진다. 그러나 아빠는 한 번 더 인식의 전환을 하며 각성을 한다. 남의 아이였던 예쁜이가 아이가 없었던 나(아빠)의 아이가 되었던 것처럼 남의 아이는 나의 아이가 될 수 있고 예쁜이가 될 수 있다는, 모든 아이가 예쁜이가 될 수 있다는 인식의 확장이 그것이다. 이로써 아빠는 예쁜이뿐만이 아닌 모든 아이를 위해 꽃신을 지을 수 있게 되고 언제까지나 꽃신을 지으며 예쁜이와 함께 있을 수 있게 된 것이다. 즉 범인간적인 사랑을 실행할

18 강소천,「아버지는 살아계시다」,『어머니의 초상화』, 55쪽. 이 작품 끝에 붙은 '읽고 나서'에 소천이 덧붙인 말이다.

1. '아버지의 딸'로 형상화되는 세계

수 있는 길을 찾고 비로소 세계와 합일함으로써 상실의 아픔을 극복하게 된다.

이와 같이 세상 모든 어린이가 다 내 아이라는 깨달음을 보여주는 작품으로 「어머니의 초상화」 등을 들 수 있다. 「어머니의 초상화」에서 어머니에 대한 그리움으로 방황하는 춘식이에게 자신의 죽은 아들이 살아 돌아온 것 같다는 거짓말을 함으로써 춘식을 품어 안는 안 선생님은 같은 맥락의 깨달음을 보여준다.

성인의 각성을 요구하는 작품이 비록 많은 비중을 차지하지는 않으나 소천은 어린이가 어린이답게 내일의 희망으로 자라기 위해서는 성인들의 각별한 사랑과 헌신이 있어야 한다는 데 누구보다 천착했다고 볼 수 있다. 소천이 주도하여 1957년 5월 5일 제35회 어린이날을 기해 공포된 「대한민국 어린이헌장」[19]의 전문과 전9항의 본문은 어린이가 "옳고 아름답고 씩씩하게 자라도록 힘써야 한다"는 성인에 대한 당부이다. 결국 소천은 사회적 아버지로서 어린이들이 1950년대라는 불우한 시대의 "있는 사실"을 극복하기 위해서는 성숙한 성인의 역할이 절대적으로 필요함을 호소하고 있다.

(2) 공동체의 연대와 대안 가족

성인이 세상 모든 어린이가 다 내 아이라는 깨달음을 얻기를 원했던

---

19 1957년 공포된 「대한민국 어린이헌장」의 전문은 다음과 같다. "어린이는 나라와 겨레의 앞날을 이어나갈 새 사람이므로 그들의 몸과 마음을 귀히 여겨 옳고 아름답고 씩씩하게 자라도록 힘써야 한다."

소천은 여기에서 더 나아가 공동체의 연대[20] 속에서 맺어지는 대안 가족을 제시한다. 전후 "있는 사실" 속에서 핍박한 삶을 사는 어린이들에게 그들을 지지하고 응원하는 친구와 사랑과 관심으로 감싸 안는 성인은 혈연으로 맺어진 가족보다 더 따뜻한 가족이 될 수 있음을 보여주고자 한 것이다. 이러한 공동체의 연대 속에서 소천은 전후 현실을 극복할 수 있다고 보았다.

「해바라기 피는 마을」에는 이러한 소천의 희망이 두드러지게 그려져 있다. 「해바라기 피는 마을」은 1955년 7월부터 1956년 8월까지 모두 14회 『새벗』에 연재된 작품이다. 이 작품은 국민학생 정희가 육군 소위로부터 위문편지의 답장을 받는 것으로 시작한다. 정희는 위문편지에 해바라기 그림을 그려 같이 보냈는데, 소위는 그 해바라기 그림을 보고 시를 써 보낸다.

---

20 연대의 사전적 정의는 "여럿이 함께 무슨 일을 하거나 책임을 짐" 또 "한 덩어리로 서로 연결되어 있음"이다. 즉 '함께' 행동하는, 나뉘어질 수 없는 '한 덩어리'를 말한다. 이러한 '연대'라는 개념은 역사적으로 또는 '연대'가 상정하는 집단의 성격에 따라 다양한 형태로 변용 또는 활용되어온다. 공동체의 구조 및 성격과 그 지향점에 따라 일반적으로 연대는 전통적인 사회적 차원의 연대, 정치적 차원의 연대, 종교적인 차원의 연대로 분류된다(정인관, 앞의 글, 439쪽). 이 글에서 연대는 "서로 돕고 살아간다"는 오랜 연원을 가진 인간 보편적인 개념이다. 이것이 소천 동화의 근원에서 작동하고 있다고 보기 때문인데, 이는 위의 논의 틀로 보자면 전통적인 사회적 차원에서 논의되어온 '연대'의 의미를 말한다고 하겠다. 이러한 공동체의 연대 안에 놓여 있는 개인(구성원)은 연대의 문제를 자신의 문제로 받아들이게 되는데, 1950년대 우리 사회에서 고통받는 어린이의 문제를 공동체의 구성원들이 자신의 문제로 받아들여야 함을 소천은 강조하려 했다고 본다.

언제나 태양을 우러러 사는
해바라기.
사람들은 이 꽃 이름을
희망의 꽃이라 부르더라.
희야.
우리도 마음 밭에
꽃밭을 만들자.
그리고 해바라기를 심자.
눈보라 몰아쳐도
해바라기 피어나게…….[21]

소위가 보낸 시의 '해바라기'가 내포하는 '희망'은 이 작품을 지배하는 정조이면서 작품 속 인물들을 추동하는 힘이다. 특히 어머니마저 잃고 힘들어하는 정희를 살아가게 하는 힘으로 기능한다.

친구들의 도움과 소위 어머니의 감싸 안음과 같은 공동체의 연대로 시련을 극복하는 정희를 통해 사회적 아버지로서 소천이 그리고자 하는 이야기는 분명해진다. 어린이들에게는 희망을 갖고 이겨낼 수 있다는 의지를 다지고, 친구 간의 우정을 소중히 하라고 한다. 성인에게는 사랑과 관심을 실천함으로써 전후 어려운 현실을 함께 극복해야 한다고 말한다. 이러한 의도를 강력히 표출하기 위해 소천은 인물들을 대비적으로 운용하고 있다. 전후 가족이 해체되고 물질적 기반도 상실한 "있는 사실" 속의 정희를 한가운데 두고 한쪽엔 우정 어린 친구들과 사랑과 배려로 감싸 안는 어른들이, 다른 한쪽엔 시기하고 질투하는 친구

21 강소천, 「해바라기 피는 마을」, 『강소천 아동문학독본』, 을유문화사, 1961, 17
    쪽. 이하 인용 끝에 쪽수만 표시한다.

와 정희를 수단으로 대하는 이기적인 어른이 있다. 때문에 정희를 중심으로 인물 배치를 그려 작품을 살펴보면 한눈에 들어온다.

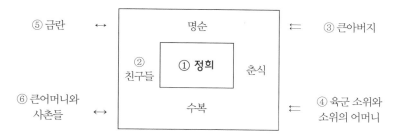

「해바라기 피는 마을」의 인물 배치

① 정희는 전쟁으로 의사였던 아버지와 오빠를 잃음으로써 경제적 기반을 상실하고 전후 생활을 위해 동분서주하던 어머니마저 잃는다. 이런 정희는 전후 가족 해체와 더불어 경제적 기반까지 잃고 힘들게 살아가는 많은 불우한 어린이들을 상징하는 인물이다.

③ 다행히 정희를 사랑하고 배려하는 큰아버지가 정희를 거두나 경제적으로 넉넉하지 못하다. ⑥ 큰어머니와 사촌들은 이런 정희를 자신들을 뒷바라지하는 사람, 즉 식모처럼 부리며 수단화한다. 심지어 이들은 정희가 학교 가는 것까지 싫어하며 집안일만 하게 한다.

> 하루에 한 가지 두 가지씩 정희에겐 일이 늘어 갔습니다.
> 하루는 큰어머니가 이렇게 말씀하시는 것이었습니다.
> "정희야! 우리 인제 이렇게 하자. 내가 시장에 나가 과일 장수라도 할 테니 너는 집에서 밥을 지어라. 부엌 살림은 네가 맡으란 말이야."
> "예!"

정희는 이렇게 대답하는 수밖에 없읍니다.

정말 하루하루 날이 갈수록 정희는 완전히 식모가 되어 버렸읍
니다. 하루 종일 꼬박 일을 해야 했읍니다.(82쪽)

큰아버지가 사업 때문에 부산에 오래 있는 동안 큰어머니는 정희를
식모로 만들어버린다. 물질에 큰 의미를 두는 큰어머니는 큰아버지의
설득이나 만류도 듣지 않고 풍요롭지 못한 집안 환경을 원망한다. 이런
큰어머니의 태도는 전후 우리 사회에 팽배했던, 미국 중심의 소비자본
주의의 유입으로 윤리나 도덕적 가치를 상실한 채 배금주의에 물들어
가는 사람들의 전형을 보여준다. 더불어 혈연과 관습으로 묶여 있는 가
족 제도의 나약함도 보여준다.

⑤ 정희를 시기하는 복잡한 인물이 금란이다. 금란은 부러울 것 없는
환경을 배경으로 자기중심적이며 탐욕적인 인물로 등장하지만 때때로
착하기도 한 인물이다. 예술제에 나갈 연극 배역 문제로 정희와 겨루는
데, 시기와 질투로 정희를 괴롭히다가도 그러한 행동을 반성하는 모습
을 보여주기도 한다.

금란이는 명순이와 수복이가 위문금을 모으는 일을 맡아 달라고
할 때 모른다고 뿌리쳐 버리고 달아났으나, 다시 생각하니 정말 그
애들의 말대로 만일 이번에 정희와 사이가 벌어지면 영영 다시 사
귀지 못할 것 같이 느껴졌고, 만일 그렇게 되면 명순이나 수복이와
도 함께 놀지 못하게 될 것 같았읍니다.

—내가 괜히 그랬어. 그 애들의 말대로 이번 일은 정말 내가 앞
에 나서서 해야 할 걸 그랬어. 내일 가선 그 애들에게 이야기를 해
야겠어. 참말, 우선 오늘 정희를 찾아가 보자.—

학교에서 나오며 금란이는 이렇게 생각했읍니다.(68쪽)

“…… 너 연극 해 볼래?”

“누가 시켜줘야죠.”

“넌 연극이 늘 하고 싶은가 보구나.”

“아무렴, 정희만큼이야 못할라구요. 연습만 충분히 하면 문제 없어요. 그렇지만 우리 반 선생님은 정희를 제일 사랑해요.”

“그렇지만 정희가 안 한다면 문제는 다르지.”

“참, 내가 연극을 한다면 의복도 근사한 걸 입을 텐데요.”

“연극에 나오는 애는 가난한 애니까, 좋은 옷은 필요 없을 거야.”

“그래서 담임 선생님이 정희를 뽑았나 보지요?”(111쪽)

당시 전도된 가치관에 매몰된 사회의 영향을 받은 어린이의 한 모습이다. 위의 인용문은 금란이 선한 마음으로 자신을 돌아보는 모습이고 아래 인용은 금란의 자기중심적이고 탐욕적인 모습이다. 이로 보건대 소천은 정희로 드러나는 시련에 굴하지 않는 어린이와, 금란과 같이 너무 빨리 성인 사회의 부정적인 면을 익혀버린 어린이 모두가 참된 공동체의 가치를 깨닫기를 소망했다고 보인다.

② 계속되는 시련으로 삶의 낭떠러지까지 떨어지는 정희를 지지하고 위로하며 격려하는 친구들이 명순과 춘식, 수복이다. 이들은 정희가 어려움에 처할 때마다 위로하고 도움을 준다. 정희가 큰어머니의 구박과 사촌의 모욕을 견디다 못해 죽음을 생각하고 바닷가로 나왔다가 다시 살아갈 힘을 얻게 되는 것은 이들 덕분이다. 명순의 도움으로 정희는 큰어머니의 집을 나와 담배 장사를 하며 학교를 다니게 된다. 이처럼 작품 전반에서 친구들은 정희와 희로애락을 함께하며 서로를 지지하고 격려하는 참된 우정을 보여준다. 그러므로 이들의 연대는 우정을 기반

으로 하는 대안 가족이라 볼 수 있다.

④ 소위 어머니는 정희가 시련과 고난으로부터 벗어나는 데 핵심적인 역할을 한다. 전쟁의 상흔으로 혼자 남겨진 소위 어머니와 정희가 새로운 가족을 구성하는 것이다. 이 어머니와 만나는 계기를 소위가 만들어준다. 소위와 정희는 전쟁으로 가족을 잃었다는 공통점을 기반으로 오빠와 누이 사이로 발전했는데, 이 관계는 결국 정희와 소위 어머니를 연결하며 대안 가족을 구성하는 복선 역할을 한다. 여기서 한 가지 더 주목할 점은 두 사람의 비극적인 가족사이다. 전쟁으로 말미암아 정희는 아버지와 오빠를 잃었고 소위 어머니는 남편과 딸, 결국에는 아들마저 잃었다. 이러한 환경 설정은 한국전쟁 폐해의 영향이 아동문학에도 깊이 침식되어 있음을 보여준다.

정희와 친구들 간의 우정은 이 작품에서 함께 어려움을 헤쳐 나가는 하나의 대안 가족으로 기능한다. 여기에 더해 정희가 소위와 오누이 관계를 맺고 다시 소위 어머니와 모녀가 됨으로써 소천이 의도하는 공동체의 연대로서 대안 가족이라는 주제는 당당히 형상화된다. 이는 혈연으로 맺어지는 큰집 가족과의 가족 이루기가 파국으로 마무리되는 것과 대비된다. 혈연보다는 이해와 사랑을 기반으로 하는 가족이 더 힘이 있고 필요함을 드러낸다고 할 수 있다. 그러나 여기서 소천이 무엇보다도 분명히 하는 점은 바로 정희의 굳건한 의지이다. 어머니가 살아 계실 때 정희는 오히려 연약해 보이는 여자아이였다. 이후로도 정희는 계속되는 시련 속에서 죽음까지 생각할 정도로 약한 모습을 보인다. 하지만 친구들의 위로와 소위 오빠가 보여주었던 '희망'을 통해 담배 장사까지 하며 자신의 삶을 책임지려 한다. 이는 어린이 스스로 자신의 삶을 개척하려는 의지가 무엇보다도 중요함을 이야기한다고 볼 수 있다. 여기에 친구들과의 우정과 성인의 사랑과 관심, 즉 공동체의 연대가 이루어질 때, 전후 "있는 사실" 속에서 고통받는 어린이가 '있어야 할 세계'로 나아갈 수 있다고 사회적 아버지로서 소천은 말하고 있는 것이다.

이 작품에 대한 독자들의 반응은 열렬했다. 당시 『새벗』의 「독자의 소리」에는 이 작품에 대한 감동을 알리는 독자의 반응들이 실렸는데 초등 저학년부터 중학생, 일반인 독자까지 그 연령층이 다양했다. 그중 한 편을 소개하면 다음과 같다.

> 강소천 선생님의 「해바라기 피는 마을」을 읽고 온 집안 식구가
> 의논했어요. 가엾은 정희를 우리 집에 데려다가 키우자고요. 정말
> 정희가 가엾어 죽겠어요. 정희가 살아있다면 알려주셔요. (서울 성
> 동구 돈암동)[22]

위의 독자는 연령을 밝히지는 않았지만 초등학생으로 보이지는 않는다. 위와 같은 반응은 단순한 감동을 넘어 「해바라기 피는 마을」에서 소천이 의도한 바가 독자와 호응했음을 보여주는 동시에 소천의 인식이 당시의 현실과 조응했음을 보여준다.

「해바라기 피는 마을」 외에도 전후 현실을 극복하기 위해 우정으로 빚어내는 공동체의 연대를 제안하는 작품으로는 「아버지」, 「도라지 꽃」, 「신파 연극」 등을, 대안 가족으로 공동체의 연대를 그려낸 작품으로는 「무지개」, 「꽃신을 짓는 사람」, 「이런 어머니」, 「어린 양과 늑대」 등을 들

22 「독자의 소리」, 『새벗』, 『스크랩북 6권』, 1955.

수 있다.

　이 중 주목되는 작품은 「어린 양과 늑대」[23]이다. 「어린 양과 늑대」는 거리의 부랑아로 살며 구걸과 도둑질을 하던 아이들이 경찰의 일제 단속으로 붙잡혀 고아원에 들어오게 되며 전개된다. 아이들은 선생님들의 지도로, 고아원을 '희망 소년시'라 하고 시를 운영할 시장을 비롯해 시의원 등을 선출해 자체적으로 운영해간다. 그 과정에서 고아원 선생님들은 자신들을 어머니나 아버지같이, 함께 지내는 고아들은 형제같이 서로 아끼며 배려하라고 한다. 고아원 고아들의 연대로 하나의 거대한 대안 가족이 되는 것이다. 특히 이 작품에서 흥미로운 점은 당시의 민감한 사회 문제에 대해 소천식의 대안 방법을 제시한다는 점이다. 전술했듯이 1950년대는 오갈 데 없는 어린이들이 대량으로 발생하던 시기였다. 이렇게 버려진 아이들은 1955년에는 전국 484개의 고아원에 50,417명이 수용되어 있었다. 그러나 전무했던 아동복지법과 취약한 시설, 몰지각한 시설 운영자 등의 문제로 거리를 떠도는 부랑아들은 상당했고 그들이 일으키는 사회 문제 또한 심각했다.[24] 1954년에 서울 시내 부랑아 단속이 몇 차례 있었지만, 1956년에는 서울시에만 약 2,400

23　「어린 양과 늑대」는 1957년 작품들을 모아놓은 『스크랩 9권』에 1, 2편이, 『스크랩 10권』에 3, 4, 5편이 「아침 행진곡」이란 제목으로 실려 있는데, 발표지는 알 수 없다. 이후 배영사 『강소천 아동문학 전집 5 초록색 태양』(1964)에 제목이 「어린 양과 늑대」로 수정되어 실려 있고, 교학사 『강소천 아동문학 전집 4 꾸러기와 몽당연필』(2006)에도 「어린 양과 늑대」라는 제목으로 실려 있다.

24　「명랑한 거리로 시내 부랑아를 수용」, 『동아일보』, 1954.3.18 ; 「악질 꼬마 걸인 경찰국 우선 백명 수용」, 『경향신문』, 1954.5.11 ; 「맺어진 고아양연」, 『동아일보』, 1956.11.25 ; 「고아를 무수구타(無數毆打)」, 『경향신문』, 1956.12.12. 등 참조.

여 명의 부랑아가 있었다고 전해진다.[25] 이러한 사회 문제에 대한 소천의 인식이 「어린 양과 늑대」와 같은 작품을 낳았다고 볼 수 있다.

이상과 같은 작품들은 사회적 아버지로서 '있어야 할 세계'를 제시하고자 한 소천의 의도가 낳은 작품들이다. 때문에 교훈적이라는 비판을 피해갈 수는 없다. 그러나 "있는 사실" 속에서 고통받는 어린이들을 내일의 주역으로 키우기 위해 소천은 '있어야 할 세계'의 현실적이고 실천적인 덕목으로 공동체의 윤리를 형상화하고 공동체의 연대를 통한 대안 가족을 제시한다. 사회적 아버지로서 소천이 시대와 어린이 문제에 대해 적극적으로 고민하며 현실적이면서 이상적인 대안을 형상화하기 위해 노력했다는 점은 놓치지 말아야 한다.

(3) 공동체의 연대와 예술

1930년대 후반부터 1960년대 초반까지 핍박한 현실에 내몰린 어린이들에게는 물질 이전에 따뜻한 품이 먼저였다. 소천은 이 부분을 놓치지 않고, 어린이들을 품어줄 공동체의 연대로써 대안 가족을 제시했다. 그렇다면 이 공동체의 연대를 형성하게 하는 매개물이 무엇인지가 중요해진다. 공동체의 연대를 형성하기 위해서 소천은 자주 예술을 끌어온다. 음악과 미술, 글쓰기 등의 예술 활동은 소천의 작품에서 흔히 볼 수 있는 모티프이다.[26] 이 모티프들은 작품 속에서 인물의 상황에 맞추

25 「수용할 길 없는 부랑아」,『경향신문』, 1956.3.27.
26 예술 활동이 작품의 주요한 모티프로 등장하는 작품을 모티프에 따라 나누면 다음과 같다. 노래부르기 : 「누가 누가 잘하나」, 「도라지 꽃」, 「인형의 꿈」 등, 악기 연주하기 : 「그리운 얼굴」의 하모니카, 「준이와 백조」의 피리, 「퉁수와 거울」의

어 다양한 역할을 하는데, 이를 부유층의 호사나 유희로 생각해서는 곤란하다. 그것은 때로는 그리움을 해소하고 잃어버린 꿈을 상징하며, 존재 기반이 무너지는 상황에서 자신을 추스를 수 있는 힘이 되고, 삶을 좌우하는 원형질이 되고 잠깐 나타났다 사라지는 환상이 되기도 한다. 이러한 예술에의 경도는 그의 삶과 관련된다. 소천이 미둔리 주일학교에서 어린이들을 가르칠 때는 여러 신문과 잡지가 강제로 폐간되어 작품 발표 통로를 잃고 실의에 차 있던 시기이다. 이때 동화를 쓰고 어린이들에게 들려주는 일은 소천에게 많은 위안과 위로를 주면서 동시에 그가 버틸 수 있는 힘이 되었음은 전술했다. 또한 주일학교의 활동에서 찬송가 부르기는 빠질 수 없는 일로 동화 쓰기와 마찬가지로 소천에게 위안과 힘을 주는 일이었다. 이렇게 본다면 그의 작품에 무수히 나타나는 예술 활동은 이와 같은 체험에 바탕을 두고 있는 것이다. 그는 예술 활동이 가져오는 미학을 추구했고 그것을 "있는 사실" 속에서 고통받는 어린이들에게 전하고자 한 것이다. 작품 속 다양한 예술 활동 중에서 여기서는 공동체 연대를 형성하게 하는 노래 부르기와 그림 그리기를 중심 모티프로 하는 「인형의 꿈」과 「봄이 너를 부른다」를 살펴본다.

「인형의 꿈」은 『경향신문』에 1958년 3월 20일부터 5월 21일까지 60회 연재되었다가 그해 12월 동화집 『인형의 꿈』에 표제작으로 실렸다. 이 작품은 정란 엄마로 등장하는 여성(배미숙)이 결혼과 육아로 잠자고 있

통소, 「봄이 너를 부른다」와 『해바라기 피는 마을』의 피아노 등, 그림 그리기 : 「비둘기」, 「어머니의 초상화」, 「어머니 얼굴」 등이 있고 그 외 「어떤 작곡가」와 『바다여 말해다오』의 작곡하기, 「종소리」의 종 만들기, 「나무야 누워서 자거라」의 글쓰기 등이 있다.

던 자신의 꿈을 다시 찾아가는 과정을 중심으로 한다. 더해서 그녀의 딸 정란과 친구 명애 그리고 명애의 가족이 노래 부르기와 그림 그리기를 통해 서로 연대하는 모습을 그리고 있다. 이 작품에서 소천은 개인과 개인, 가족과 가족의 연대로 꿈을 키우고 실현해나가야 함을 보여준다.

> 노래는 멋지게 계속 되었습니다.
> 엄마의 머리엔 십 여 년 전, 그때 일이 필름처럼 풀려 나왔습니다. 엄마는 지금 음악회 구경을 온 수 많은 사람들이 모인 자리에서 노래를 부르고 있는 것입니다.
> 엄마는 다시 소롯이 두 눈을 떠서 노랫소리 나는 경대 쪽을 바라봤습니다.
> "응? 저 불란서 인형이?"
> 그제야 엄마는 여태껏 노래를 부른 것이 자기의 불란서 인형이었다는 것을 알았습니다.
> 자장가가 끝났습니다. 뒤이어 요란한 박수 소리가 엄마의 귀를 울렸습니다. 그제야 엄마는 잠을 완전히 깨었습니다.[27]

인용문은 배미숙이 아기를 재우다 깜빡 잠이 들었다가 노랫소리에 놀라 잠이 깨는 상황이다. 이사하면서 잃었던 인형을 다시 찾게 된 날 밤, 비몽사몽 중에 듣는 노래는 마치 오래전 졸업 독창회 때 자신이 불렀던 노랫소리 같은데, 인형이 부르고 있다. 과거 졸업 독창회가 끝나고 어느 독려자로부터 인형을 받을 때만 해도 배미숙은 성악가의 꿈을 향해 나아가고 있었다. 독려자가 보내준 인형은 꿈의 성취를 상징한다.

---

27   강소천, 「인형의 꿈」, 『인형의 꿈』, 103~105쪽. 이하 인용 끝에 쪽수만 표시한다.

그런데 결혼과 육아를 하는 동안 꿈은 배미숙의 내면 깊숙이 잠들어버렸고 인형도 유리 상자 속에서 잠들어 있었다. 이렇게 내버려둔 인형을 이사를 하며 잃어버리자 인형이 내포하는 의미가 다시금 묵직하게 다가오고 배미숙은 인형을 되찾기 위해 온 노력을 다한다. 마침내 인형을 되찾은 밤, 인용문같이 비몽사몽간에 자신과 인형이 혼재되어 나타나는 것이다. 인형이 노래한 것이라고 하면서 노래가 끝나자 졸업 독창회에서 자신에게 쏟아진 요란한 박수 소리를 듣는 것이 그 증거이다. 마지막 문장 "엄마는 완전히 잠을 깨었습니다"는 다양한 의미를 함축한다. 수면 상태에서 벗어났다는 말이며 동시에 자신과 인형의 혼재에서 깨어났다는 말이다. 나아가 배미숙의 내면에서 잠자고 있던 꿈이 다시 깨어남도 의미한다.

〈이게 어찌된 일일까?〉 하고 저는 제 옷이며 제 몸을 둘러 보았습니다. 아 그랬더니 정말 거울에 비친 대로 제 몸은 인형으로 변하고 말았습니다. 그러자 경대 앞에 서 있는 인형이 제게 이야기를 거는 것이 아니겠습니까?
"어찌 된 일이세요?"
"뭐 말이에요?"
저는 인형에게 되물었습니다.
"꿈이 꾸고 싶어 인형이 되셨나요?"
"꿈이 꾸고 싶으면 인형이 되나?"
"그럼요, 인형은 밤이나 낮이나 줄곧 꿈을 꾸니까요."
"어떤 꿈?"
"그거야, 인형마다 다르지요. 제가 늘 꾸는 꿈은요, 커지는 꿈이지요."
그러다가 저는 대수롭지 않은 이야기처럼 작은 제 인형에게 이렇게 물었습니다.(184~185쪽)

인용문은 "제가 경대 앞에 서 있는 인형을 가만히 바라보고 섰노라면 문득 경대에 비친 제 얼굴이 이상하게 변하는 것 같았습니다"(184쪽)라는 문장에 이어진다. 거울에 비친 배미숙의 모습이 인형으로 변하고 급기야는 인형과 이야기를 나눈다는 것이다. 앞의 인용문에 나타난 비몽사몽간의 혼재에서 나아가 배미숙 자신이 인형으로 변하는 것이다. 무엇을 이야기하는가. 인형과 배미숙의 대화에서 이 물음의 답을 찾을 수 있는데, 결국 인형이 하는 말이 배미숙의 내심이다. 즉 배미숙은 꿈을 꾸고 싶고 크고 싶다는 것이다. 앞의 인용문에서 자신의 꿈을 다시 떠올린 배미숙이 명애 아빠의 귀국 작곡 발표회를 계기로 성악가로서의 꿈을 다시 꾸고 싶어 한다는 것이고, 꿈을 성취하고 싶다는 의미이다. 결혼하기 전의 꿈을 다시 강렬하게 욕망하고 꿈을 이루어나가겠다고 결심하고 있는 것이다.

> 명애가 미술 전람회에서 상을 받은 날 저녁, 정란이 엄마는 명애에게 긴 편지를 썼습니다.
> 그것은 마치 명애 아빠가 정란이 엄마에게 편지를 써 보낸 것과 같은 식의 편지였습니다.
> 그와 조금 다른 것은 선물입니다. 정란이 엄마는 명애에게 유리로 만든 예쁜 강아지 하나를 선물했습니다. 그리고 편지에는
> "인제 명애가 여학교 대학교를 거쳐 이름을 세상에 떨칠 때마다 강아지는 망아지로, 그리고 송아지로, 그 다음은 범이나 사자로 자꾸 변해 갈 거다."
> 라고 썼습니다.(183쪽)

어느 독려자로부터 받은 인형이 배미숙과 그녀의 꿈을 상징한다면 그녀가 명애에게 선물하는 인형은 명애와 명애의 꿈을 상징한다. 이 인

형은 불란서 인형이 배미숙에게 그랬듯이 명애에게 끊임없이 꿈을 상기하게 하고, 그에 매진하게 하는 역할을 할 것이다. 배미숙의 인형이 작은 것에서 큰 것으로 변했듯이 명애가 꿈을 실현해나가는 정도에 따라 인형도 점점 커지게 될 것이다. 이렇게 어느 독려자에서 배미숙으로, 다시 배미숙에서 명애로 이어지는 연대는 아마도 다시 명애로부터 또 다른 누군가에게로 전달될 것임을 예상하게 한다. '독려의 선순환'이라고 할 수 있는 이 일은 어느 시대에나 필요한 일이지만 특히 불우한 현실로 꿈의 실현이 어려운 시대에는 그 의미가 더욱 크다.

이렇게 작품 속 인물들은 배미숙과 독려자, 정란과 명애, 그리고 명애와 정란 아빠, 명애와 배미숙과의 연대 같은 개인 간의 연대에서 나아가 정란의 가족과 명애의 가족 간의 연대를 통해 자신의 꿈을 찾고 꿈을 실현하기 위해 나아간다. 결국 보편적인 인간의 꿈과 그 실현에서 공동체의 연대를 강조하고 있는데, 이 공동체 연대는 전쟁과 같은 재난을 겪고 난 시대에 더욱 중요함을 소천은 피력하고 있다.

이와 같이 노래 부르기와 그림 그리기 같은 예술 활동을 통해 공동체의 연대를 형상화하는 작품으로 「종소리」와 「나 혼자 부른 합창」, 「그리운 얼굴」, 「비둘기」, 『봄이 너를 부른다』 등이 있다. 이 중 『봄이 너를 부른다』[28]는 음악 활동이 개인 간의 연대에서 사회 공동체의 연대로 나아가는 내용을 담고 있다. 이 작품은 1960년 하반기에 소천이 깊은 관심

---

28 『봄이 너를 부른다』는 『연합신문』에 1960년 12월 9일부터 1961년 3월 29일까지 91회 연재한 다음 한 달여 휴재한다. 그리고 4월 20일부터 다시 재개되어 6월 1일까지 모두 103회 연재된다. 교학사본 『강소천 아동문학전집 8 봄이 너를 부른다』에 실려 있다.

을 가지고 참여했던 벽지·낙도학교와 도시학교의 결연 운동인 '어깨 동무학교' 운동에서 몇 가지 모티프를 가져온 것으로 보인다.[29] 이 작품에서 피아노 연주를 비롯한 음악회는 중요한 모티프로 기능하는데 처음에는 인물이 시련을 극복하는 매개로, 중·후반에는 생활의 방편으로, 종국에는 사회적 연대로 나아가는 중요한 계기가 된다.

    서울에서 장사하는 어머니와 헤어져 살며 외로움과 그리움으로 고통스러워하던 경희는 친구들로부터 많은 위로를 받는다. 그러던 중 경희는 영순네의 배려로 영순네 집에서 함께 지내게 되고 영순 언니에게 피아노를 배운다. 이때 피아노 치기는 경희의 그리움을 달래주는 역할을 한다. 이후 어머니와 만나 함께 생활을 할 때는 어머니의 피아노 수업이 모녀의 생계를 책임진다. 영순 언니네가 부도가 나고 살림이 어려워지자 경희 어머니의 피아노 수업은 영순네에게도 도움을 주는 중요한 생계 수단이 된다. 한편 시골의 친구 정희는 병에 걸리지만 약을 쓸 형편이 되지 못하고, 낙도로 들어갔던 길수도 서울에 올라와 앞길을 도모하고 있다는 소식을 듣는다. 경희는 이들을 위한 방안을 궁리하다가 음악회 개최를 계획한다. 이 계획은 학교 친구 아버지의 도움으로 신문사를 통해 홍보가 된다. 그러자 많은 음악가들이 참여하기를 원해 음악회가 성황리에 끝나 경희는 친구들을 도울 수 있게 된다. 이 일을 계기로 신문사는 사회 운동 차원에서 음악회를 지속해 어려운 사람들을 돕겠다고 한다.

1. '아버지의 딸'로 형상화되는 세계

---

29 서석규, 「어린이헌장과 어깨동무 학교」, 『강소천 아동문학전집 7 잃어버렸던 나』, 교학사, 2006, 296~298쪽.

여기서 처음의 경희와 친구들의 연대, 경희와 영순 언니와의 연대는 경희 모녀와 영순 언니네와의 연대로 나아가고 다시 경희와 급우들, 경희와 급우의 아버지, 다시 신문사, 이름을 알 수 없는 무수한 사람들과의 연대로 확장된다. 이렇게 공동체의 연대로 나아가는 데에 음악은 중요한 동인으로 작용한다.

　전후 "있는 사실"에서 '있어야 할 세계'로 나아가기 위해 소천은 사회적 아버지로서 그가 항상 주장해왔던 꿈과 희망을 주고자 노력했다. 그 노력은 예술을 매개로 개인과 개인 사이의 연대에서 종국에는 개인과 사회, 가족과 사회라는 더 큰 범위로 나아간다. 소천은 그러한 과정을 구체적으로 작품 속에 형상화한다. 계몽적이라는 평가를 피할 수 없겠지만 척박한 현실 속에서 예술이 갖는 역할과 효용에 주목했다는 점이 소망스럽다. 또한 개인과 개인, 가족과 가족의 연대에서 사회 공동체의 연대로 확장되어감으로써 성취되는 꿈과 희망은 지금도 여전히 유효한 가치이다.

2. 내면 분열의 형상화

소천의 작품에서 대단히 흥미로운 지점이 발견되는데, 서사 내에 분열[30]의 양상이 드러나는 작품이 꽤 포진하고 있다는 점이다. 이는 '있어야 할 세계'에 대한 희구와 시대의 엄혹한 질서 사이에서 불화하다 스스로의 욕망을 봉합함으로써 빚어지는 분열의 양상이다. 요컨대 소천에게 북의 고향과 가족은 '있어야 할 세계'로 희구의 대상이나 분단과 재혼으로 인한 금지가 불화하며 내면의 분열을 일으키는 것이다. 이 갈 수 없음에 소천의 죄의식이 작동한다. 이러한 까닭으로 여기에 속하는 작품들은 주로 휴전 확정과 남에서의 재혼 시기와 맞물려 창작되기 시작

---

30 분열(schizophrenia)은 '분열된', '분리된'을 뜻하는 그리스어 'schizo'와 '마음', '정신'이라는 뜻의 그리스어 'phrenia'가 합쳐진 말로, '분열된 마음'을 뜻한다(원호택 · 이훈진, 『정신분열증 : 현실을 떠나 환상으로, 이상심리학 10』, 학지사, 2000. 참고). 분열은 자신에게 강요되는 제반 여건이 자신의 의지에 역행하고, 자신에게 어떠한 선택권도 주어지지 않아 내일의 지향점을 잃어버린 혼돈 상태를 말한다. 이는 곧 시공간 인식의 기반을 상실한 정신적 무질서와 그에 따른 정체성의 위기를 야기한다.

해 이후로 지속적으로 등장한다. 이 절에서는 이러한 분열을 야기하는 불안이 보이는 작품부터 본격적으로 분열이 드러나는 작품까지를 고찰한다.

1) 남한 안착과 북으로의 귀환 사이

6·25전쟁 동안 많은 사람들이 자신들의 지향점을 찾아 남으로 또 북으로 이주했다. 휴전선이 확정되기 전까지만 해도 완전한 분열, 이렇게 서로 소식도 모를 정도의 단절이 오리라는 생각은 하지 않았다. 때문에 1953년 7월 휴전선의 확정은 많은 이산가족에게 극심한 충격을 주었다. 두고 온 가족을 만날 수 있으리라는 희망이 완전히 사라진 것이다. 이후 남한의 제1공화국은 분단의 책임을 북한에 돌리며 북의 공산주의 체제를 부정하는 반공이데올로기를 '국시'로 떠받든다. 반공이데올로기로 국민들의 사상과 언어, 그리고 생활 일반을 거쳐 무의식까지 통제하고자 했다. 1950년대 중반부터 1970년대까지 이어진 이러한 반공의 기획은 전체주의적이었다.[31] 사실이나 진실과는 상관없이 끊임없이 반공이데올로기를 내세워 사회로부터 제거하는 억압적인 상황이 조성되었고 사회는 이를 기반으로 유지되었다. 이런 억압 속에서 가족을 뒤로한 채 남한으로 내려온 사람들은 다시는 고향의 가족을 만날 수 없다는 절망감에 더해 남에서의 생존까지도 문제가 될 수밖에 없었다.

---

31 신형기, 「해방직후의 반공이야기와 대중」, 『상허학보』 37집, 상허학회, 2013, 430쪽.

소천도 그중의 한 사람이었다. 그러나 다행히 소천의 경우 1951년 여름 772부대에서 정훈 업무를 보고 종군도 함으로써 남한에서의 신원이 확보되었다. 이후 문교부 편수국에 근무하면서 일반적인 월남인들이 겪고 있던 불안한 신분에서 어느 정도는 벗어났다. 그러나 월남인으로서 남에서의 정체성은 유동적인 상황이라 이에 대한 소천의 불안은 상존했다. 소천의 동화에 나타나는 반공이데올로기의 노출은 그 반증으로 볼 수 있다.

휴전협정 이후 소천의 동화에는 민족의 분단으로 야기된 역사적 상황과 개인적 상황으로 인한 내면의 분열이 자주 눈에 뜨인다. 월남인으로서의 소천의 신분은 기본적으로 항시 불안을 안고 사는 입장이었다. 여기에 1953년 7월 휴전선이 확정됨으로써 분단은 현실화되며 통일의 기약은 멀어진다. 그리고 1954년 초 소천은 남한에서 외사촌 누이 허홍순이 소개한 최수정 여사와 재혼한다. 이 결혼으로 소천은 월남인으로서 보다 안정적인 기반을 다지게 됨과 동시에 적잖은 위로와 심리적 안정을 얻었다. 그러나 이는 같은 무게의 죄의식으로도 작동했다. 실제로 1954년 출간한 『강소천 소년문학선』에 실린 수필과 후기의 기술과 1960년 『동아일보』 기사의 기술에는 소천의 기억이 혼란된 양상을 보이고 1954년 초 발표된 작품에는 서사의 균열이 나타난다. 휴전협정과 남에서의 재혼은 현실적으로 북의 고향과 가족에게로의 귀환을 차단한다는 점에서 소천의 죄의식을 증폭시켰던 것이다. 이러한 정황으로 과거와 현재의 자신을 통합할 수 없게 되고 다시 만날 수 있다고 믿었던 기존의 신념과 현실의 불가능성이 중첩되며 오랜 갈망이 뿌리째 뽑혀지는 상황은 그 자체로 분열적인 것이다. 일상은 번번이 과거의 시간과 현재 시간의 중첩을 가져와 존재는 익숙하지만 낯선 곳에 놓여 있음을 경험한다. 이는 소천의 많은 환상동화에서 나타난다. 대표적으로 「꿈을 찍는 사진관」에서 환상으로 들어가는 연분홍 살구꽃이 환히 핀 숲에서 느끼는 이상함, 「꿈을 파는 집」에서 환상에서 돌아와 잠시 어딘지 혼동하는 상황, 「일기장」에서 주인공이 경험하는 상황 등은 익숙하지만 낯선 곳에 있는 존재를 보여준다.

이 시기 소천의 작품에 나타나는 환상은 이러한 그의 분열적 상황이 만들어내는 판타지로 볼 수 있다. 소천의 깊이 침잠하며 관조하는 기질과 동시에 역동적이고 바람 같은, 상반적인 기질은 그만큼 그의 내면의 불화를 증폭시켰다고 보인다.[32] 현실의 여러 상황에 따라 이러한 내면이 서로 불화할 때 그의 분열은 깊어진다. 휴전 협정 직후 1953년 10월에 출간한 동화집 『꽃신』의 수록작 17편 중에는 「방패연」만이 북에 두고 온 고향과 그곳에 계신 할아버지에 대한 그리움을 그리고 있다. 그러나 1954년 6월 출간한 동화집 『꿈을 찍는 사진관』에는 전체 13편 중 9편이 부재하는 대상에 대한 그리움을 그리고 있고 직접적으로 북에 두고 온 가족을 그리는 작품이 6편이나 된다. 이를 볼 때 가족을 "버려두고 왔"[33]다는 죄의식은 돌아갈 수 없다는 실질적 장벽인 휴전선과 남에

---

32 소천은 내면으로 깊이 침잠하여 관조하는 기질과 자유분방하고 시원한 바람 같은 역동적인 기질을 동시에 가지고 있다. 소천의 이러한 기질에 대해서는 최태호와 김요섭의 글을 참고할 수 있다. 최태호, 「소천의 문학 세계」, 『강소천 문학전집 4 꽃신 짓는 사람』, 문음사, 1981, 132쪽 ; 김요섭, 「바람의 시 구름의 동화」, 『아동문학』 제10집, 1964, 77쪽.

33 「꿈을 파는 집」에서 꿈을 파는 할머니는 '나'가 내민 사진을 보고 "벌써 4년 전 사진이로군, 애들을 지금 만나면, 아무리 아버지라도 잘 모르겠는데…… 멀리들

서 새로이 일군 가정과 함께 그의 내면에 치유될 수 없는 분열을 일으켰다고 볼 수 있다. 실제로『꽃신』에 실린 작품들 중 발표 시기가 확인된 작품들은 8편인데 이중 2편은 강점기에 발표한 작품이고 나머지 6편은 모두 1952년 9월『조그만 사진첩』출간 이후 발표하거나 창작한 작품들이다. 발표 시기를 모르는 작품들도 대체로『조그만 사진첩』출간 이후의 작품이라 볼 수 있을 것이다.『꿈을 찍는 사진관』의 경우도 대체로『꽃신』출간 이후에 발표하거나 창작한 작품들을 모아 실은 것으로 볼 수 있다. 그렇다면『꿈을 찍는 사진관』에 실린 북에 두고 온 가족을 그리는 작품이나 부재하는 대상에 대한 그리움을 토로하는 작품들은 1953년 하반기부터 1954년 상반기에 집중적으로 창작되었다는 점을 간취할 수 있다. 이는 이 시기 소천에게 커다란 변화가 있었다는 것이고 그 변화는 전술한 휴전 확정과 남한에서의 재혼이라고 할 수 있다. 요컨대 1953년 7월의 휴전협정과 1954년 초의 재혼으로 말미암아 소천의 내면은 북으로 돌아가고자 하는 갈망과 그것을 포기할 수밖에 없는 현실을 오가며 여러 상반된 요소들이 불안정하게 동서하게 된 것이다.

이 시기 소천의 작품에서 그 분열의 연원을 찾아보는 것도 의미 있을 것이다. 분열은 불안으로 인해 시작되는 법, 소천 내면의 분열을 이끄는 불안은 이미 1953년 5월『학원』에 발표한「꽃신」에서부터 나타난다.

버려두고 왔군! 애들의 어머니는 보고 싶지 않수?'라고 묻는다. 비록 할머니의 말로 나타나지만 작가의 심중을 나타내는 말이라고 볼 수 있다(강소천,「꿈을 파는 집」,『꿈을 찍는 사진관』, 홍익사, 1954, 21쪽).

편지를 다 써서 봉투에 넣고 봉한 뒤 힘없이 붓을 놓은 엄마는 남편의 사진 앞에 서서,

"란이 아빠!"

이렇게 가만히 불러 보았읍니다.

아마 이게 정말 마지막으로 란이 엄마가 자기 남편을 아빠라는 이름을 붙여 불러 본 겐지도 모릅니다.<u>[34]</u>

인용문은 「꽃신」의 마지막 장면이다. 소천 동화의 가장 큰 특징 가운데 하나는 "잃어버린 것에 대한 그리움"[35]이다. 이때 '잃어버린 것'은 물론 '소중한 것'으로 대개 '전쟁'이나 '실향' 등이 원인이 된 가족 상실인 예가 많다. 대표적으로 분단에 따른 이산으로 고향의 가족을 그리워하는 마음을 담은 내용이 두드러진다. 그에 견주면 「꽃신」은 잃어버린 것이 어린 딸인 데다, 엄마의 부주의가 그 원인이라는 점에서 특이하다. 일부 논자는 엄마가 꽃신을 잃어버린 란이의 궁둥이를 두 대 때린 걸 가지고 엄마의 폭력성과 비정상성을 이야기하지만[36] 그보다는 위 밑줄

---

34 강소천, 「꽃신」, 『꽃신』, 24~35쪽.

35 '잃어버린 것에 대한 그리움'은 대체적으로 소천의 작품을 평할 때 나타나는 공통적인 수사이다. 논자에 따라 표현은 달라지지만 그 근저는 같은 맥락이라고 볼 수 있다. 대표적으로 박목월과 김용희의 표현을 살펴볼 만하다. 박목월은 "잃어버린 것을 찾아 헤매는 것, 사랑하는 것을 놓쳐 버린 것에 대한 이야기"를 소천 동화의 특징으로 꼽고 김용희는 "상실과 찾음이란 전형성을 띠는 수난의 상상력"에 소천 문학의 의미가 있다고 한다. 박목월, 「해설」, 앞의 책, 6쪽 ; 김용희, 「소천 동화에 나타난 꿈의 상징성」, 이재철 편, 『한국아동문학작가작품론』, 서문당, 1991, 210쪽.

36 장수경, 「강소천 동화에 나타나는 월남의식과 서사의 징환」, 『현대문학의 연구』 제48권, 한국문학연구학회, 2012, 270쪽.

친 문장이 문제적이다. 위 문장은 소천 내면의 불안이 돌출한 것으로 볼 수 있기 때문이다.

란이 아빠에게 란이의 죽음을 알리는 편지를 다 쓰고 난 엄마는 남편 사진 앞에서 "란이 아빠" 하고 가만히 부른다. 이어서 서술자는 "아마 이게 정말 마지막으로 란이 엄마가 자기 남편을 아빠라는 이름을 붙여 불러 본 겐지도 모릅니다."라고 서술한다. 무슨 말인가. 남편에게 아이 이름을 붙여 아빠라고 부르는 것은 흔한 일이다. 란이 아빠라고 불렀듯이 다시 아기를 낳으면 남편을 그 아기의 이름을 붙여 ○○ 아빠라고 부르게 될 것이다. 그런데 '마지막'이라고 한다. 그렇다면 엄마와 아빠 사이에는 이제 아기가 없을 것이라는 말이 된다. 엄마가 아이를 낳지 않겠다고 생각하고 있거나 전장에 나간 남편이 돌아오지 않을 수도 있다는 말이 된다. 그렇지 않다면 위 문장에서 '아빠' 대신 '란이'가 오든지 '아빠' 앞에 '란이'라는 이름이 붙든지 해야 한다. 어떤 경우든 소천의 무의식적 불안한 심리를 반영하고 있는 것으로 보인다. 더구나 소천은 10여 년간이나 동화를 써오면서 동화 속 인물을 죽인 경우가 없었으나 이 작품의 란이는 죽이고 말았다고 고백한다.[37] 이는 당시 소천 내면의 불안이 상당했음을 짐작해볼 수 있는 고백이다. 서로 밀고 밀리는 전쟁이 되풀이되던 가운데 1951년 소련 측에서 휴전협정을 제의하고, 유엔군 사령관이 이를 받아들여 중공과 북한에 제의하면서 1951년 7월부터 휴전협정이 시작되었다. 군사분계선과 포로 교환 문제로 난항을 거듭하며 협정이 지난한 시간을 보내는 동안 많은 이산가족들은 가슴을 졸

37 강소천, 「잃어버린 동화의 주인공들」, 『강소천 소년문학선』, 224쪽.

이며 그 과정을 지켜보았을 것이다. 「꽃신」이 1953년 5월, 협정 체결 2개월 전에 발표된 작품이니 소천은 그 긴장이 가장 높을 때 이 작품을 썼으리라 짐작할 수 있다. 이렇게 시작된 불안은 휴전협정과 결혼으로 말미암아 극에 다다르고 그것이 서사에 무의식적으로 투사되었다고 볼 수 있다.

2) 현실의 금지와 내면의 갈망

휴전 확정 직후 1953년 10월 소천은 『학원』에 「고향으로 돌아가는 배에서」를 발표한다. 작품 속 '나'는 "때 아닌 풍랑"을 만나 모든 것을 잃어버려 고향으로 돌아갈 수 없다. 그런 '나'에게 환상 속의 여인은 계속 고향으로 돌아가야 함을 말한다. 여인이 이야기하는 고향은 가족이 포함된 개념이다.

> "왜요? 고향에 안 돌아가시렵니까"
> "이 모양을 해가지고 내가 어떻게 고향엘 돌아간단 말입니까?"
> "왜요? 당신의 모양이 어떻게 되었게요?"
> "하루 아침에 내 전 재산을 송두리째 잃어버린 사람이, 무슨 면목으로 고향으로 돌아 간단 말입니까?"
> "잃어버렸기에 고향으로 돌아가야 하지 않습니까? 고향 밖에 당신을 반겨 맞아 줄 곳이 어디있겠읍니까?" …(중략)…
> "돌아가십시오. 지금이라도 곧……. 당신의 아내와 아이들이 얼마나 당신이 돌아오기를 기다리고 있을 것입니까, 빈 손으로라도, 거지가 되어서라도 당신이 돌아가면 얼마나 반가워하겠읍니까?"[38]

38　강소천, 「고향으로 돌아가는 배에서」, 『꿈을 찍는 사진관』, 77~78쪽.

인용문을 보면 고향의 소중함을 강조하는 여인에 비해 '나'는 상대적으로 그 소중함을 느끼지 못하고 있다. 명확히 제시되지 않은 이유로 '나'는 전 재산을 팔아 산 상품을 싣고 고향을 떠났다는 점, 모든 것을 잃고서 돌아갈 수 없다고 느낀다는 점에서 '나'에게는 고향보다 더 소중한 가치가 있다. 이런 점에서 '나'는 원고 보따리 하나만 들고 남하한 소천과 겹쳐 보인다. 이런 '나'와 여인은 한 사람의 양면으로 보인다. 요컨대 소천의 양면으로, 고향과 가족보다 더 소중한 가치를 위해 남하한 소천과 분단 이후 가족과 고향의 소중함을 사무치게 느끼며 고향을 떠나서는 안 되었다고 깨닫는 소천 말이다. 이로 볼 때 소천의 내면에서 일어나는 분열은 분단이 확정되고 난 다음 되돌아갈 수 없다는 인식 속에서 월남을 한 자신의 행위에 대한 후회와 두고 온 것에 대한 사무친 그리움에 기인하다고 보인다.

이 작품에서 '나'에게 주어지는 과업과 그 과업을 수행하는 과정이 문제적이다. 고향으로 돌아가는 일종의 통과 의례의 형태[39]로 요구되는

---

39 통과 의례는 방주네프(Arnold van Gennep)가 『통과 의례(*Les Rites de Passage*)』 (1909)에서 처음으로 사용한 용어이다. 이는 인간이 사회적·종교적으로 새로운 지위나 신분 상태로 나아갈 때 행하는 의식이나 의례를 말한다. 이 의식은 보통 '격리-통과(과도)-복귀'의 3단계를 거친다. 격리는 정상적인 세계에서 이상 세계로 옮겨지는 것을 말하는 것으로 기존의 지위나 상태로부터 분리되는 것을 의미한다. 그리하여 출입이 금지된 공간에서 원초적인 혼돈을 재현한다. 이 때 신체에 위해가 가해지기도 하고 어떤 과업이 주어지기도 한다. 이러한 분리와 통과를 거쳐 다시 사회로 복귀한다(남진우, 『신성한 숲』, 민음사, 1995, 291쪽). 강소천의 「고향으로 돌아가는 배에서」 '나'는 처음에는 가족의 소중함을 모르는 아직 미성숙한 인물로 볼 수 있다. 미성숙에서 성숙으로 나아가기 위해 '나'는 기존의 상태로부터 분리되어 낯선 곳에 이르고, 그곳에서 혼돈을 경험하고

과업은 밤이면 산꼭대기에서 환하게 빛나는 꽃을 꺾어 여인에게 가져다주는 것이다. 꽃은 여인의 아기로 설정되어 있다. '나'는 죽을 고비를 넘겨 찾은 꽃을 아무런 망설임 없이 꺾는다. "나는 얼른 그 꽃을 **꺾었읍니다**. 그러나, **꺾는** 순간 '악!' 하는 소리가 꽃에서 났습니다."(82쪽)라는 서술에서 드러나듯 '나'는 꽃이 아기라고 알고 있었음에도 아무런 망설임 없이 꽃을 꺾고는 기절한다. 다시 만난 여인은 "당신이 **꺾어** 주신 한 송이 꽃! 자, **이게** 내 아기입니다."(83쪽)라며 아기를 보여준다. 이 과정이 상당히 기괴하다. 인용한 몇 부분에서만도 '꺾는다'는 생명의 말살을 뜻하는 단어를 남발한다든지, "악!" 하는 소리가 난다는 설정은 괴기스럽고 극단적이다. 그에 더해서 여인이 아기를 보여주며 "이게"라는 단어를 쓰는 부분에 이르면 의아할 뿐이다. 이런 점으로 미루어보면 이 작품은 과거 고향을 떠났던 행위를 후회하는 소천, 고향으로의 회귀를 갈망하는 소천, 현실적인 제약으로 그것을 억압하는 소천 내면의 심각한 불화와 분열을 드러내고 있다고 보인다.

1954년 3월 소천은 두 편의 동화를 발표한다. 「꿈을 찍는 사진관」(『소년세계』)과 「꿈을 파는 집」(『학원』)이 그것인데, 제목에서 보이는 것처럼 두 작품의 공통점은 상당히 많다. 주인공에게 너무나 그리워하는 대상이 있다는 점, 그 대상이 갈 수 없는 북에 있다는 점, 그 때문에 환상을 통해 만난다는 점 등의 기본 골격은 공통적이다. 같은 시기에 발표하는

여인의 아기를 구해주는 과업을 하는 동안 성숙하게 됨으로써 다시 가족에게로 돌아가는 복귀의 과정을 거치는 것으로 볼 수 있다. 작품 끝에 '무엇을 위해서도 고향을 떠나지 말'라고 하는 여인의 "말을 가슴 깊이 느끼며"(84쪽) 고향으로 돌아가는 배 위에 있다는 '나'는 성숙한 상태로 복귀함을 보여준다 할 수 있다.

두 작품에서 이러한 공통점이 드러난다는 것은 자연스러울 수 있다. 그러나 작품에 드러나는 인물의 인식은 상반된다. 이 부분에서 소천의 분열을 확인할 수 있다.

> ① 순이의 나이는 열 두 살 그대로인데, 나는 지금의 스므 살이니까요. 그동안 나만 여러 해 나이를 더 먹은 것입니다.
> 생각하면, 그도 그럴 수 밖에 없는 일입니다.
> 사실 순이도 북한 땅 어디에 그냥 살아있다면 꼭 내 나이와 같을 게 아닙니까. 그러나 나는 그 뒤의 순이를 본 적이 없습니다.
> 내 마음 속에 살아 있는 순이는 언제나 열 두 살 그대로입니다. 40)

> ② 나는 더 이상 내 아이들의 얼굴을 보고 있을 수가 없었습니다.
> 나는 훨훨 날아 마을을 떠났습니다.
> "고향아! 잘 있거라. 내 아이들아! 잘 있거라.
> 내 인제 곧 다시 오리라. 새가 아니라 버젓이 너희들의 아비가 되어, 이 고향의 새로운 임자가 되어 태극기 앞세우고 찾아오리라. 그때까지만 참아 다오.
> 고향아! 그리고 내 아이들아!" 41)

①의「꿈을 찍는 사진관」은 '나'가 봄볕에 이끌려 뒷동산에 올라 겪는 환상이다. '나'는 뒷동산에서 건너편 산허리에 핀 때 이른 연분홍 살구꽃을 보고는 찾아 나서고, 마침내 '꿈을 찍는 사진관'을 발견한다. 그곳

---

40   강소천,「꿈을 찍는 사진관」,『꿈을 찍는 사진관』, 36쪽.
41   강소천,「꿈을 파는 집」, 위의 책, 23~24쪽.

에서 나는 그리운 사람을 만나는 꿈을 꾸고 그 꿈을 사진으로 받아 나온다. ①은 그리웠던 어린 시절 동무 순이를 만나는 꿈을 꾸고, 그 꿈을 찍은 사진을 받아들고 난 '나'의 인식이다. '나'는 순이에게 남으로 갈 수밖에 없는 사연을 이야기하는 과거의 어느 때를 다시 꿈꾸었는데, 받아든 사진에는 여덟 살이라는 나이 차이가 드러난다. '나'는 이를 "내 마음속에 살아 있는 순이는 언제나 열 두 살 그대로"이기 때문이라고 수긍한다. 이러한 나이 차이는 시간의 무게를 말하는 것으로 이 시간의 간격을 넘어 자신의 그리움을 고집한다거나 그 그리움을 해소하고자 하는 것이 현실적으로 부질없음을 인식하고 있음을 보여준다. 그래서 그 그리움의 실현성을 포기하는 대신 자신의 마음속에 언제나 과거의 그 모습 그대로 간직하겠다는 감상적 투사를 하고 있다. 실제 있었던 과거의 어느 때를 꿈꾸고 그 꿈을 찍은 사진에 나이 차가 보인다는 것 자체가 이미 그 꿈에 현실성이 개입하고 있다는 것이다. 꿈을 꾸는 '나' 역시 이를 자각하고 있다. 그러므로 이 작품은 작가가 자신의 원망(願望)을 아름답게 채색해 마음속에 묻어두고 싶은 내면을 투사하고 있는 것으로 볼 수 있다.

그러나 「꿈을 파는 집」에서 ②의 경우는 위와 반대로 상당히 의지적이다. 「꿈을 파는 집」에서 지인이 선물한 새 한 쌍을 지극정성으로 돌보던 '나'는 어느 날 새들이 없어진 것을 알고 실의에 빠진다. 그런데 다음 날 새들이 다시 찾아와 새들을 따라나섰다가 '꿈을 파는 집'에 이르게 된다. 그 집에서 꿈을 파는 할머니에게 아이들의 사진을 주고 알약을 얻어먹고 새가 되어 그리운 아이들을 보게 된다는 내용이다. '나'는 새가 되어 북의 아이들을 만나지만 아이들의 비참한 모습에 ②와 같은 반응을 보인다. '나'는 "새가 아니라 버젓이 너희들의 아비가 되어, 이 고향의 새로운 임자가 되어" 돌아오겠다고 그때까지만 참아달라고 한다. 이러한 태도는 ①과는 상당히 차이가 난다. 같은 시기에 비슷한 소재와 내용으로 다루어진 두 작품에서 태도가 이렇게 다르다는 것은 소천의 내면에서 분열이 일어났음을 보여준다고 하겠다. 물론 내용적으로 순이를 찾고 자신의 자녀들을 찾는다는 차이가 있으나 순이라는 인물이 함의하는 것이 친구일 뿐만이 아니라 그리움의 대상으로 본다면 두 작품은 원망하는 대상을 찾는다는 점에 큰 차이가 없다고 볼 수 있다.[42]

더구나 각 작품 내에서도 분열된 양상이 보인다. 「꿈을 찍는 사진관」에서는 꿈속에서 순이를 만나 '나'가 하는 말에서 서사의 균열이 일어난다.

> "저어 말이지, 이건 정말 비밀이야. 우리 아버지도 어머니도 그랬어. 아무에게도 미리 얘기해서는 안 된다고. 그렇지만, 난 네겐 숨길 수 없어. 우리는 며칠 있으면 38선을 넘어 서울로 이사를 간단다. ⊙ 여기서야 살 수가 있어야지. 지난 해 8월 해방이 되었다구 미칠 듯이 즐거워했지만, 우리는 토지와 집까지 다 빼끼지 않았어. 지주라구. 그리구 우리를 딴 데루 옮겨가 살라구 그러지 않아. ⓛ 빈손이라도 좋아. 우리는 맘 놓고 살 수 있는 자유로운 곳을 찾아가야 해……"
> "애, 날 울지 말라더니, 제가 먼저 울지 않아?"

---

42 이는 소천의 수필 「세월」에서도 확인할 수 있다. "이북에 아이들을 두고 온 나는, 때때로 사진이라도 한 장 있었으며 하는 생각을 늘 가져 본다. 그런 생각이 이번 나로 하여금 "꿈을 찍는 사진관"이란 작품을 쓰게 했는지도 모른다." 강소천, 「세월」, 『강소천 소년문학선』, 227쪽.

ⓒ 소 학교를 졸업하면 중 학교는 원산이나, 함흥에 같이 가자던
순이.
　너와 내가 갈리인 것은 겨우 소 학교 5학년 때……

☆

이 얼마나 위대한 발명일가?[43]

　위 인용문을 자세히 읽어보면 ㉠ 이전의 문장과 그 이후의 문장, 특
히 ㉠과 ㉡의 문장은 문제가 있다. ㉠과 ㉡은 작품의 초점 화자 '나'의
말이라고 보기 어렵다. 작가적 서술자가 무의식적으로 개입한 진술이
다. 거기다 이 작품에서 소천은 장 구분을 ☆로 표시하고 있는데 위 인
용문 다음에 ☆이 나타나고 다음 장으로 넘어간다. 그렇다면 ㉡은 아직
꿈속이며 순이와 대화 중인 상황이라 볼 수 있는데, 순이의 물음엔 답
도 없이 바로 현실의 '나'가 등장하여 회상한다. 이러한 서사의 균열은
소천 내면의 분열을 보여준다고 할 수 있다.[44]
　「꿈을 파는 집」에서도 이러한 분열 지점이 보인다. 작품의 결말 부분에
는 "'꿈을 파는 집'이 어느 산에 있는지를 아무리 생각해 봐야 알 길이 없
고, 설사 안다고 하여도, 새가 되어 다시 고향에 가보고 싶지는 않았읍

43　강소천, 「꿈을 찍는 사진관」, 『꿈을 찍는 사진관』, 34쪽.
44　장수경은 이를 "현실의 나가 자유로운 존재라기보다는 '월남자'라는 인식 속에
　서 끊임없이 속박당하는 존재임을 반복적으로 확인하는 자기 검열의 과정에 놓
　여 있다는 증거"로 본다. 이러한 분석은 월남 후 창작한 소천의 모든 작품에 해
　당하는 말이다. 때문에 이 작품에만 왜 그러한 증거가 필요했는지를 해명해야
　할 것이다. 장수경, 「강소천 동화에 나타나는 월남의식과 서사의 징환」, 259쪽.

니다."(25쪽)라고 끝난다. 이러한 고백은 위의 인용문 ②와는 상반된 입장이다. 물론 꿈속과 현실에서의 입장 차이가 있다고 볼 수도 있지만 꿈속에서도 자신이 새라는 자각이 있을 정도로 현실적인 인식을 하고 있음을 본다면 이 또한 작가적 서술자의 내면의 분열로 볼 수 있을 것이다.

이러한 분열의 양상은 전술한 대로 당시의 역사적·개인적 변화에 따른 현실적 장벽과 죄의식에서 연유한 것으로 볼 수 있다. 소천의 내면은 북의 고향과 가족에게 돌아가야 한다는 의무감과 돌아가고자 하는 갈망, 동시에 자신의 처지로는 어찌해볼 수 없는 현실적 장벽과 죄책감 속에서 분열을 겪고 있다. 이는 두 작품에서 '나'가 그리움의 대상을 만나러 가는 길을 고통을 동반한 지연 도입 전략을 쓰고 있음으로도 증명이 된다. 두 작품의 이러한 부분은 구성상의 중요한 논의점이 있다. 이는 4장 2절에서 깊이 있게 논의한다.

소천의 동화에서 내면의 분열로 인해 서사가 균열되는 양상은 지속적으로 나타난다. 그러나 「꿈을 파는 집」이나 「꿈을 찍는 사진관」에서처럼 직접적으로 북의 고향과 가족에로의 회귀를 드러내지는 않는다. 그보다는 일상의 여러 층위에서 인물 내면의 분열이 서사에 기입되는데, 그 근원에는 상실이나 부재한 대상에 대한 그리움이 자리한다.

1954년 9월 『학원』에 발표된 「포도나무」는 종교적인 색채가 짙게 배어 있는 작품이다. 돌아가신 어머니를 그리워하던 '나'는 외삼촌으로부터 새를 선물 받는다. 어느 날 새와 포도와 관련된 꿈을 꾸고 난 '나'는 어머니와 나와 새와 포도의 관계를 생각하며 어머니가 내 마음속에 살아 계심을 깨닫는다. 이 작품에서 인물이 꾸는 꿈을 통해 마음속에 어머니가 살아 계심을 깨닫게 되는 과정에서 분열의 양상이 드러난다.

그 꿈을 꾼 뒤로부터 나는 내 새의 우는 소리를 들으려고 무척 애를 써 보았으나, 새는 벙어리인 양 좀처럼 울지를 않았습니다.

㉠ 어느 날 밤이었습니다.

나는 새조롱을 들고 깊은 숲 속을 찾아 들었습니다. 내 새에게 노래를 가르쳐 주기 위해서 딴 새를 찾아 떠난 것입니다. …(중략)…

나는 새장 문을 열고 새를 놓아 주었습니다. 먹을 것도 찾아 보고, 좋은 노래도 배워 가지고 오라고.

나는 내 새가 다시 돌아오지 않으리란 의심은 조금도 하지 않았습니다.

㉡ 나는 새가 하늘 높이 날아 올라 보이지 않을 때까지 오래오래 새를 바라 봤습니다. 그러다 깜짝 잠이 들어 버렸습니다. 다시 내가 놀라 잠이 깬 것은 "딱"하고 내 얼굴 위에 떨어지는 것이 있었기 때문입니다.

놀라 깨어 눈을 떠보니 그것은 한 송이의 먹음직한 포도였습니다.

"내가 누운 곁에 포도 넝쿨이 있나 보다."

나는 이런 생각을 할 사이도 없이 배고프고 목마른 김에 그 포도 송이를 왼 손에 웅켜 잡고 바른 손으로 포도 알을 따서 연신 입에 넣었습니다. 어느 새 내 왼 손엔 알맹이 다 떨어진 빈 포도 송이만이 남았습니다. 마치 살코기를 발려 먹은 생선 뼈다귀와도 같았습니다.

내가 그 알맹이 없는 포도 송이를 내 버리려고 했을 때, ㉢ 그는 다시 한 번 놀라지 않을 수가 없었습니다.

자세히 들여다보니 그것은 포도 송이가 아니라 조그만 새의 뼈다귀였습니다. 만들어 세워 놓은 박물 표본에서 본 새 뼈 같았습니다.

"인제 내가 먹은 건, 포도 알이 아니라 새 고기였고나!"

문득 이런 생각이 났습니다.

"그럼, 이 새는 새 장에서 날아난 새와는 아주 상관이 없을가?"

이런 생각을 하며 나는 내 새가 돌아오기를 기다렸습니다. 아무리 기다려도 기다려도 새는 다시 돌아오질 않았습니다.

나는 빈조롱을 들고 집으로 돌아오는 수밖에 없었읍니다.[45)]

☆

위의 인용문은 한 장 전체이다. 소천은 이 작품에서도 ☆과 ☆로 장 구분을 하고 있다. 이 장 앞뒤의 장에서는 인용의 내용이 꿈이라고 제시하고 있는데, 이 장에서는 그런 지표가 제시되지 않았고 내용상으로도 꿈인지 아닌지 모호하다. '나'는 어느 날 밤에 숲으로 가고, 노래를 배워 오라고 새를 놓아주고는 새가 돌아오지 않으리라곤 의심도 않는다. 그러고는 밤의 숲 속에서 잠이 든다. '나'는 초등학교 고학년 여자아이로 보이는데, 위의 행동들은 그 연령의 어린이들이 하는 일은 아니다. 더구나 ㉠에서처럼 분명히 밤에 숲으로 갔다고 하고는 ㉡에서는 날아가는 새를 오래 보이지 않을 때까지 봤다고도 한다. 또 포도송이에 맞아 잠이 깬 후 그 포도를 먹고 났는데, 알맹이만 남은 포도송이가 마치 새의 뼈다귀 같다고 하며 그 뼈다귀와 키우던 새의 연관성을 생각하는 부분은 괴기스럽기까지 하다. 이렇게 꿈인지 현실인지도 모호한 상황에서 벌어지는 비상식적이고 괴기스러운 서사는 ㉢의 '그'라는 언표에서 작가적 서술자의 틈입으로 볼 수 있으며 작가의 경험에서 나온 이야기일 것이라는 의심을 하게 한다. 물론 '나'라고 했어야 하는 단순한 실수일 수도 있다.

이어지는 다음 장에서 '나'는 어느 날 새벽 우연히 펼쳐 든 성경책에서 "내가 참 포도나무요…… 너희도 내안에 있으라, 나도 너희 안에 있

45   강소천, 「포도나무」, 『강소천 소년문학선』, 144~147쪽.

으리니"(148쪽)와 같은 구절을 읽는다. 그러고는 어머니와 나와 새와 포도의 관계를 생각하며 어머니가 내 마음속에 살아 계심을 깨닫는다고 한다. 성경에서 인용된 위의 구절은 포도나무의 포도처럼 나와 네가 한 몸이라는 상징이다. 즉 어머니와 내가 한 몸이라는 것을 말하기 위해 포도와 새, 포도송이와 새 뼈다귀 등의 이미지를 끌어왔다는 이야기 인데 억지스럽다. 이 억지스러움을 은폐하기 위해 작품은 밤, 돌아오지 않는 새, 빈 조롱 등의 모티프를 이용하여 서정적인 분위기를 조성한다. 때문에 이 작품은 감상적 분열의 서사라고 아니할 수 없다.

1959년 출간된『꾸러기와 몽당연필』에 실린 「길에서 만난 꼬마」는 내포 작가의 의식이 한층 더 분열적으로 보인다. 그림 그리기를 좋아하던 영식이가 요즈음은 그림을 잘 그리지 않는다. 바로 자신이 아무렇게나 그려놓은 꼬마를 길에서 만나는 꿈을 꾼 후부터이다.

"내 이름은 영식이지만 내가 왜 아저씨냐?"
"그럼, 아버지라 그래야 돼요?"
"아버지라니? 네가 미쳤니? 아저씨라는 소리도 기분이 나쁜데 웬 아버지는? 아이가 어떻게 아버지가 되니?"
"그렇지만 날 이렇게 그려 내 놓은 건 아저씨가 아니에요?"
"널 그렇게 그려 내 놓다니?"
"어젯밤 집에서 크레용을 가지고 도화지에 날 그려 놓지 않았어요? 다시 한 번 자세히 날 보세요."
말을 듣고 보니 정말 어젯밤 크레용으로 제가 그린 그림의 아기 그대로였습니다. 도화지 위에 그려 놓여 있을 때보다 전체적으로 커지기기는 했지만 눈, 코, 입, 머리, 팔, 다리까지가 그냥 그대로 입니다.
"그래 왜 도화지 위에 그냥 앉아 있지, 거리로 나왔니?"
"난 방에 가만히 박혀 있을 순 없어요."

"왜?"

　　"눈도 짝짝이, 귀도 짝짝이, 다리도 모두 짝짝이고, 코는 이렇게
비뚤어지고, 입은 너무 크게 째지고, 얼굴은 새빨갛고, 손가락은
팔목같이 굵고……."

　　"그러니 어떻단 말이냐?"

　　"애들이 병신이라고 놀려서 난 살 수 없어요. 날 좀 고쳐 주세
요." 46)

　　인용문은 영식이 자신이 함부로 그려놓은 아이를 길에서 만나는 장
면이다. 길을 가던 영식이는 아저씨라고 부르는 소리를 듣지만 자신
은 아닐 거라고 생각하며 무시한다. 하지만 자꾸 따라오며 부르는 소
리에 돌아보니 어떤 꼬마가 자기를 부르고 있었다. 왜 자기가 아저씨
냐고 묻는 영식이에게 꼬마는 그럼 아버지라고 불러야 되냐고 묻는다.
자신을 만들었으니 아버지라는 논리인데, 이 작품에서 '아버지'라는 단
어는 상당한 주목을 요한다. 왜냐하면 이 아버지가 만들어놓은 아이가
"눈도 짝짝이, 귀도 짝짝이, 다리도 모두 짝짝이고, 코는 이렇게 비뚤어
지고, 입은 너무 크게 째지고, 얼굴은 새빨갛고, 손가락은 팔목같이 굵
고……" 어디 하나 정상적인 구석이 없는 모습인 까닭이다. 이 상태로
는 도저히 살 수가 없다는 꼬마 앞에서 문제의 '아버지'인 영식은 할 말
이 없다. 이 작품에는 내포 작가의 무의식적 죄의식이 깊게 배어 있다.
함부로 그려진 그림 속 인물은 함부로 버려진 아이들과 다름이 없다.
자신이 만들어낸 것을 돌보지 않고 팽개쳐놓았다는 깊은 죄의식이 이

46　강소천, 「길에서 만난 꼬마」, 『꾸러기와 몽당연필』, 새글집, 1959, 104~105쪽.

런 동화를 쓰게 했다고 볼 수 있다.

이처럼 내포 작가의 내면의 분열이 나타난다거나 서사의 균열이 나타나는 작품은 간간이 지속적으로 나타난다. 「아버지는 살아계시다」나 「이런 어머니」에는 공동체의 윤리를 구현하는 성인 인물이 등장한다. 그러나 전자의 철호 어머니의 대사, "철호야! 아빠는 지금도 살아 계시단다. 네 마음 속에, 그리구 이 엄마의 마음 속에두……. 네 몸과 마음 속에서 새 아빠가 자라난단다."[47]에서 "새 아빠가 자라난단다"란 구절은 통상적인 어법도 인식도 아니다. 후자인 「이런 어머니」에서도 어머니의 언행에 문제가 있다.

> "네 이름이 뭐지?"
> "귀순이예요."
> ㉠ "귀순이란 이름보다 정순이란 이름이 더 좋지 않아? 정순이
> 라고 그럴까?"
> "예!"
> "정순아! 너 부모도 친척도 없니?"
> "없어요."
> ㉡ "그럼, 왜 보육원엘 가지?"
> ㉢ 정순이는 이 말에 그만 갑자기 몸을 오싹했습니다.
> "나를 보육원에 보내지 말아 주세요."
> ㉣ "그래! 이제 안 보내지! 나하고 같이 살지?"
> "예!"
> "정순이는 내딸이야! 그렇지? 정순아!"[48]

---

47 강소천, 「아버지는 살아계시다」, 『어머니의 초상화』, 54쪽.
48 강소천, 「이런 어머니」, 『강소천 아동문학전집 1 나는 겁쟁이다』, 배영사, 1963,
     104~105쪽.

인용문은 길에서 도움을 청하는 낯선 아이를 도와주고, 데리고 집으로 와서 어머니와 아이가 하는 대화이다. 어머니는 잃어버린 딸 대신 이 아이를 딸로 삼아 같이 살기로 한다. 그런데 ㉠에서 어머니는 그 아이, 귀순에게 대뜸 잃어버린 자신의 딸 이름인 정순으로 불릴 것을 요구한다. 아이의 의사는 안중에도 없다. 그리고 바로 정순이라고 부른다. 본문에는 귀순을 씻기고 정순의 옷을 입히는 과정만 드러날 뿐 귀순의 면면을 살피는 시도도 없다. 이 어머니에게 귀순은 단지 정순의 대체물로서만 기능한다. ㉡과 ㉣의 문장도 겉으로 드러나지 않은 이면의 의미를 캐게 한다. 단순히 부모도 가족도 없는데 왜 보육원에 가지 않았냐는 물음이 아니다. ㉣의 문장은 나랑 살지 않으면 보육원으로 보내겠다는 말로 들린다. 아이도 그 같은 어머니의 속내를 눈치채고 있다고 보인다. 아이가 갑자기 몸을 오싹한 이유가 무엇이겠는가. 문장으로 기술된 발화는 평범하지만 발화 상황에서는 눈빛이나 어조와 같은 분위기가 문제가 되기도 한다. 귀순이 몸을 오싹한 이유는 그런 발화 맥락에서 나타나는 어머니의 냉혹함 때문일 수도 있다. 더구나 ㉢에서는 화자도 귀순이를 곧바로 정순이라고 호칭하며 이 같은 분위기를 조장하고 있다.

이 작품의 어머니는 평소 소천이 동화를 통해 일관되게 보여주었던 성인과 거리가 있다. 「꽃신」의 란이 엄마나 「꽃신을 짓는 사람」의 예쁜이 아버지, 『해바라기 피는 마을』의 김철진 소위의 어머니 어디에도 이렇게 독선적이고 자신의 상처만 위로받으려는 인물은 없었다. 여기에서 소천의 분열을 본다.

『그리운 메아리』를 제외하고 『꿈을 찍는 사진관』 이후 소천의 동화에서는 북의 자녀들을 직접적으로 형상화하며 그리워하는 작품은 드물다. 그러나 이처럼 직·간접적으로 소천 내면의 분열을 드러내는 작품들이 나타난다. 이런 작품들은 소천의 내면이 무의식적으로 드러난 것으로 볼 수 있다.

문학이 자기 고백적이며 자기 치유적인 역할을 한다는 것은 두루 아는 사실이다. 역사의 거센 격랑을 누구보다 참담하게 겪었던 그에게 이러한 고백적이고 치유적인 글쓰기의 욕망은 컸을 것이다. 그러나 그러한 소천의 글쓰기 욕망이 도달한 곳은 분열된 내면이었다. 이 분열된 내면은 그의 글쓰기가 고백과 치유를 지향했으나 온전히 목적에 이르지 못하고 굴절을 겪고 있음을 보여준다. 이 굴절은 그를 둘러싼 역사적·개인적 상황으로부터 자유로울 수 없었기에 빚어진 것이다. 통일된 조국, 고향 땅으로의 자유로운 왕래, 가족과의 상봉 등 그가 생각하는 '있어야 할 세계'는 반공을 외치며 북을 주적으로 삼는 남한 사회의 "있는 사실"과 화해하기 어려웠다. 이 불화 상태는 두고 온 고향과 가족을 그리워하는 그의 아픔을 치유하기보다는, 소천의 내면을 분열로 몰아갔다.

아동문학가로서의 의식이 약해지고 개인 소천이 두드러지는 이러한 작품의 편수는 상대적으로 적다. 그러나 「꽃신」, 「꿈을 찍는 사진관」, 「꿈을 파는 집」 등의 작품들이 가진 예술적 성취는 오히려 높다. 때문에 이들을 더욱 눈여겨보게 된다.

3. 시대인식의 형상화

　문학작품에는 어떤 식으로든 모종의 의식이 내재되어 있다. 그것은 문학이 인간의 정신 활동의 소산이기 때문이다. 더구나 인간은 자신을 키운 사회와 불가분의 관계에 있으므로 문학은 그 사회의 의식과 관련되어 형성되게 마련이다. 때문에 시대에 대한 인식은 문학에서 핵심적으로 다루어지는 부분이다.

　이 절에서는 소천의 작품을 통해 일제강점기와 1950년대를 보는 소천의 시대인식과 그 서사적 대응 양상을 파악하고자 한다. 일부 논자들은 소천의 작품이 사회적 맥락을 소거하고 당시의 이데올로기를 수용하며 재생산하는 등 시대인식이 결여되어 있다고 평가한다. 이러한 평가를 한 대표적인 인물로 이원수와 이재철을 들 수 있다. 이원수는 소천의 소년소설에서 중심을 이루고 있는 사상성은 현실 사회의 긍정에 있다고 한다. 소천이 현실 사회의 부정적인 면을 개인 악에 의한 것으로 돌려 작품을 구성할 때에도 부정적인 것은 항상 피상적으로, 긍정적인 것을 존재시키기 위해 등장케 하되, 어디까지나 개인에 연유한다는 입장을 견지했다고 본다.[49] 이재철은 소천의 작품이 "상업주의적 통속적 읽을거리 속에서 적당한 감상·상식적인 모랄 위에 세운 교훈성"을 드러내는 데 주력한다고 비판한다.[50]

그러나 이러한 평가는 재고되어야 한다. 소천의 경우 이원수가 언급한 소년소설보다는 '사회적 아버지가 그리는 세계'에 속하는 작품들에서 당시의 이데올로기를 그대로 드러내기도 한다. 그러나 그렇지 않은 작품들도 있음을 간과해서는 안 된다. 이 작품들이 대체로 높은 문학성을 성취하고 있기에 더욱 그러하다.

1) 식민지 현실과 저항 의지

소천은 식민지 시대에 모두 17편의 작품을 발표한 것으로 확인된다. 이 중 「돌멩이 Ⅰ」, 「돌멩이 Ⅱ」(「돌맹이」, 「돌맹이 2」)와 「희성이와 두 아들」(『진달래와 철쭉』)에는 당시에 대한 비판적 인식이 드러난다.

「돌멩이 Ⅰ」은 지금까지 확인된 바로 소천이 두 번째로 발표한 동화 작품이다. 이 작품에서는 경구와 돌멩이가 차례로 등장하여 자신의 이야기를 들려준다. 경구는 마을 냇가에 나와 돌멩이를 관찰하며 다른 아이들과 달리 돌멩이에 대해 생각하고 돌멩이와 이야기하고 싶어 하는 인물이다. 돌멩이는 영이 할아버지의 부싯돌이 된 아들 차돌이를 그리워하며 말도 할 수 없고 움직일 수도 없는 자신의 처지를 자각하

---

49 이원수, 「소천의 아동문학」, 『아동문학』 10집, 74~75쪽.
50 이재철, 앞의 책, 550쪽.

고 다른 존재로의 변화를 갈망한다. 이렇게「돌멩이Ⅰ」은 돌멩이와 돌멩이의 답답한 현실에 초점이 맞추어진다. 경구는 돌멩이를 보는 다른 시각을 제공하는 인물로 돌멩이와 그의 처지를 부각시키는 역할을 한다. 동시에 돌멩이와 친구가 되고 싶어 함으로써 새로운 국면으로의 전개를 암시한다.

「돌멩이Ⅱ」역시 경구와 돌멩이, 차돌이, 다시 돌멩이가 이야기하는 형식이다. 이야기는 고향을 떠난 경구가 친구들과 헤어질 때를 회상하는 장면부터 시작해, 귀순이와 희성이의 결혼에 맞춰 경구가 잠시 돌아오며 전개된다. 새로이 삽입된 차돌이의 이야기는 경구의 상황을 말해주고, 여기에 경구를 그리워하는 돌멩이의 과거 회상이 더해지며 경구가 좀 더 입체적으로 드러난다. 돌멩이와 차돌이의 상봉도 경구에 의해 이루어진다. 요컨대「돌멩이Ⅰ」이 돌멩이에 초점을 맞춘 거라면「돌멩이Ⅱ」는 경구에 초점을 맞춘 이야기가 된다. 이 두 편은 연작으로 기능하며 종국에 서사의 초점은 경구에게로 모아진다.

이렇게 본다면 몇 가지 분석을 요하는 지점이 생긴다. 첫째,「돌멩이Ⅰ」(이하 Ⅰ)에서 경구가 돌멩이를 보는 남다른 시각을 제공하여 돌멩이를 부각하는 역할을 한다면, 경구가 제공하는 남다른 시각은 무엇이며, 그것이 부각하는 돌멩이와 돌멩이의 현실은 무엇인가. 둘째,「돌멩이Ⅱ」(이하 Ⅱ)에서 새로이 삽입되는 차돌이의 이야기와 돌멩이의 과거 회상이 입체적으로 드러내는 경구의 상황은 무엇인가. 셋째, 경구에 의해 암시되는 새로운 국면은 무엇인가. 이 새로운 국면은 Ⅱ에서 경구가 하는 역할, 돌멩이와 차돌이의 상봉과 관련이 될 것인바, 이 상봉이 의미하는 것이 무엇인가. 넷째, 이 연작에서 돌멩이의 부자 상봉은 핵심적인 서사 단위이다. 때문에 부자 상봉을 이끄는 인물 경구에게 연작의 초점이 모아진다고 할 수 있다. 그렇다면 소천이 경구를 통해 말하고자 하는 것은 무엇인가가 중요해진다. 이는 셋째 분석, 경구가 암시하는 새로운 국면과 관련이 된다. 이러한 것들이 정치하게 풀어져야 이 작품에 대한 이해를 온전하게 할 수 있을 것이다.

첫째, 경구가 제공하는 또 다른 시각은 무엇이며, 그것이 부각하는 돌멩이와 돌멩이의 현실은 무엇인가를 살펴보자.

> ① 돌멩이—큰 돌멩이, 작은 돌멩이, 둥근 돌멩이, 넓적한 돌멩이, 흰 돌멩이, 검은 돌멩이, 노란 돌멩이, 알록달록한 돌멩이.
> 돌멩이—돌멩이는 어디든지 있다. 산에도 있고, 들에도 있다. 길바닥에도 있고, 냇가에도 있다. 땅위에도 있고, 땅 속에도 있다. …(중략)…
> 달걀에는 귀가 없는 것 같이 돌멩이에도 귀가 없다. 달걀에 눈이 없는 것 같이 돌멩이에도 눈이 없다. 달걀에 입이 없는 것같이 돌멩이에도 입은 없다. 달걀에 발이 없는 것같이 돌멩이에도 손과 발이 없다.
> 달걀—달걀은 움직이지는 않아도 죽은 것은 아니다.
> 그러나 돌멩이—돌멩이는 달걀처럼 산 것도 아니다. 그렇다고 죽은 것 같지도 않다. …(중략)…
> 돌멩이도 산 것인지 모른다. 돌멩이도 마음을 가졌는지 모른다. 돌멩이도 생각할 줄 아는지 모른다.[51]
>
> ② 나는 냇가의 한 개의 커다란 돌멩이다. 들은 이야기, 본 이야기, 하고 싶은 이야기가 많고 많지만, 내게는 입이 없다. …(중략)…
> 우리에겐 집이 없다. 우리는 그저 이 곳에서 저 곳으로 옮겨 지

---

51 강소천, 「돌멩이 Ⅰ」, 『조그만 사진첩』, 79~80쪽. 이하 인용 끝에 쪽수만 표시한다.

는 대로 가서 산다.(81쪽)

①은 경구의 혼자 생각이다. 경구는 다른 아이들과 달리 각양각색으로 어디에나 있는 돌멩이를 관찰한다. 단지 겉으로 보이는 모양이나 그것이 어디 있는지만을 관찰하는 게 아니라 달걀과 비교해 그것이 생명이 있는지 없는지까지 생각한다. 그 결과 경구는 돌멩이가 산 것이라고, 마음을 가졌다고, 생각을 할 줄 안다고 생각한다. 진술의 형태는 "~모른다"라고 나타나지만 '경구의 혼자 생각' 장 끝에 "나는 돌멩이와 친하고 싶다. 나는 돌멩이와 얘기하고 싶다."(81쪽)라고 하는 것으로 보아 "~모른다"는 '~일 것이다'의 다른 말로 보아도 무리가 없다. 그렇다면 돌멩이를 살아 있는 존재로 보는 것은 경구의 남다른 시각이다. 작품의 시작과 함께 전개되는 이러한 경구의 시각은 이어지는 의인화된 돌멩이의 진술에 신뢰를 준다. 그리고 더 나아가 이 작품의 말미에서 토로되는 돌멩이의 내적 고백에 몰입하게 한다. 이것이 경구의 남다른 시각이 돌멩이를 부각하는 이유이다.

경구의 남다른 시각이 부각하는 돌멩이의 현실은 무엇인가. 돌멩이는 살아 있는 존재로 그 모습은 각양각색이고 이 땅 어디에나 있는 존재이다. 그런데 이 살아 있는 존재가 눈, 코, 입이 없고 손과 발도 없다. 그래서 말하고 싶어도 말할 수 없고 움직이고 싶어도 움직일 수 없다. 이는 인용문 ②에서 나타나는 돌멩이 자신의 진술로도 확인된다. 이와 같은 진술로 표면적인 돌멩이의 답답한 현실이 드러난다. 이처럼 표면적으로 드러나는 돌멩이와 돌멩이의 답답한 현실을 그리기 위해 경구란 인물을 먼저 내세우고 돌멩이가 자신의 내면을 토로하는 일은 하지 않을 것이다. 그렇다면 이러한 돌멩이의 표면적 현실 이면의 의미가 있다는 말이 된다. 그래서 1939년이라는 발표 연대에 주목하게 된다. 이시기를 고려한다면 돌멩이는 일제강점기 이 땅 어디에나 있는, 입이 있으나 마음대로 말할 수 없고 발이 있으나 마음대로 옮겨 다닐 수 없는, 산 것도 죽은 것도 아닌 이 땅의 민중을 의미한다고 볼 수 있다. 돌멩이의 답답한 현실은 이 땅의 민중이 처한 강점기의 현실을 말한다. 이러한 돌멩이와 돌멩이가 처한 현실은 다음의 돌멩이의 내적 고백을 통해 더욱 극명하게 드러난다.

> 지금은 싹 트는 때, 지금은 눈 트는 때, 지금은 잎 피는 때…….
> 아― 나는 가깝하다. 아― 나는 답답하다. 나는 왜 돌멩이가 되었나? 돌멩이는 왜 싹이 트지 못하나? 돌멩이는 왜 눈이 트지 못하나? 돌멩이는 왜 잎이 피지 못하나?
> 돌멩이―몇백 년 봄을 맞이해도 싹이 나지 않고, 눈이 트지 않고, 잎이 피지 않는 돌멩이. …(중략)…
> 나는 한 개의 쓸 수 있는 물건이 되어 보고 싶다.
> 벌써 버들가지에 물이 오르나 보다. 아이들의 버들피리 소리가 들려온다. 확실히 봄이 왔구나, 봄이.
> 아― 나는 한 가지의 버들이라도 되었으면 얼마나 좋았겠느냐?
> 나는 노래할 수 있으리라. 나는 「경구」와 친할 수 있으리라.
> 봄이다. 나도 눈 트고 싶다. 나도 자라고 싶다.
> 아― 가깝하다. 아― 답답하다.
> 나는 돌멩이다.(85~86쪽)

인용문에서 돌멩이는 자신을 돌아보고 자신의 현실을 한탄한다. 강압적인 외부 환경에 아무런 저항을 하지 못하고 아무런 의미도 지니지 못하는 삶에서 벗어나기를 소원한다. 일제강점기 20년 가까이, 아니 어쩌면 지난 역사의 시간 속에서 입이 봉쇄되어 보고 들은 것을 말할 수 없었던, 자신에게 주어지는 것을 그저 묵묵히 받아들이기만 했던 민중들이 왜 다른 삶을 살지 못한 것인지를 아프게 인식하는 것이다. 이러한 인식은 자신을 다른 시각에서 보아주는 경구라는 인물이 있어서, 그 인물이 자신과 소통하고자 하기에 얻게 된 자신감에 기반하고 있다. 요컨대 이 자신감이 있어 아들을 빼앗기는 현실의 불합리함을 깨닫게 되는 것이다. 이러한 인식은 결국 다른 삶으로의 변화를 갈망한다.

둘째, 차돌이와 돌멩이에 의해 진술되는 경구의 상황은 무엇인가를 살펴보자. 「돌멩이 Ⅰ」에서 경구는 돌멩이를 관찰하고 돌멩이와 친구가 되고 싶어 하는 아이라는 설명 외에는 아무런 다른 정보가 없었다. 그런데 Ⅱ에 오면 경구가 자신의 이야기를 한다. 고향을 떠나온 지 석 달이 지난 시점으로 무척이나 고향을 그리워하며 떠나오기 전날 친구들과의 안타까운 이별의 시간을 회상한다. 그런데 경구는 왜 고향을 떠나야 했는지에 대해서도 현재의 상황에 대해서도 말하지 않는다. 이에 대한 설명은 돌멩이의 회상에서 나타나기도 하나, 보다 구체적으로는 차돌이의 이야기에서 나타난다. 바로 이 점이 「돌멩이 Ⅱ」에서 차돌이의 서사가 삽입된 이유가 될 것이다. 이는 돌멩이와 차돌이가 부자 상봉을 하게 되는 결정적인 역할을 경구가 한다는 사실과 함께 경구가 Ⅱ에서 초점이 되는 이유가 된다.

⑤ 경구네가 이 마을에서 살 수가 없어, 외삼촌네가 있는 어느 먼 곳으로 이사를 간다는 말을 들었을 때, 나는 얼마나 가슴이 뜨

끔하고 서글펐는지 모른다.[52]

⑥ 내가 경구의 호주머니에 들어서 이 산골에 온 지도 벌서 삼년
이 지났다. 경구는 벌써 지난 봄에 이 곳 소학교를 졸업했다.
　그렇게 공부를 잘 하는 경구가 중학교에 못 가게 된 것은 참으
로 아까운 일이라고 떠드는 소리를 들을 때, 어쩐지 조그만 나이
지만 몹시도 슬펐다. 경구는 오늘도 아버지를 도와 밭으로 나갔
다.(93~94쪽)

⑤는 떠난 경구를 그리워하며 돌멩이가 하는 말이고 ⑥은 영이 할아
버지가 돌아가시며 차돌이를 경구에게 주어, 경구를 따라오게 된 차돌
이가 들려주는 경구의 상황이다. 이 인용문들로 보았을 때 경구는 어쩔
수 없이 고향을 떠났다. 그러나 옮겨간 곳에서도 상황은 좋지 않다. 이
에 더해 공부를 잘했지만 중학교 진학을 하지 못하고 아버지와 밭농사
를 한다는 이야기에서 경구네가 떠날 수밖에 없는 이유가 경제적인 문
제임을 짐작하게 한다. 이로써 농토를 버리고 떠나야 했던 당시의 척박
한 농촌 현실을 상기시킨다. 이러한 경구의 현실이 돌멩이의 회상과 차
돌이의 발화를 통해 이야기의 배경으로 처리됨으로써 경구만의 특별한
일이 아니라 당시의 일반적인 상황임을 보여준다. 그렇다면 경구 또한
강점기 뭇 민중의 1인이다. 그러나 경구는 다른 존재를 남다른 시각에
서 볼 줄 아는 인물이라는 점에서 다르다. 이 다름이 결국 돌멩이가 처
한 불합리한 현실인 부자 이별 상황을 부자 상봉의 상황으로 바꾸게 한
다. 이것이 셋째 분석으로 나아가는 문을 열어준다.

52　강소천, 「돌멩이 Ⅱ」, 『조그만 사진첩』, 90쪽. 이하 인용 끝에 쪽수만 표시한다.

「영이야! 너, 이런 큰 돌맹이 곁에 조그만 돌맹이가 있는 것을
보면 어떤 생각이 나니?」…(중략)…

「큰 돌맹이는 아빠나 엄마돌맹이 같고, 작은 돌맹이는 아기돌맹
이들 같아……. 호호호…….」

「영이야! 너두 그렇게 생각하니?」

경구는 너무 기쁘고 좋은 모양이다.

「영이야! 그럼 이 차돌은 이 커다란 돌맹이의 아들인지도 모른
다. 아니, 아들일 게다. 그러니 우리, 이걸 옆에 놓아주자!」(101쪽)

인용문은 경구가 돌맹이 옆에 차돌이를 놓아주는 장면이다. 경구는
영이와 냇가를 걸으며 영이 할아버지 이야기를 하다가 영이가 차돌이
를 돌맹이 옆에서 주운 것을 알게 된다. 그 순간 경구는 갑자기 무엇을
깨달은 모양으로 영이에게 커다란 돌맹이 옆에 작은 돌맹이가 있는 것
을 보면 어떤 생각이 나는가 묻는다. 사실 영이의 답은 중요하지 않다.
경구는 「돌맹이 Ⅰ」에서 오랫동안 돌맹이를 관찰하여 남다른 시각으로
보는 인물이다. 그런 경구가 돌맹이와 차돌이의 관계를 놓칠 리 없다.
"이 차돌은 이 커다란 돌맹이의 아들인지도 모른다. 아니, 아들일 게
다."라고 확신하는 게 그것이다. 이 덕분에 돌맹이와 차돌이의 부자 상
봉이 이루어진다. 경구는 이들의 오랜 갈망을 풀어주는 역할을 하는 것
이다. 그러나 이 부자 상봉을 경구에 의해 일어나는, 돌맹이의 의지와
는 상관없는 일로 치부해서는 안 된다. Ⅰ에서 추론했듯이 돌맹이가 한
반도의 뭇 민중의 1인이고, 자신의 현실을 아프게 자각하게 된 인물이
라는 것을 감안한다면, 돌맹이와 차돌이의 상봉은 자각에서 한 걸음 나
아간 돌맹이의 자기주장이 있었기에 가능한 일이었음을 알게 된다.

나는 말하고 싶다. 나는 말하고 싶다. 영이에게 할 말이 있다. 물어 볼 말이 있다. 아이, 갑갑해. 내게는 왜 입이 없나? 나는 왜 말할 수 없나?

「영이야, 너 내 아들 차돌이를 어쨌니? 너의 할아버지 부싯돌하겠다고 주워 간, 내 아들 차돌이를 어쨌느냐 말이다. 너의 할아버지가 세상을 떠 날 때, 쌈지 속에 넣은 채 그냥 할아버지와 함께 내 아들을 관 속에 넣어 보냈느냐?」

말하고 싶다. 이렇게 물어보고 싶다.(92쪽)

인용문에서처럼 돌멩이는 자신의 요구를 주장하게 된다. 설사 그 주장이 영이에게 닿지 않더라도 돌멩이는 자신만의 방식으로 자신의 주장을 하게 된 것이다. 단순히 자신의 현실을 자각하며 새로운 존재로의 변화를 갈망하는 상태에서 한 걸음 더 나아갔다고 볼 수 있다. 이렇게 돌멩이가 자신을 주장할 수 있는 인물이 되었기에 경구가 "갑자기 무엇을 깨달"(100쪽)을 수 있었던 것이다.

이렇게 민중의 자각과 자기주장 그리고 남다른 시각으로 보아주는 이에 의해 이루어지는 부자 상봉은 단순히 돌멩이와 차돌이의 상봉에서 나아가 잃어버린 것, 빼앗긴 것을 되찾는다는 의미를 지닌다. 당시를 배경으로 한다면 그 잃어버린 것과 되찾는 것이 무엇인지는 분명해진다. 또 소천 동화의 핵심 키워드인 '있어야 할 세계'를 상징한다고도 볼 수 있다. 차돌이를 잃은 세계가 "있는 사실"이라면 차돌이와 함께하는 세계는 '있어야 할 세계'인 것이다.

「돌멩이 Ⅰ」에서 경구는 돌멩이를 남다른 시각으로 보아주며 "나는 돌멩이와 친하고 싶다. 나는 돌멩이와 얘기하고 싶다."(81쪽)며 돌멩이와 소통하고자 했다. 그러면서 끊임없이 돌멩이에게 자신의 이야기를 하고 돌멩이의 이야기를 듣고자 했다. 즉 경구는 자신의 주변을 무심히 지나치지 않고 관찰하여 그들의 또 다른 모습을 찾아내며 그들의 말할 수 없는 고통을 이해하는 인물이다. 이처럼 남다른 경구의 면모에서 새로운 국면을 암시하는 인물임을 알 수 있다.

「돌멩이 Ⅱ」에 오면 경구의 이런 면모는 돌멩이와 차돌이의 부자 상봉에 결정적인 역할을 한다. 이것이 일차적인 새로운 국면이라 할 수 있다. 그런데 Ⅱ에서는 경구에게 지속적으로 상당한 의미 부여를 한다. 차돌이가 전해주는 이야기 속에 '경구가 우수한 학생이었다'는 점, 영이 할아버지가 고향을 떠나는 경구에게 차돌이를 주며 '장래에 훌륭한 아이가 될 것'이라고 한 점, Ⅱ 마지막 부분에서 경구는 '착한 아이, 좋은 아이'라며 돌멩이가 '경구의 앞날을 빌어주'는 발화 등이다. Ⅰ에서 나타나는 경구의 남다른 면모에 이러한 의미들이 더해지고 부자 상봉에 기여했던 경구의 결정적인 역할까지 고려하면, 경구는 미래의 희망을 내포하는 인물이다. 이것이 곧 이차적 새로운 국면을 예고한다고 볼 수 있다. 요컨대 소천은 경구를 민중이 더 나은 상태로 나아갈 수 있도록 이끄는 선구적이며 미래 지향적인 인물로 그리고자 한 것이다. 이것이 넷째 분석, 소천이 경구를 통해 보여주고자 하는 것이다.

결국 소천이 「돌멩이」 연작을 통해 보여주고자 하는 것은 첫째, 일제 강점기 이 땅 어디서나 볼 수 있는, 강압적인 외부 환경에 의해 산 것도 아니고 죽은 것도 아닌 듯 살아가는 민중의 삶이었다. 둘째, 이러한 삶을 자각하고 깨어나 다른 삶의 모습을 찾으라는 것이다. 셋째, 경구로 구체화되는, 관심을 가지고 지켜보며 존재의 다른 모습을 찾아내는 미래 지향적인 인물, 이 인물이 궁극적으로 소천이 보여주고자 하는 인물인 것이다.

「돌멩이」 연작이 보다 상징적으로 시대인식을 보여준다면 『진달래와 철쭉』은 좀 더 적극적이고 구체적으로 시대인식을 보여주는 작품이다. 이 작품에는 옛이야기적 요소가 꽤 포진하고 있다. 형식화된 시작, 전형적인 인물의 성격, 옛이야기에서 많이 보던 모티프들이 그렇다. 때문에 이 작품을 옛이야기적 교훈이나 권선징악적 주제로 몰아가기 쉬우나 그런 태도는 적절하지 못하다. 그렇다면 어떻게 보아야 할 것인가. 먼저 이 작품의 스토리 라인을 살펴보면 소천이 초점을 두고 있는 부분이 어디이고 그것이 의미하는 바가 무엇인지 파악할 수 있을 것이다.

『진달래와 철쭉』의 스토리 라인은 크게 전반부와 후반부로 구분되는데, 전반부 서사는 버려진 진달래와 철쭉이 백 포수에 의해 구해지고 그에게 활쏘기를 배워 훌륭한 포수로 자라는 부분이다. 후반부 서사는 형식적 측면에서는 하나로 되어 있지만 내용적 측면에서는 두 가지 내용이 중첩되어 있다. 하나는 흩어진 가족의 화합으로 아버지 찾기와 진달래를 구하는 서사이고 다른 하나는 붉은 여우를 잡아 나라를 구하는 적극적 저항 의지를 담고 있는 서사이다. 여기서 '임금이 나라의 앞날을 위해 젊은이들을 훈련시켜달라 부탁'하는 내용은 인물의 구체적인 성장 과정이기보다는 미래에 대한 당부이며 대비라고 볼 수 있다. 그러나 나라 전체의 성장을 도모한다는 의미에서 성장 과정으로 볼 수 있을 것이다. 이렇게 볼 때 소천이 주의를 기울인 부분은 후반부 서사라 볼 수 있다. 그러므로 이 작품이 말하고자 하는 것은 후반부 서사에서 찾아져야 한다.

『진달래와 철쭉』의 스토리 라인

	문제	조력자 등장	문제 해결	성장 과정
전반부 서사	진달래와 철쭉이 버려짐	백 포수와 만남	백 포수에 의해 구해짐	훌륭한 포수가 됨
후반부 서사	가족 이별 (진달래 구하기와 아버지 찾기)	고아 동물들 만남 예지몽을 꿈	가족 화합 (진달래 구함 아버지 만남)	
	지속적으로 붉은 여우가 제물을 요구함	동물들	붉은 여우 처치하고 제물을 구함	임금이 나라의 앞날을 위해 젊은이들을 훈련시켜달라 부탁함

그런데 이 작품은 1940년에서 1942년 『아이생활』에 발표된 「희성이와 두 아들」을 1952년 『어린이 다이제스트』에 수정하여 발표하고 난 후 1953년 다이제스트사에서 출판한 것이다. 그 수정된 내용을 살피는 것은 꽤 의미가 있을 것이다. 유의미한 수정 내용은 다음의 표로 정리해 볼 수 있다.

「희성이와 두 아들」에서 『진달래와 철쭉』으로 수정 내용

제목	희성이와 두 아들(1940)	진달래와 철쭉(1953)
주인공(아들) 이름	일돌과 이돌	진달래와 철쭉
여우	새하얀 여우	붉은 여우
아버지 찾기	백 포수의 권유	진달래와 철쭉의 자발적 의지

위의 수정 내용을 보면 소천은 주 인물의 명명(命名)에 상당한 의미 부여를 하고 있다. 원본(「희성이와 두 아들」)에서는 "맛아들놈의 이름은 『일돌이』구 둘째아들놈의 이름은『이돌』이랍니다."[53]라고 순서의 의미밖에 없으나 수정본(『진달래와 철쭉』)에서는 아이들이 태어날 때 해당 꽃이 한창 피었을 때고, 희성 영감이 가장 사랑하는 꽃이 진달래와 철쭉이라 아들들의 이름을 그렇게 지었다고 서술한다.[54] 이렇게 의미 부여를 하며 이름을 수정한 이유는 무엇인가. 아마도 진달래는 구한말『황성신문』에서부터 "우리나라 꽃으로 진달래가 가장 적절하다"는 의견이 제시되는 "한국인의 민족 정서를 대표하는 꽃"이기 때문일 것이다.[55] 이는 곧 이 작품에서 진달래와 철쭉은 우리 민족을 대표하는 이름이라고 볼 수 있는 근거를 제공한다.

여우의 털 색깔 변화 또한 꽤 유의미하다. 1940년 일제의 억압이 극심할 때 일장기를 연상시키는 붉은색은 함부로 쓸 수 있는 색이 아니었다. 더구나 붉은색을 한 여우가 나라의 색시들을 제물로 삼는다고 서술한다면 검열에서 자유로울 수 없다. 그래서 선택된 색이 새하얀 여우였다고 보인다. 더구나 사람을 잡아먹으며 숨어 있는 포수도 감지하고, 잡으러 오는 사람들을 도술 지팡이로 때려 돌멩이로 변하게 하는 간악하며 신묘한 이미지에는 붉은색보다는 새하얀 색이 더 부합한다. 그런 새하얀 색을 검열로부터 벗어나서는 붉은색으로 수정한다. 신묘하고

53   강소천, 「희성이와 두 아들」, 『아이생활』 9/10 합본호, 1940, 27쪽.

54   강소천, 『진달래와 철쭉』, 다이제스트사, 1953, 6쪽. 이하 인용 끝에 쪽수만 표시한다.

55   이상희, 『꽃으로 보는 한국 문화』, 넥서스BOOKS, 2004, 145~146쪽.

영묘한 이미지를 덜어내고 죽음, 전쟁, 공포, 혼란 등 흉포한 이미지를 부여하는 것으로, 붉은 여우는 일제를, 구체적으로는 일제의 군대를 상징한다고 볼 수 있다. 이런 이미지에 더해 아래와 같은 만행이 서술되면 그 의미가 무엇을 이야기하는지는 분명해 보인다.

> 요즈음 서울에는 난 데 없는 붉은 여우가 나타나 백성들을 괴롭히는데, 이 여우는 어슬어슬한 저녁만 되면 나타나서,
> 「오늘 저녁에는 머리채가 긴 색시를 이 곳에 갖다 놓아라! 그렇지 않으면 임금을 잡아갈 테다.」
> ㉠ 나라에서는 이 보기 흉한 짐승을 없이하려고는 생각지 않고, 붉은 여우가 말하는 대로 그런 색시를 구해 닥아 여우에게 바친다는 것입니다. 그러면 ㉡ 얼마 동안은 잠잠하다가도 한 달만 지나면 이 붉은 여우가 또 나타나,
> 「이번엔 눈이 예쁜 색시를 내 놓아라!」
> 한다는 것입니다.(41쪽)

여우는 '색시'를 요구한다. '색시'는 결혼을 안 한 젊은 여자부터 갓 결혼한 여자까지를 이르는 말이다. 그렇다면 '색시'는 다음 세대를 생산할 중대한 임무가 있다. 그런 '색시'를 제물로 삼는 것은 그 나라의 존폐를 위협하는 절체절명의 사태이다. 이로 보건대 당시 중일전쟁 시작 이후 '내선일체'를 외치며 조선의 저항을 사전에 차단하고, 전쟁에 조선을 동원하고 이용하기 위한 우리 민족 말살 정책의 상징적 표현으로 읽을 수 있다. 조금 더 범위를 좁혀보자면 '색시'는 '종군위안부'의 다른 말이라고 할 수도 있다. 붉은 여우가 일제의 군대를 상징한다면 그 군이 ㉡에서처럼 끊임없이 요구한 것은 '위안부'였다. 최영종은 1930년대 초부터

일본군이 가는 곳마다 위안소가 생겼으며 1940년대 전쟁이 확대되며 조선 여성에 대한 본격적인 요구가 시작되었다고 한다.[56] 또 위안부 동원 및 차출에는 그 누가 동원하고 차출하든 한국인 조력자가 동반되었다고 정현백은 말한다.[57] ㉠의 나라에서 구해 바친다는 것은 위안부의 강제 동원이나 차출에 한국인의 조력이 있었다는 것을 의미한다. 결국 붉은 여우의 색시 요구는 일본군의 종군위안부 강제 동원으로 볼 수 있다. 때문에 붉은 여우의 만행은 총체적으로 일제강점기 우리 민족이 받은 참담한 고통과 민족의 위기를 상징한다.

이렇게 수정된 내용을 보면 소천이 분명하게 드러내려 했던 것은 일제강점기의 우리의 현실이라고 볼 수 있다. 후반부 서사 말미에 임금이 포수들에게 하는 말은 이러한 해석을 더욱 공고히 한다.

> 여러분은 인제부터는 개인의 일을 할 것이 아니라, 나라를 위하여 직접 일해 주십시오. 언제 우리 앞에 어떤 강한 적들이 나타날는지 모르오. 어떤 원수들이 쳐들어와도, 능히 그들을 물리칠 수 있는 힘을 우리는 길러야겠소. 수 많은 병력을 가져야겠소. 여러분은 그 일에 힘써 주시오. 많은 젊은이들을 훈련시키는 일을 맡아 주어야겠소.(96쪽)

나라의 앞날을 위해 "젊은이들을 훈련"시켜달라는 부탁은 상존할 수 있는 위기에 대비하자는 말로 나라를 잃을 뻔한 상황에서 나오는 절실한 속내이다. "어떤 강한 적", "어떤 원수들"이 나타나도 물리칠 수 있는

---

56 최영종,『불충신민』, 한누리미디어, 2004, 198~199쪽.
57 정현백,『민족과 페미니즘』, 도서출판 당대, 2003, 186쪽.

"힘"을 기르고 "수 많은 병력"을 가져야겠다는 반복적인 수사는 그 절실함을 보여주며 적극적 저항 의지를 보여준다 하겠다. 즉 후반부 서사에서 중요하게 다루어지는 것은 일제강점기 우리 민족의 현실과 그 현실을 타개하기 위한 적극적인 저항 의지의 구현인 것이다.

이와 더불어 후반부 서사에 중첩되어 있는 '가족 화합 지향'의 서사 또한 간과할 수 없다. '가족 화합 지향'의 서사는 두 가지 측면에서 이루어지는데 하나는 '아버지 찾기'이고 다른 하나는 돌멩이가 된 진달래 구하기이다. 성장하여 실력을 갖추자 진달래와 철쭉은 아버지 찾기에 나선다. 아버지 찾기는 개인의 자기 정체성 찾기의 다른 이름이다. 인간의 뿌리는 그 부모로부터 시작된다는 점에서 아버지 찾기는 그 근원에 대한 탐색이며 정체성 형성에 필수적인 과정이기 때문이다. 아버지 찾기는 상징적으로 나라 찾기와 연결된다. 전통적으로 나라(왕)는 아버지의 다른 이름이었고 백성(국민)은 그 자녀였다. 그렇다면 아버지 찾기는 나라 찾기라고 볼 수도 있다. 원본에서 백 포수의 권유로 이루어지던 아버지 찾기가 수정본에서는 형제의 자발적 의지로 표현된다. 이는 인물의 주체성을 확보하고자 하는 소천의 의지로 해석된다. 위기에 대항하는 적극적 저항의 서사는 개개 인물의 주체적 의지 없이는 성립하기 힘들다. 그러므로 아버지 찾기, 나라 찾기는 인물이 주체적으로 나서야 할 필요가 있다.

작품에서 '진달래 구하기'는 아버지와 만나기 이전에 제시된다. 여기에 의미가 있어 보이는데, 철쭉의 '진달래 구하기'는 또 다른 자아와의 통합으로 볼 수 있다. 흔히들 형제를 한 줄기의 다른 가지로 비유한다. 각각의 가지가 동일한 뿌리에서 나온 것이라 할 때 이 가지는 기본적으로 동일한 범주 안에서의 차이를 내포한다. 여기에 더해 현실적으로 진달래와 철쭉은 20여 년간 삶의 희로애락을 함께 겪었다. 같이 버려졌으며 같이 구해졌고 같은 훈련을 받았다. 이 과정에서 진달래와 철쭉은 각자의 타고난 것이 하나로 융화되며 서로는 서로의 또 다른 모습으로 형성되었을 것이다. 이들이 길을 떠나며 만나게 되는 동물들이 형제라는 점 또한 동화적 흥미 유발 요소라는 점 외에 위와 같은 맥락에서 자신을 찾기 위한 또 다른 나의 필요 때문인 것으로 보인다. 돌멩이로 변한 인물들을 찾기 위해 철쭉은 자신이 데리고 있던 동물들을 지팡이로 차례로 때려 돌멩이로 변하게 한 다음 그 모습을 기억하게 함으로써 그 모습과 비슷한 돌멩이를 찾아 인물들을 구하는 것이다. 그렇다면 진달래 구하기는 자신의 근원을 찾아 떠나는 과정에서 자신의 여러 측면을 현재의 자신으로 통합할 당위적 필요에 따라 구성되었다고 볼 수 있다. 즉 철쭉은 진달래를 구함으로써 자신의 또 다른 자아와의 통합에 성공했고 그럼으로써 현재의 자신에 대한 전체적인 조망 속에서 자신의 근원을 찾는 것(아버지 찾기=나라 찾기)이 가능하다. 이로써 표면적으로는 형을 구하고 아버지까지 만나 가족의 화합을 취하는 이야기로 그려지지만 심층적으로는 '일제강점기 우리 민족의 현실 보여주기와 그 현실 타개를 위한 적극적인 저항의 서사로 읽을 수 있다.

이렇게 보면 『진달래와 철쭉』은 「돌멩이」와 상당히 유사한 자리에 있음을 알 수 있다. 기법적으로 말할 수 없는 것을 말하기 위해 의인화 기법을 사용한다는 점, 주제적으로 일제강점기에 대한 비판적 인식을 바탕으로 한 저항 의지의 서사라는 점에서 그렇다. 두 작품에서 나타나는 소천의 인식은 "일본사람들이 우리나라를 빼앗은 이야기며 우리들이

고생하는 이야기를 써 보고 싶었다."[58]고 밝힌 동화를 쓰고자 했던 이유
와 합치된다.

2) 분단 현실과 통일 환기

소천의 동화에서 「돌멩이」, 『진달래와 철쭉』과 같이 현실의 억압을 우
회적으로 그리며 시대인식을 보여주는 작품은 1954년이 되어야 다시
나타난다. 1954년 발표하는 제4 동화집 『꿈을 찍는 사진관』에 3편이 등
장한다. 바로 「봄 날」, 「푸른 하늘」, 「고향으로 돌아가는 배에서」인데, 이
후 이와 같이 현실의 억압을 담은 작품을 꾸준히 발표한다. 여기서는
소천의 시대인식을 내포하는 작품들을 대상으로 그가 그리고자 한 것
이 무엇이었는지 고찰한다.

1954년은 소천에게는 문제적인 시기이다. 앞의 2절에서 언급했듯이
1953년 휴전협정과 1954년 재혼은 인생의 분기점으로, 소천의 삶을
새로운 길로 들어서게 했다. 다시는 갈 수도 볼 수도 없는 북의 고향
과 가족을 아프게 마음속에 품고 살 수밖에 없게 된 것이다. 휴전협정
을 지켜본 후인 1953년 10월 『학원』에 소천은 「고향으로 돌아가는 배
에서」를 발표한다. 이 작품에는 당시에 대한 소천의 인식과 태도가 나
타난다.

「고향으로 돌아가는 배에서」의 '나'라는 인물은 전 재산을 팔아 산 상
품을 싣고 고향을 떠났다가 "때아닌 풍랑을 만나"(73쪽) 낯선 곳에 도

---

58 강소천, 「동아일보와 나 「돌맹이」 이후」, 『동아일보』, 1960.4.31.

착한다. '나'는 이러한 상황이 마치 자신의 재산을 "노린 사람들의 연극"(74쪽) 같고 믿기지 않는다. "내가 입은 옷은 조금도 젖어 있지 않았고, 또 젖었다 마른 흔적도 없습니다."(74쪽)라는 진술은 '나'가 자신이 처한 상황을 받아들이지 못함에서 나아가 비현실적으로까지 인식하고 있음을 말한다. 이렇게 '나'가 받아들이지 못하는 상황은 "때아닌 풍랑을 만나" 배를 잃고 표류하게 된 일이다. "때아닌 풍랑"은 예기치 않게 맞닥뜨린 폭력적인 상황을 말하고 배를 잃고 표류한다는 것은 길을 잃었다는 말이다. 그 길은 '나'가 떠나온 곳에서 나아가고자 했던 곳과 연결된 길이다. 그 상황을 '나'는 거대한 자연재해("때아닌 풍랑")처럼 혼란스러워하며 받아들이지 못한다. 이는 휴전협정을 바라보는 소천의 인식과 태도를 보여준다. "때아닌 풍랑"을 만나 앞으로 나아갈 길도 돌아갈 길도 막혀버린 모습은 휴전협정으로 고향과 가족에게 돌아가지 못하는 소천의 모습과 닿아 있다. 또한 그러한 상황을 받아들이는 소천의 인식과 태도는, 『강소천 소년문학선』에서 보여준 기억의 혼란에서도 간취할 수 있듯이, 작품 속 '나' 이상으로 혼란스러워했고 믿고 싶지 않아 했음을 알 수 있다.

그 혼란 속에서 소천은 고향과 가족에 대한 그리움을 쏟아놓는다. 제4동화집 『꿈을 찍는 사진관』은 그 결과물이다. 이 가운데에는 혼란스러워하며 받아들이지 못하던 태도에서 나아가 그 폭력적인 상황을 상징적으로 그려내며, 돌아가고자 하는 갈망을 담은 작품들이 나타난다. 폭력적인 상황은 단순히 휴전으로 분단이 확정지어진 것 때문만은 아니다. 서중석의 진단대로 1950년대는 통일에 대한 열망은 그 어떤 시기보다도 뜨거웠음에도 제대로 된 통일 논의나 통일 운동은 제기되기 어려운, 아이러니한 시기였다.[59] 이는 전후 정치·경제·사회적 혼란 속에서 통일 담론이 하나의 "정권 강화를 위한 자기강변으로 이용"[60]되었기 때문이다. 자연히 남과 북을 나누는 휴전선은 넘을 수 없는 벽이 되었다. 이러한 상황은 북에 가족을 두고 온 월남인들에게는 현실의 억압으로 작용했다. 그를 드러내는 대표적인 작품이 장편(掌篇)「봄 날」이다. 1954년 3월『조선일보』에 발표했다가『꿈을 찍는 사진관』에 실은 이 작품은 현실의 억압과 거기에서 벗어나 자신의 고향으로 돌아가고자 하는 마음을 상징적으로 그리고 있다.

　따사한 봄날 새장 속의 새는 열린 새장 문을 보자마자 하늘로 날아오른다. 새는 넓은 세상을 날며 자유를 만끽한다. 한편 새장 밑에 있던 어항 속의 금붕어도 빈 새장을 보며 어항을 벗어나길 기도(企圖)한다. 그러자 어항에 구멍이 뚫리며 물이 쏟아져 연못으로 흘러간다. 그 길을 따라 금붕어도 자신들의 고향으로 돌아간다. 그런데 그때, 이들이 어디에 있는지도 알지 못하는 윤이가 엄마 찾는 소리를 듣는다. 결과적으로 새와 금붕어가 꿈을 꾸었던 것이다. 여기서 새장과 어항은 갇혀 있는 상태, 넘을 수 없는 벽, 휴전선을 상징하며 현실의 억압을 의미한다. 갇혀 있고 억압당하는 존재는 그 이전으로, 자신의 근원이 되는 곳으로 돌아가고 싶은 갈망을 가지고 있다. 그 갈망이 현실에서 불가능하므로 그들은 꿈으로 성취하는 것이다.

59　서중석,「이승만과 북진통일 −1950년대 극우반공독재의 해부」,『역사비평』, 1995.5, 109쪽.

60　서중석,「반성과 청산 을사년의 정국결산 (10) 사랑방 통일론」,『경향신문』, 1965.12.13.

이러한 현실의 억압을 좀 더 극명하게 보여주는 작품이「대낮에 생긴 일」이다. 이 작품은 1958년『서울신문』에 발표했다가 그해 출간된『인형의 꿈』에 실렸다. 주인공 미향의 꿈은 그대로 현실의 메타포이다. 그런데 이 작품의 의미가 더 비중 있게 다가오는 것은 그 꿈속 일의 원인이 친언니 남향으로부터 비롯되었다는 사실이다. 미향이 염소 울음소리에 놀라 다가가보니 온갖 흉측한 동물들이 모여 있다. 그런데 자세히 보니 원래의 모습들이 아니라 털 색깔이며 눈 색깔들이 엉망으로 되어 있다. 날 때는 예뻤던 동물들을 누군가가 그리 만들어놓은 것이다. 화가 난 미향이 혼내준다고 하자 동물들은 그리 해놓은 인물이 미향의 언니라고 한다. 꿈에서 깨고 보니 엉망으로 칠해놓은 책이 펼쳐져 있고 언니 남향은 어디론가 가고 없다. 그렇다면 미향이 꿈속에서 만난 동물들은 책이라는 한정된 공간에 갇혀 있었기에 고스란히 그 곤욕을 당할 수밖에 없다. 이는 앞서「봄 날」에 나타난 새장이나 어항과 같은 공간이다. 이 경계 지어진 공간은 벗어날 길이 없는 공간인 것이다. 이 공간에 사는 존재들에게 거대한 힘이 부정적으로 작용한다면 그 힘에서 벗어날 길은 없다. 더구나 그 거대한 힘을 가진 존재가 외부에서 유입된 타자가 아니라 자신과 피를 나눈 형제, 즉 우리라고 묶일 수 있는 존재라면 더욱 그러할 것이다. 이럴 때 당하는 존재들의 저항은 무화되기 쉽다. 이렇게 본다면 이 작품이 무엇을 형상화하고자 했는지는 쉽게 간취된다. 동물들이 사는 책 속 공간은 분단된 한반도이다. 그 속에 사는 사람들은 타고난 저대로의 모습으로 살지 못한다. 우리 편이라고 불리는 존재의 거대한 힘, 당시 남한 사회를 지배하던 권력일 수도 있고 이데올로기일 수도 있으며 북한일 수도 있는 거대한 힘의 강고한 질서 때문이다.

　이와 유사한 맥락에서 이야기할 수 있는 작품이 「푸른 하늘」, 「파랑새의 봄」 등이다. 「푸른 하늘」도 『꿈을 찍는 사진관』에 실린 작품이다. 이 작품은 아기 참새들이 나는 연습을 하는 것을 보고 자신도 따라 하는 풋병아리가 주인공이다. 풋병아리는 끊임없이 날기 연습을 한다. 그는 새들보다 훨씬 큰 날개를 가지고도 날 생각을 하지 않는 엄마·아빠닭이 정말 이상했다. 날개를 가진 동물이 나는 것은 본래적인 속성이다. 그러나 닭은 오랜 시간에 걸친 환경 적응으로 더 이상 날 수 없다. 대부분의 닭은 이런 변화를 당연시하며 "모이를 찾는 일. 두엄을 파헤치는 일. 모래 목욕을 하는 일"(60쪽) 등 일상에 매몰되어 살아간다. 풋병아리는 그런 그들을 이상하다고 생각했다.

　이 작품에서 소천이 지적하고자 하는 것은 세 가지이다. 첫째는 병아리와 닭을 형상화함으로써 오랜 세월 지속적인 억압의 결과, 순응의 결과를 상징하고 있다는 것이다. 그것은 날개가 있으나 날 수 없는 닭의 현실로 드러난다. 둘째는 날 수 없음에도 불구하고 풋병아리의 갈망으로 나타나는 푸른 하늘(고향)에 대한 희구이다. 푸른 하늘을 날고자 하는 풋병아리는 넘을 수 없는 휴전선을 넘어 북의 가족을 만나고자 하는 월남인의 갈망을 담고 있다. 셋째는 잃어버린 상태(분단의 상태)가 오래 지속되면 무엇을 잃어버렸는지도, 또 그것이 얼마나 소중한 것인지도 모른 채 살아간다는 것이다. "푸른 하늘로 날아오르고 싶은 생각들을 하지 않는게 정말 이상해만 보였습니다."(60쪽)라는 풋병아리의 의문은 분단을 당연시하며 일상에 매몰된 채 살아가는 당시의 성인들에게 하는 소천의 곡절한 진언이다.

그렇다면 성인들이 이러한 상황에 처할 수밖에 없는 이유는 무엇인가. 소천은 그에 대한 해석을 「파랑새의 봄」에서 보여준다. 「파랑새의 봄」은 『인형의 꿈』에 실렸다. 이 작품의 엄마·아빠파랑새는 풋병아리의 엄마·아빠닭의 다른 모습이다. 새장 속에서 해바라기를 하던 아기새가 졸음이 온다고 한다. 아빠새가 봄이라서 그렇다고 하자 아기새는 질문을 시작한다. 봄은 어디서 오느냐? 어떻게 생겼냐? 파랗냐, 빨갛냐? 이런 아기새의 물음에 엄마·아빠새는 답을 하지만 새장에서 나고 자란 아기새는 봄을 알 수가 없다. 새장에서 나고 자란 엄마·아빠새도 봄을 모르긴 매일반이다. 엄마·아빠새는 자신들이 어렸을 때 있었던 일을 떠올린다. 아기새였던 어느 날 엄마 아빠새는 새장 속 삶의 평온함과 넉넉함, 행복함을 노래하고 있었다. 그때 마당에 날아왔던 산새 한 마리가 다가와 "한번 넓은 세상에 나와 봐! 얼마나 시원한가. 하늘을 한번 날아 보란 말이야. 그 시원한 맛을 본 뒤에 이야기 해."(78쪽)라고 비웃었다. 그러나 그 아기새들(엄마·아빠새)은 세상 구경을 한 번도 하지 못했다. 그러면서 그때 자기들과 같은 아기새들을 놓고 봄을 이야기하고 있는 것이다.

여기서 새장은 당연히 현실의 억압, 분단을 상징한다. 엄마·아빠파랑새는 「푸른 하늘」의 풋병아리의 엄마·아빠와 이름만 다를 뿐 같은 인물이다. 닭장과 새장 등 세상으로부터 경계 지어진 한정된 공간에서 살아온 이들은 그 공간 밖의 세상은 알지 못한다. 그뿐 아니라 그 공간의 질서에 의해 자신의 본래적 특성도 잊어버린 채 살아간다. 소천은 이렇게 갇힌 채 대를 이어 살아가며 자신의 본성을 잃어버린 엄마·아빠 파랑새를 보여주면서 풋병아리의 의문에 답을 한다. 푸른 하늘을 잊어버린 채 모이나 먹고 두엄이나 파헤치는 풋병아리의 엄마·아빠의 삶이 그럴 수밖에 없는 이유를 밝혀주는 것이다. 그러면서 분단이 오랜 시간 지속된다면, 답습하게 될 이 땅의 삶의 모습도 경계하고 있다.

이렇게 소천은 분단 현실의 삶의 공간을 새장과 어항 등 경계 지어진 폭력적인 공간으로 설정하여 현실의 억압을 상징적으로 형상화한다. 그런데 소천은 단순히 억압을 드러내는 데 만족하지 않는다. 그 억압 속에서도 그를 넘어가고자 하는 인간의 희구를 그리고 또 시간의 흐름에 따라 그 속에서 길들여지는 삶도 경계하게 한다. 이러한 작품들은 1950년대 이데올로기와 권력이 강제하는 남한에서 북의 고향과 가족에게로 향하는 소천의 내면의 갈망을 상징적으로 보여준다.

이처럼 소천은 1950년대 현실의 억압을 직접 말하지 않는다. 대체로 개체가 처한 폭력적인 현실을 상징적으로 보여줄 뿐이다. 그 속에서 고향과 가족에 대한 그리움을 형상화한다. 그러나 1963년 출간한『그리운 메아리』에서는 크게 한 걸음 더 나아간다. 내용적으로 형식적으로 이 작품은 소천의 대표작이라고 할 수 있다. 내용적으로 체제 정립을 위해 전력을 다하는 남과 북의 실상을 보여주고 형식적으로는 액자 구조를 기반으로 환상과 변신 모티프를 이용해, 분단 고착화에 대해 경각하게 하고 통일을 환기하게 한다. 1950년 후반에서 1960년대 초반, 남한은 통일 담론을 억압하며 경제 성장을 최고의 가치로 추구하고 북한은 공산주의 체제 정립에 박차를 가한다. 이 동화는 그처럼 각각의 체제 정립에 박차를 가하는 남과 북을 비판하며 경종을 울리는 작품으로서 의의가 있다.

『그리운 메아리』는 영길의 꿈(내부 이야기)과 현실(액자 이야기)이 얽혀 주제를 구체화한다. 영길과 웅길 형제가 만화책을 서로 보겠다며 싸우던 중 웅길이 나가버리고 영길은 만화책을 보다 잠이 드는 것으로 시작한다. 이어지는 이야기는 영길이 보던 만화의 내용과 영길 주변의 이야기가 결착된 꿈속 이야기다. 꿈속 이야기에는 다섯 가지 이야기(웅길, 경자, 박 박사, 유 박사, 이들을 찾는 사람들 이야기)가 동시적으로 반복 병치되며 전개된다. 이 중 웅길과 경자의 이야기는 남한의 현실을 보여주고 박 박사와 유 박사의 이야기는 북의 현실을 보여준다.

형과 다툼으로 화가 난 웅길은 평소에 친하게 지내던 실향민 박 박사의 집에 간다. 웅길은 박사님이 개발한 약물을 먹고 제비가 되어 이 사람 저 사람 손에 팔려 다닌다. 웅길에게 집을 맡기고 장에 갔던 경자는 친구 정순을 만나고 돌아온다. 웅길이 없고 실험실 문이 열린 채 웅길의 옷만 발견하자 두려움에 빠진 경자는 정순에게 간다. 아무것도 모른 채 집에 돌아온 박 박사는 그동안 연구해온 것을 실행에 옮겨 제비가 되어 북의 가족을 찾아 떠난다. 두 사람을 찾기 위한 경찰과 동료 박사들의 노력이 진행되는 가운데 실향민인 유 박사는 두 사람을 찾아 제비가 되어 떠난다. 돌아온 박 박사는 통일이 시급하고 절실함을 토로한다. 그러나 웅길과 유 박사가 걱정이 돼 다시 제비가 되어 찾아 나선다. 웅길이 갖은 고생 끝에 집으로 돌아오고 유 박사도 돌아오나 박 박사는 결국 집으로 돌아오다 죽음을 맞는다. 웅길과 같이 울음을 터뜨리던 영길은 자신이 흐느끼는 소리에 잠이 깬다. 영길은 평소 친하게 지내던 박 박사님이 생각나 웅길과 함께 찾아간다. 박 박사는 실향민인 박 할아버지의 별칭이다. 할아버지는 꿈에 통일이 되어 북의 고향으로 가다가 깨고 나서 맥을 놓아버리고 있었다. 죽어서라도 고향에 가는 꿈을 꾸고 싶다는 할아버지는 결국 돌아가시고 영길, 웅길 형제는 할아버지를 그리워하며 통일에의 의지를 다짐한다는 이야기다.

이 작품에서는 영길의 꿈속에 나타나는 내용과 현실의 내용이 어떻게 결착되는가에 따라 주제가 형상화된다. 때문에 남과 북으로 대비되어 그려지는 꿈속 이야기가 무엇을 이야기하는가를 먼저 파악해야 한다.

> ① "참, 너희들 몰라보게 컸구나! 지금 막 요 곁 라디오 가게에서 너희들의 방송을 보았지! 그러지 않아도 요즈음 너희들 아버지 어머니를 만나 뵈러 가려던 참인데……. 잘 됐다! 내가 너희들을 데려다 주는 겸 같이 가자!" …(중략)…
>
> "참, 다 함께 내려서 천천히 뭘 좀 사 가지고 가자. 그럼, 이 차는 보내고 천천히 딴 차를 타면 되지 않아?"
>
> 아저씨는 운전사에게 찻삯을 주어 보냈다.
>
> "자! 과자를 좀 사고 과일도 좀 사야지!"
>
> 아저씨는 과자를 한 꾸러미 사서 기수에게 안겼다. 과일을 사서 철수에게 안겼다. 그리고 새 조롱은 자기가 들었다.
>
> 아저씨는 지나가는 차를 손짓하며 그리고 따라갔다. 차가 섰다. 아저씨는 재빠르게 차문을 열고 올라탔다. …(중략)…
>
> "앗!"
>
> 철수와 기수는 멈춰 서서, 저걸 어쩌나, 하고 보고만 있었다. 차에 올라탄 아저씨는 운전수에게 무어라고 했는지 차는 쏜살같이 달아나버리는 것이다.[61]

> ② 형은 붓에 펭끼를 묻혀 가지고 제비 몸뚱이를 칠하기 시작했다. …(중략)…
>
> 형은 하루 이틀 사흘 날마다 제비를 들여다보며, 어떻게 하면 제

---

61   강소천, 『그리운 메아리』, 학원사, 1963, 111쪽. 이하 인용 끝에 쪽수만 표시한다.

비가 종달새 같이 보이게 할까 하는 연구만 하고 있었다.

참새털을 갖다 붙여 놓으니까, 제비는 무척 커 보였다.

"자! 인제 되었다. 이만 하면 5만 환이나 8만 환 정도는 틀림없이 받을 수 있을 거다. 흥, 누가 이 제비를 함부로 팔아 넘길 줄 알구? 5만 환씩 세 번은 받을 수 있을 거야."(192쪽)

①은 웅길이 제비(제비가 된 웅길이)가 기수, 철수와 함께 지내며 방송에 나가 춤을 추고 노래를 하여 인기를 끌자 낯선 아저씨가 나타나 웅길이 제비를 훔쳐가는 상황이다. ②의 인용문은 제비가 되어 팔려 다니다 어떤 소년의 집에 들어가게 된 웅길이 제비를 두고 소년의 형이 하는 행동과 발화이다. 부모님을 아는 척하며 택시를 타네, 선물을 사네 하며 아이들의 주의를 흩트려놓곤 제비를 훔쳐가버리는 낯선 아저씨나 이미 알려진 제비를 팔 수 없으니 종달새로 둔갑시켜 파는 척을 하며 빼돌려 돈을 벌려는 형의 모습이나 물질에 대한 속물적 욕망으로 가득 찬 모습이다. 이처럼 웅길이 제비가 노래하고 춤추는 신기한 제비로 알려지자 제비를 이용하여 돈을 벌려는 사람들이 웅길이 제비를 훔치고 팔고 사고 하는 상황이 계속 반복된다. 그런데 흥미로운 점은 이러한 제비가 된 웅길의 스토리에서 웅길이 제비는 서술자로도 초점 주체로도 나타나지 않는다는 점이다. ①의 경우 웅길의 입장에서는 제비가 되어 고난이 시작되는 최초의 서사 단위임에도 기수와 철수를 초점화하여 낯선 아저씨의 부도덕한 행위에 집중하여 서술한다. ② 또한 제비를 이용하여 큰 돈을 벌려는 형의 내적 발화에 초점을 두고 있다. 이렇게 웅길의 입장이나 의견은 드러나지 않은 채 웅길이 제비를 둘러싼 다른 이들을 초점화하여 서술함으로써 이들의 모습에서 드러나는 남한

의 현실에 객관성과 신뢰성을 담보하는 장치라 할 수 있다.

경자의 스토리가 시작되는 초반의 이야기 또한 당시 남한의 현실을
보여준다.

> ③ 경자라는 아이가, 이 집에 온 것은 일 년이 훨씬 넘는다. 누구
> 의 소개로 박사님 댁에 와서, 밥을 짓고, 빨래를 하며 살아 왔다.
> 박사님은 귀여운 딸 같이 경자를 사랑해 주셨다.
> 경자도 오래 오래 이 집에 살겠다고 했다.(33쪽)

> ④ 정순이는 시골서 아주 가난하게 살아서 옷도 변변히 못 입고
> 얼굴 단장도 못 하던 처녀였다. 그러던게, 지금 보니 경자보다도
> 더 좋은 옷을 입었고, 얼굴이며 머리가 참 멋졌다.…(중략)…
> "박사네 집도 좋지만 제 속을 차려야 할 게 아니냐? 난 공장에
> 다닌다. 아침부터 저녁까지 정한 시간 일을 하고는 저녁이면 맘대
> 로지. …(중략)… 돈이 생기면 극장 구경두 가구 친구들끼리 놀러
> 두 다니구……. …(중략)… 경자야! 돈 벌어서 옷 사 입고 화장품
> 사는 재미가 세상에 제일이란다. 경자야, 너 지금 몇 살이지? 밤낮
> 부엌떼기 노릇만 하고 언제 시집을 가니? 시집이 가고 싶으면, 누
> 가 보내준대? 보내 준대두 그렇게 모양도 내지 않은 부엌떼기를
> 누가 데려간대? 경자야! 내가 너무 떠들었지? 어떻든 너도 이젠 생
> 각을 좀 달리해! 너만 좋다면 내가 곧 취직 시켜줄게! 우리 감독 김
> 선생님은 내 말이라면 잘 들어주신단다.…(중략)…"(39쪽)

③은 경자가 박 박사의 집에서 지낸 기간과 오게 된 경위, 박사님 집
에서 하는 일을 소개하며 박 박사와 경자와의 관계를 서술하고 있다.
④는 시골에서 정순의 처지와는 다른 현재의 정순의 모습을 보여주면
서 서울에 와 공장에서 일하는 정순이 경자를 꼬드기는 발화이다. 정순
은 경자에게 함께 공장에 다니며 돈을 벌어 즐겁게 놀러 다니다 시집갈

준비나 하자고 한다.

위의 인용문들은 당시 1950년대 후반에서 1960년대 초반 남한의 사회상을 보여준다. 미국 중심의 경제원조에 힘입어 전후 재건 사업을 추진하던 이승만 정권에서는 1950년대 후반 미국의 원조 축소로 민간 경제가 어려워지고[62] 독재와 부정부패가 이어지며 민심이 이반한다. 1960년 3·15부정선거는 결국 4·19혁명을 촉발하고, 뒤이어 5·16쿠데타로 이어지는 기간, 남한 사회는 그야말로 혼란의 도가니였다. 이러한 경제적·정치적 혼란의 와중에서 사람들은 어떤 윤리나 도덕도, 미래의 비전도 가질 수 없었다. 옹길이 제비가 경험하는 현실은 이러한 남한을 배경으로 한다. 경자와 정순 같은 인물 또한 당시 남한의 현실을 보여준다. 전후 빈사 상태에 처해 있는 한국의 경제가 안정적으로 회복하는 데 미국의 경제원조는 큰 힘이 되었다. 하지만 원조의 내용이 "밀·쌀·원면·보리 등의 잉여 농산물을 비롯한 원료, 반제품 등의 원자재가 대부분을 차지"하면서 "당해 작품을 재배하여 생계를 유지해왔던 기존의 한국 농가에 큰 타격"이 된다.[63] 당시 농가 경제가 붕괴하면서 젊은 인력들이 대도시로 이주하여 자신의 생계는 물론이고 고향의 생계까지 책임지는 경우가 많았다. 이런 와중에 이승만 정권에서부터

---

62 원조에 힘입어 1957년도 8.7%의 성장률을 보이던 우리 경제성장률은 원조가 급격히 줄어든 1959년도에는 5.2%, 1960년도에는 2.3%로 급감하게 된다. 신장철, 「해방 이후의 한국경제와 초기 경제개발 5개년계획 – 원조경제의 탈피와 수출드라이버 정책의 채택을 중심으로」, 『한일경상논집』 66권, 한일경상학회, 2015, 8쪽.

63 위의 글, 9~11쪽.

꾸준히 계획되어온 경제개발계획은 5·16 군사정부에서 실현되어 순조롭게 추진되며 남한의 경제는 안정적인 발전 기반을 마련하게 된다. 인용문에서 드러나는 정순의 희망적인 태도는 당시의 경제 회복에 대한 희망적 분위기를 드러내줌과 동시에 1950년대 경제원조로 인한 '미국 바람'을 엿본 후 그 저변을 확대해온 소비와 물질에의 욕망을 보여준다.[64] 결국 이러한 모습들은 남한 사회가 경제성장에 온 힘을 기울이는 이면에 미래의 비전은 상실한 채 모든 가치를 물질에 두고 있음을 드러내고 있다고 하겠다.

이에 대비되는 북한의 현실은 박 박사의 여정에서 드러난다.

> ① "당신은 바보예요. 난 당신이 그런 약한 사람인 줄은 몰랐어요. 당신은 마치 모세 할머니 같은 사람이에요. 난 이번 당 세포 회의에 당신을 걸겠어요. 톡톡히 자기비판을 시키겠어요. 그래도 당신은 저 제비를 빗자루로 때려잡을 용기를 못내셔요? 당신의 당원증을 여기 풀어 내놓으셔요."
> 아내는 무서운 눈초리로 남편을 쏘아보았다.
> 남편 리 인민위원장은 아내의 소리가 더 무서워졌는지도 모른

---

64 미국의 전방위적인 원조, 그리고 "미군 주둔으로 유통되는 이른바 GI 문화는 미국적 풍요의 상징으로 거리를 부유했"다. 이러한 미국 중심의 "소비 자본주의는 한국의 특수한 토양에 착종되면서 전 시기의 식민지 근대성과 차별되는 욕망의 지형도를 펼쳐 놓게 된다."(황혜진, 「1950년대 한국영화의 여성 재현과 그 의미 —『자유부인』과 『지옥화』를 중심으로」, 『대중서사연구』 제13권 2호, 대중서사학회, 2007, 8~9쪽) 이러한 '물질만능주의와 소비주의 팽배'는 '이데올로기적 가치관의 혼란과 경도', '근대화에 대한 열망' 등과 함께 1950년대를 특징짓는 주요한 코드들이다(한영현, 「문예 영화에 나타난 육체 표상과 서울의 물질성 — 영화 〈자유부인〉을 중심으로」, 『돈암어문학』 22호, 돈암어문학회, 2009, 339쪽).

다.(91쪽)

② "아니야, 저거 봐! 정말 제비야. 봄에 왔다 가을에 가지 못하
고 여태껏 있은 모양이지?"

"저거 반동 분자 제빈게다. 혼자 겨울에 날아다니는 걸 보
니……."

"그래, 지주 아들인게다. 강남에서 쫓겨나서 다시 강남엘 못 가
는 게 아니야?"

"그럼, 저 자식 간첩일는지도 모른다."

"그래, 무슨 탐정을 나왔나보다. 고무줄 총을 가져다가 쏘아 버
릴까?"

"하하하…… 스파이 잡았다고 네가 소년단에서 상을 타겠구
나!"(81쪽)

③ 교회당들은 모두 빼앗기고 예수를 믿는 사람들은 6·25 전란
과 함께 거의 이남으로 와 버리고, 남은 교회의 교인들은 그들의
무서운 눈초리 때문에 드러내 놓고

"나는 예수를 믿는 사람이다!"

라는 말을 하지 못하게 되어 버렸기 때문이다.

그러나 모세 할머니와 같은 늙은이들은 언제 죽으나 매일반이란
생각에 드러내 놓고 예수를 믿는다고 했다.(144쪽)

1950년 후반 북한은 천리마운동[65]을 통해 전후 복구의 완성, 반혁명

---

65 천리마운동은 경제와 문화, 사상과 도덕의 모든 분야에서 끊임없는 혁신을 일
으켜 사회주의 건설을 비상히 촉진시키고자 하는 일대 혁명운동으로 사회주
의 건설에서 당의 총노선이다. 이 노선의 본질은 모든 근로자들을 공산주의 사
상으로 교양하고 개조하여 사회주의를 더 잘, 더 빨리 건설한다는 데 있다(김일
성,『김일성저작집』제15권, 조선로동당출판사, 1998, 203쪽). 천리마운동의 시
작 시점에 대한 논란이 있다. 북한의 공식 기록에는 김일성이 1956년 12월 11

분자에 대한 투쟁, 농업 집단화의 완성, 상공업의 개조 등에 박차를 가한 결과 사회주의 건설을 위한 제1차 5개년계획을 조기에 달성한다. 이를 발판으로 천리마작업운동이 출현하는데, 이는 "천리마운동이 더욱 심화 발전된 것으로서 인민경제발전의 강력한 추동력으로, 근로자들의 대중적 경제 관리의 훌륭한 방법으로 되었을 뿐만 아니라 모든 사람들을 새로운 공산주의적 인간으로 개조하는 훌륭한 대중적 교양의 방법"[66]이었다. 그리고 이러한 대중 운동을 더욱 효과적으로 하기 위해 북한은 1953년 '면' 대신 '리'로 개편한 행정 단위 아래 모든 협동조합을 하나로 통합한다.[67]

①은 제비를 보고 두려움에 떠는 남편, 리 인민위원장을 이해하지 못하는 아내의 발화이다. 위의 '리 인민위원장'이라는 용어에서 당시 '리' 단위로 지역 단위가 통합되었음을 알 수 있다. 또한 제비를 두려워하며 빗자루 하나도 던지지 못하는 남편을 '당 세포 회의에서 자기비판'시키겠다는 아내의 말에서 모든 가치에 우선하는 '새로운 공산주의적 인간'의 탄생을 목격하게 된다.

이러한 북한의 현실은 제비를 처음 발견한 아이들의 대화에서도 나타

일 열린 조선로동당 중앙위원회에서 '천리마를 탄 기세로 달리자!'라는 구호를 처음 내세우고 12월 28일 강선제강소 방문을 통해 천리마운동을 시작하였다는 주장이 있는 반면 중국과 소련의 문서를 이용해 1958년에 시작되었다는 주장도 있다(이문청·서정민, 「북한과 중국의 사회주의 대중동원운동 비교 연구―천리마운동과 대약진운동」, 『한국정치학회보』 제47권 4호, 한국정치학회, 2013, 165~169쪽).

66 위의 글, 166쪽.
67 위의 글, 167쪽.

187

난다. ②는 모세 마을에 나타난 제비를 보고 아이들이 하는 말이다. 혼자 겨울에 날아다니는 제비를 반동분자에 해당한다고 보는 것이나 강남에서 쫓겨난 지주 아들, 간첩, 스파이 등으로 간주하는 것 역시 당시의 대중운동 '천리마운동'과 뒤이은 '천리마작업운동'의 결과로 어린이들에게 북한식 사회주의 이데올로기가 정착되어감을 보여준다 하겠다.

북한은 "1958년 반혁명분자와의 투쟁을 전군중적으로 전개"하기 위한 "정책의 일환으로 종교인과 그 가족에 대한 대대적인 성분조사 사업"을 실시하였다. 그 결과 기독교인들은 "체포되어 수감되거나 시골·오지로 추방되는 경우, 그리고 북한당국의 감시를 피해 개별적으로 신앙을 유지하는 경우"에 처한다.[68] ③은 이와 같은 북의 상황을 보여주는데, 모세 할머니와 마을의 몇몇 기독교들인은 세 번째 경우에 해당하는 사람들이다. 리 인민위원회에서는 이들을 대중에 영향력이 없는, 나이들어 "이상한 소리를 잘"(83쪽) 하는 사람들로 취급함으로써 묵인하는 형편을 보여준다.

북의 이야기, 즉 박 박사의 여정은 당시의 북한의 실정을 꽤 구체적으로 보여주며 동시에 반공주의적 시각을 드러낸다. 여기에 더해 박 박사의 2차 노정의 대부분을 차지하는, 휴전선 근처에 주둔하는 미군의 온정을 보여주는 서사 단위에는 '친미적인 관점'이 직접적으로 나타난다. 흥남 철수 때 미군에 의해 구조되어 월남한 후 가족과 고향에 대한 사무친 그리움을 안고 살았던 소천의 개인사나 당시 반공이데올로기에

---

68 김병로, 「북한 종교인가족의 존재양식에 관한 고찰」, 『통일정책연구』 제20권 1호, 통일연구원, 2011, 158~165쪽.

매몰되어 있던 남한의 사정을 고려하면 이해하지 못할 바는 아니나 편향된 시각을 보여준다 하겠다.

1950년대 후반에서 1960년대 초반 전후 정치·사회·경제적 혼란을 배경으로 하는 내부 이야기는 물질(돈)과 이데올로기에 매몰되어 각각의 체제 정립에 매진하는 남과 북의 상황을 보여준다. 이렇게 남과 북, 양 체제는 체제 내의 목적에 따라 서로 다른 지향점을 향하게 되어 분단은 고착화되고 통일은 유보된다. 소천은 이러한 시대의 현실을 대비해 보여줌으로써 분단 고착화에 대한 경각을 요구하는 것이다.

이와 같은 내부(영길의 꿈) 이야기는 외부(현실) 이야기와 결합되며 통일을 환기한다. 이 주제와 직접적으로 연결된 인물이 내부 꿈 이야기의 박 박사와 종결 액자의 할아버지이다. 그런데 할아버지가 의외의 인물이다. "서두와 결말의 유기적 연계성"[69]을 중시하는 소천이 주제를 견인하는 중요한 인물을 도입 액자나 내부 꿈 이야기에서 어떤 언급도 없이 불쑥 종결 액자에 등장시키며 인물들의 대화에서 암시적으로 내부 이야기와 연결짓고 있기 때문이다.

> ① "내가 못한 게 아니라, 박 박사 생각이 못한 거에요."
> ㉠ "박 박사는 누구냐?"
> "이 만화책에 나오는 박사냐?"
> 어머니가 묻는 말에 웅길이도 덧붙여 물었다.
> "나 그 만화책 좀 보여 줘!"
> "그래, 읽어봐라. 참 재미 있어!"

---

69 이은주, 「강소천 단편 사실동화 연구」, 132~136쪽.

영길이는 동생에게 그 만화책을 내어 주었다.

그리고 웅길이에게 이렇게 말했다.

ⓛ "웅길아! 우리 내일 박 박사 댁에 가 볼까?"

…(중략)…

ⓒ "누가 그 할아버지를 박 박사라고 이름을 지었을까?"

"성이 박가니까 박 박사지."

"그렇지만 박사는 아니지 않아?"

"박사처럼 대머리시구, 또 사이다도 잘 만들고, 쥬우스도 잘 만들지 않아! 그리고 과학 이야기도 잘 해 주시고……." (275~276쪽)

인용문은 종결 액자에서 할아버지가 대수롭지 않게 등장하는 장면이다. 영길이 잠에서 깬 후 어머니, 웅길이와 대화하는 ① 장면에서 ⓛ의 박 박사는 내부 꿈 이야기에서 등장하는 약물을 만든 박 박사를 지칭한다. 박 박사가 누구냐, 만화책에 나오는 박사냐 하는 물음에 영길은 대답하지 않는다. 그리고 ⓛ에서처럼 웅길에게 박 박사 댁에 가보자고 한다. 여기가 박 박사라 불리는 할아버지가 처음 등장하는 장면이다. 영길은 박 박사가 누구냐는 물음에 만화책 속의 박 박사와 현실에서 박 박사라 부르는 할아버지가 동시에 떠올라 답을 못 하고 바로 할아버지를 찾아뵈어야겠다는 마음이 든 것이다. 왜 영길이 박 박사와 할아버지를 동시에 떠올린 것인지에 대한 설명은 며칠이 지나 할아버지를 찾아가는 길의 ⓒ에서 웅길과의 대화를 통해 나타난다. 할아버지는 성이 박씨인 데다 박사처럼 대머리고 아이들이 좋아하는 음료수도 잘 만들고 과학 이야기도 잘 해주시는 까닭에 박 박사라 불린다. 이러한 호칭의 동일함과 만화책 속의 박 박사와 유사함으로 영길이 두 사람을 겹쳐 보는 것이다. 이와 같은 중첩은 영길이 자신의 꿈이 만화의 내용과 할아버지가 들려준 이야기, 그리고 그냥 꿈이 섞여 있다고 하는 데에 이르면 동일시된다. 그렇다면 내부 꿈 이야기의 박 박사는 종결 액자 속 할아버지의 투사체이며 박 박사의 행위는 할아버지의 소망 실현이라고 할 수 있다.

이런 인물이 죽어버린다. 할아버지의 죽음은 석연찮은 부분이 있다. '통일이 되어 북의 고향으로 가는 꿈을 꾸다가 깨어났다. 그로 인해 맥을 놓아버리고 종국에는 죽음에 이른다.'는 종결 액자의 할아버지의 서사 단위는 통일에의 염원을 드러내며 영길과 웅길이 통일에의 의지를 다짐하게 하는 주제를 견인하는 핵심적인 서사 단위이다. 그런데 그 인과성이 약해 비약으로 보일 정도다. 고향과 가족을 그리워하는 실향민이 고향에 관한 꿈을 꾸는 것은 작품 속 할아버지의 말처럼 아무것도 아니다. "생시에 깨어서 늘 생각하던 것을 꿈에 보게"(282쪽) 되는 것이니 고향에 가는 꿈, 가다가 깨는 꿈은 일상적일 수 있다. 늘 있어오던 일이 새삼스럽게 의미가 부여되어 삶의 의지를 잃고 죽음에 이르게 하는 이유는 무엇일까? 여기서 내부 이야기는 종결 액자 속 현재의 상황이 왜 일어났는가에 대한 해답[70]이 된다는 즈네뜨의 말을 상기한다면 내부 이야기를 더 면밀히 살펴봐야 할 필요성이 생긴다.

더불어 내부 꿈 이야기의 박 박사의 죽음 또한 유의해서 봐야 할 사항이다. 앞에서 언급한 대로 박 박사는 현실의 할아버지의 투사체이며

3. 시대인식의 형상화

---

70 즈네뜨(Gerard Genette)는 "두 겹 속 이야기 속의 사건과 속 이야기 속의 사건 사이에 직접적인 인과 관계가 있"으며 "이차 서사는 '설명적 기능'을 갖는다"고 한다. 즉 무슨 사건 때문에 현재의 상황이 일어났는가에 대한 해답이 속 이야기에 있다는 것이다. 제라르 즈네뜨, 『서사담론』, 권택영 역, 교보문고, 1992, 222쪽.

할아버지의 소망의 실현체이다. 그렇다면 박 박사의 죽음과 할아버지의 죽음은 밀접한 관련이 있고 그 해답 역시 내부 꿈 이야기에서 찾을 수 있을 것이다.

앞서 살펴보았듯이 내부 꿈 이야기에서 각각의 체제 정립을 위해 박차를 가하는 남과 북의 실상을 보여주었다. 그러한 실상을 점검한 박 박사는 "안타깝고 가깝한 것 뿐"(186쪽)인 북의 참담한 현실을 알게 되고 통일의 절실함과 시급함을 깨닫는다. 이러한 박 박사의 깨달음은 우리가 하는 일의 최우선 순위를 통일로 삼고 그 통일을 위해 모든 노력을 다해야만 한다는 말일 것이다. 그러나 현실은 통일 담론을 더욱 더 얼어붙게 만들 뿐이다. 이러한 시대를 상징적으로 드러내는 것이 겨울이라는 내부 이야기의 시간적 배경이다. '11월 초에서 시작하여 한겨울로 접어드는 시간'[71]은 1950년대 후반에서 1960년대로 이행하는 시기를 의미하며 동시에 겨울로 접어들듯이 통일의 희망은 더욱 얼어붙고 있던 시기를 가리킨다. 박 박사의 죽음은 그 암담한 현실에 저항하고 통일을 환기하는 상징으로 읽을 수 있다. 이러한 죽음으로써의 통일에의 환기는 종결 액자에서 한 번 더 상기된다. 가족과 고향에 대한 그리움을 안고 살아가며 통일이 될 날만을 기다리는 할아버지에게 서로 다른 길을 걸어가는 남과 북의 실상은 통일과는 점점 멀어지는 현실인 것이다. 이러한 현실 인식은 할아버지의 꿈에까지 영향을 미쳐 온전히 고향

---

71 내부 이야기에서 웅길이 사라진 직후 외사촌, 학희가 보낸 편지에 크리스마스가 한 달 반 남았다는 구절이 있다. 이후 박 박사의 1차 노정에 북한의 크리스마스 모습이 나타나므로 내부 꿈 이야기는 초겨울에서 한겨울로 넘어가는 시간을 배경으로 한다.

으로 가지 못한 채 깨게 된다. 결국 꿈(Dream)이 깨듯 삶의 버팀목이었던 통일이 되리라는 희망이 깨지자 박 할아버지는 죽음을 맞을 수밖에 없는 것이다. 꿈은 소천의 동화에서 주로 "있는 사실" 속에서 '있어야 할 세계'를 만나는 공간이다. 하지만 할아버지가 사는 현실, "있는 사실" 속에서는 그 꿈마저도 온전히 꾸지 못할 정도로 냉엄한 시공간이었던 것이다. 그런 현실에서 할아버지는 목숨을 놓을 수는 있을지라도 그 간절한 소망만은 놓을 수 없다. 때문에 "죽어서라도 고향으로 가는 꿈을 꾸고 싶다"(284쪽)는 할아버지의 간절한 마지막 발화는 강력하게 통일을 환기하게 한다. 6·25가 일어난 지 10년이 지나며 어른들은 그때를 잊어가고 소년들은 알지 못하게 되는 듯하여 월남인들의 심정을 그려보고자 했다는 소천의 작품 후기는 이를 뒷받침한다.[72]

"문학의 자율성이 획득한 최대의 성과는 현실의 부정적 드러냄이다. 그 부정적 드러냄을 통해서 사회는 어떤 것이 그 사회에 결핍되어 있으며, 어떤 것이 그 사회의 꿈인가를 역으로 인식한다."[73]는 김현의 말은 적절하다. 『그리운 메아리』에서 남북의 현실이나 할아버지와 박 박사의 죽음은 현실의 부정적 드러냄이다. 소천은 이 부정적 드러냄을 통해 당시 사회에 결핍되어 있던 통일 담론을 깨닫게 하고 수많은 실향민들이 꿈꾸는 통일을 다시 한 번 환기시키는 것이다.

72 강소철, 「후기」, 『그리운 메아리』
73 김현(김광남), 『문학사회학』, 민음사, 1993, 13쪽

제4장

소천 동화의 담론 형식

담론을 효과적으로 전달하기 위해서는 그에 적절한 형식을 사용하기 마련이다. 3장을 통해 소천 동화 작품의 담론 내용을 '개인적 아버지'가 그리는 세계, '사회적 아버지'가 그리는 세계, 내면 분열의 형상화, 시대 인식의 형상화로 나누어 살펴보았다. 여기에서는 담론 형식을 통해 각각의 담론 내용이 어떻게 효과적으로 구현되고 있는지를 고찰한다. 이 장에서 주목한 담론 형식은 인물, 구성, 서술 전략이다. 구체적으로 인물 전략에서는 작품들 속 인물들을 살펴 인물 유형을 나누고 이 인물 유형이 어떻게 담론의 의도를 견인하는지 고찰한다. 구성 전략에서는 소천 작품에 나타나는 구성상의 특징을 추출하여 이 특징이 담론을 어떻게 구축하는지 살핀다. 서술 전략에서는 특징적인 서술 형식을 추출하여 그것이 담론 내용 전달에 어떤 기능을 하는지 고찰한다.

1. 인물 전략

　인물은 이야기 속 인간의 형상이다. 이야기는 인간의 삶을 작중 인물을 통해 형상화한다. 때문에 인물은 이야기의 필수적인 존재이며 핵심적인 요소이다. 사건이나 행동에 초점을 맞추는 비심리적인 서사물인 경우 인물은 약화되고 구성이 강화되기도 한다. 그러나 이 경우에도 구성보다 약화되어 있을 뿐, 사건이나 행동에서 인물은 어떤 식으로든 중요한 위치를 차지한다.

　소천 작품에서는 각 담론별로 주요 등장인물의 연령에서 일정한 패턴을 찾을 수 있다. '개인적 아버지'가 그리는 세계에서는 비교적 어린 연령의 인물들이 나타난다. '사회적 아버지'가 그리는 세계를 형상화하는 작품에서는 다양한 연령층의 어린이가 등장하며 주요한 성인 인물들이 나타난다. '내면 분열의 형상화'와 '시대인식의 형상화'가 드러나는 작품에서는 주로 비교적 연령이 높은 어린이들과 성인 인물이 등장한다. 이처럼 '개인적 아버지'가 그리는 세계를 제외하면 어린이의 연령이 비교적 높고 성인 인물이 등장하는 경우가 많다. 이는 기본적으로 성인까지 포섭하는 아동문학의 독자층과 관련이 있으며 여기에 더해 담론의 의도에 따른 인물 설정의 결과일 것이다. 요컨대 '사회적 아버지'가 그리는 세계를 형상화하는 작품의 경우, 전후 불우한 시대에 성인의 이해와 배려 없이는 어린이다운 삶을 영위하기 어려웠기에 바람직한 성인 인물을 형상화하는 것이 필요했다고 보인다. 또 '내면 분열의 형상화'를 드러내는 작품들에서는 현실의 강고한 질서와 불화하는 내면을 그려내는데 역시 어린이 인물을 그리기에는 적절하지 않았을 것이다. '시대인식의 형상화'를 보여주는 작품들에서도 마찬가지로 현실의 억압적인 질서를 인식하고 우회적으로 그 질서에 반하는 인물들을 형상화하기에 성인 인물이나 높은 연령의 인물을 등장시킬 수밖에 없었을 것이다.

이렇게 담론별로 패턴을 보이는 인물들은 결핍의 문제와 밀접한 관련이 있다. 물질적 · 정신적으로 결핍의 시대였던 1930년대 후반부터 1960년대 초반까지를 배경으로 하기 때문일 것이다. 우리 문학사에서 결핍의 문제는 흔한 주제이고 결핍을 겪는 인물 또한 흔히 만날 수 있다. 그러나 소천의 작품에는 이 결핍의 문제를 어떻게 처리하느냐에 따라 인물의 태도가 달리 나타난다는 데 특이점이 있다. 즉 결핍의 원인이 무엇이냐에 따라 그 문제와 맞닥뜨리거나 문제를 해결하는 시공간이 달라지고 그에 따라 인물의 태도가 달리 나타난다. 이러한 인물들을 '현실 타개형 인물'과 '환상을 통한 성장형 인물', 또 '환상을 통한 욕망 봉합형 인물'로 나눌 수 있다. 이 절에서는 위 세 인물의 유형과 담론 내용의 연관성을 중심으로 각 유형의 인물의 특징을 고찰한다.

한 가지 짚어둘 것은 이 세 인물 유형 외에 소천의 작품에는 '개인적 아버지'가 그리는 세계에서 형상화되는 있는 그대로의 어린이 인물들을 한 유형으로 묶을 수 있다는 점이다. 이 유형에 속하는 인물들은 주로 낮은 연령의 어린이들로 순진하고 천진난만하다. 이들은 소천이 지향하는 '있어야 할 세계'와 부합하는 인물들로 대체로 결핍과는 거리가 멀다. 이에 대해서는 3장 1절에서 다루기도 했고, 다른 세 가지 인물 유형이 공유하는 결핍과 거리가 있다는 점에서 근본적인 차이가 있기에 여기에서 따로 다루지 않는다.

1) 현실 타개형 인물

일제강점기에서 6·25전쟁과 그 직후, 많은 어린이들이 가난과 애정의 결핍에서 벗어나기 힘들었다. 이러한 결핍은 주로 일상생활에서 부딪히는 문제와 관련되어 있다. 소천은 이러한 문제들을 적극적인 행동과 내적 인식의 변화로 이겨내기를 바랐다. 이는 "현실 극복의 의지와 희망을 복돋아주어야"[1] 한다는 소천의 인식과 궤를 같이한다고 볼 수 있다. 이러한 현실 타개형 인물은 직접적인 행동으로 현실을 타개하려는 인물과 자아의 내적 인식의 전환으로 현실 문제를 극복하거나 초월하려는 인물로 나눌 수 있다.

> 여러분 저를 뽑아 주어서 감사합니다. 그러나 저는 이런 어려운 책임을 지고 싶지는 않습니다. 그러니 허금란이를 제 대신으로 시

---

1   강소천, 「한국의 아동은 행복한가―아동문학과 아동」, 『스크랩북 8권』, 1956.

켜 주시기 바랍니다. 금란이는 무척 하고 싶어도 하니깐요.[2]

　　ㅡ이렇게 살 바에야 죽어 버리는 것이 낫지 않을까? 인제 아무
리 학교 가고 싶어도 갈 수는 없다. 하긴 학교 가는 게 문제가 아니
다. 하루 종일 치닥거리를 하고 저녁이 되면 땅 속에 잦아드는 것
같이 피곤하다. 이대로 일을 계속한다면 정말 나도 병에 걸려 죽어
버리고 말는지 몰라. 차라리 죽어 버렸으면ㅡ(84쪽)

　위의 인용문에 드러나듯 『해바라기 피는 마을』의 정희는 책임감과 삶
에의 의지가 부족한 인물이다. 평소의 정희는 밝고 똑똑한 어린이로 그
려지나 어떤 과업이나 시련 앞에서는 적극적으로 맞서지 못하고 도망
가는 나약한 인물로 그려진다. 이는 전쟁으로 아버지와 오빠를 잃고 어
머니와 어려운 살림을 하며 습득된 환경에 따른 성정으로 보인다.

　　담배 상자를 들고 거리로 나왔으나, 차마 정희 입에선 "담배 사
시오." 소리가 나오질 않았읍니다.
　　ㅡ내가 왜 이렇게 바보짓을 할까? 무엇이 부끄럽단 말인가?
"담배 사시오. 담배!" 옳다. 이렇게 하면 된다. 이만하면 다방이나
음식점에 가면 담배가 팔릴 거야. …(중략)…
　　ㅡ인제 정말 아무도 부끄러울 건 없다. 부끄러운 건 거지
일 게다. 제 힘으로 살아가려는 사람이 왜 부끄럽단 말이야? 담
배 파는 시간이 조금 적어지더라도 난 내일부터 연극도 해야 된
다.(112~114쪽)

　그런 정희는 위의 인용문에 나타나듯 새로운 인물로 거듭난다. 어머

2　강소천, 『해바라기 피는 마을』, 『강소천 아동문학독본』, 을유문화사, 1961, 49쪽.
　이하 인용 끝에 쪽수만 표시한다.

니까지 돌아가시게 되며 맞닥뜨리게 되는 차가운 현실은 정희에게 죽음을 실행하게까지 하지만 친구들의 우정과 소위 오빠가 주는 희망을 통해 다시 태어난다. 부족했던 삶에의 의지를 북돋우며 스스로 자신의 삶을 책임지고 개척하려 한다. 생활을 위해 담배 장사를 하고 책임감에 눌려 포기하려 했던 연극에서도 주연을 맡아 연습에 매진한다. 다시 태어나는 경험이 적극적인 행동으로 자신의 삶을 개척해나가는 현실 타개적 인물로 변하는 계기가 된 것이다.

이렇게 직접적인 행동으로 현실을 타개해나가는 인물은 소천이 당시의 불우한 시대를 극복하기 위해 그려낸 인물이다. 물질의 결핍과 사랑의 결핍으로 벼랑 끝으로 몰리던 당시 많은 어린이들이 동일시하여 공감하고 나아가 삶의 희망을 가지게 하기 위해 형상화하는 인물이다.

한편 자아의 내적 인식의 전환을 통해 현실을 타개해나가는 인물은 소천 작품의 특징적 인물이라고 할 수 있다.

> 뜻밖에, 정말 뜻밖이었습니다. 캄캄하던 방 안에 전깃불이 갑자기 팍하고 켜지듯이, 내 머리에는 번쩍 한 가지 생각이 떠올랐습니다.
> ―저 나무에 와 앉아 아우성을 치는 새는 틀림없이 저 굴 속에 사는 어미새일 것이다. 지금 굴 속에 있는 새가 어미새라면 울고 있는 저 새는 아빠새일 것이고, 지금 울고 있는 저 새가 어미새라면 굴 속에 있는 새는 아빠새일 것이다. 만일 아빠새라면……. [3]

---
3   강소천, 「딱따구리」, 『조그만 사진첩』, 다이제스트사, 1952, 16쪽. 이하 인용 끝에 쪽수만 표시한다.

위 인용문의 「딱따구리」는 1인칭 주인공 시점으로 화자로서의 '나'의 인격적 면모가 구체적으로 드러나며 자신이 체험한 이야기를 하기에 독자에게 친근감과 신뢰감을 준다. 작중 인물은 아버지 없이 어려운 환경에서 생활하지만 어머니의 고생을 알고 "아버지 없는 애니까 저렇지!"(14쪽)와 같은 말을 듣지 않기 위해 모범적인 생활을 하려고 노력한다. 이러한 인물의 면모는 인물의 내적 인식 변화에 당위성을 부여하며 그로 인한 인물의 문제 해결 과정을 신뢰하며 지켜보게 한다.

'나'와 희성이는 성격이 비슷하고 생활환경이 어렵다는 점과 아버지가 없다는 공통점이 있다. 지난 5월 원족(소풍)을 갔던 솔숲에서 희성이는 딱따구리가 나무 구멍으로 들어가는 것을 보고 구멍을 막고 딱따구리를 잡으려 했다. 그때 '나'는 인용문과 같은 인식의 전환을 한다. 희성이가 딱따구리를 놓칠까 봐 걱정하던 '나'가 벌레를 문 채 구멍 주위를 맴돌며 울어대는 다른 딱따구리를 보며 "캄캄하던 방 안에 전깃불이 갑자기 팍하고 켜지듯이" 어미나 아비를 잃은 아기새와 자신을 동일시하여 딱따구리를 잡으면 안 된다는 인식을 한다. 은근히 희성이 딱따구리 잡기를 기다리던 나는 이러한 인식의 전환으로, 희성에게 자신들의 처지와 부모를 잃은 아기딱따구리의 처지를 비교하게 한다. 결국 희성 스스로 딱따구리를 놓아주게 된다. '자아와 세계의 서사적 대결'이 인물의 내적 인식의 전환으로 갈등을 해소하며 화합에 이르게 하는 것이다.

이 외에도 부재하는 어머니나 아버지에 대한 그리움과 현실의 고통을 자신 속에 함께하는 존재로 인식함으로써 극복하는 「어머니 얼굴」의 춘식과 「아버지는 살아계시다」의 철호, 「어머니의 초상화」의 춘식, 어떤 계기로 자신의 잘못을 깨닫게 되는 「남의 것 내 것」의 '나' 등도 여기에 해당하는 인물들이다.

내적 인식의 전환으로 현실 문제를 극복하는 인물들 중 성인 인물들은 3장 1절에서 논의된 각성하는 성인들과 닿아 있다. 성인들의 각성은 어떤 현실의 문제 상황에 직면하여 내적 인식의 전환으로 얻어진 것이다. 이렇게 내적 인식의 전환으로 문제를 해결하는 인물들은 개인적인 갈등 해소 차원에서 보다 보편적이면서 범인류애적인 차원으로 나아가기도 한다.

> ① 마음이 쓸쓸해진 예쁜이 아버지는―이젠 예쁜이 아버지도 아니지. 가만히 앉아 있으면 미칠 것 같아서 자기도 다른 직공들과 같이 신을 짓기 시작했지. …(중략)…
> ② 그런데 신발을 다 지어 놓은 바로 그 날, 웬 어머니가 아이 하나를 데리고 와서
> "얘 발에 맞는 신발 하나만 지어 주세요."
> 하는 게 아냐. 그래서 아빠는 몇 살인가 물었더니 네 살이라지 않아.
> 아빠는 문득 예쁜이 생각이 나서
> "이거 한번 신어 봐!" …(중략)…
> 아빠는 또 꽃신을 만들었지. ① 이렇게 열심히 꽃신을 만들고 있는 동안만이 아빠는 마음이 가깝하질 않았어. 예쁜이가 집에 있을 때 일을 생각하며 꽃신을 지으니까 아빠의 마음 속엔 예쁜이가 함께 살고 있는 거야.
> ③ 한 켤레를 만들고 나면, 또 새 신을 만들고……. 여러 가지 모양의 꽃신을 만든 거야. 그러는 동안 세월은 자꾸 혼자 흘러만 갔지.[4]

4   강소천, 「꽃신을 짓는 사람」, 『인형의 꿈』, 새글집, 1958, 13~14쪽. 이하 인용 끝에 쪽수만 표시한다.

위에 인용한 「꽃신을 짓는 사람」은 3인칭 화자시점 서술이다. 때문에 화자는 수시로 논평적 서술(①)로 작품에 틈입하며 화자 자신의 시점으로 서술하는 요약 서술(③)과 인물시점을 이용하는 장면 제시(②)를 반복적으로 드러낸다. 위의 논평적 서술이나 시점 변화, 성인 주인공과 화자의 틈입 등의 요소는 어린 독자에게 거부감이나 혼란을 줄 수 있으나 구어체 서술로 마치 옛이야기를 듣듯 편안하고 친근하게 독자를 끌어들인다.

이 작품 속 아빠에게 꽃신은 생활을 위한 수단일 뿐이었다. 그러나 예쁜이를 잃고 난 다음 꽃신은 예쁜이를 상기하게 하고 느끼게 하는 대리물이며 상징물이 된다. 꽃신과 꽃신 짓는 행위에 대한 아빠의 인식이 변한 것이다. 이 내적 인식의 변화로 아빠는 상실감을 덜어내지만 완벽한 문제 해결을 보지는 못한다. 꽃신을 짓는 아빠의 행위는 자신만을 위한 것으로 진정한 의미의 현실 극복(세계와의 합일)에는 이르지 못하고 있기 때문이다. 즉 '꽃신=예쁜이 · 꽃신 짓는 행위=예쁜이와 함께하는 시간'이라는 등식이 성립되는데, 꽃신이 더 이상 예쁜이의 대상화가 되지 못한다면 '꽃신 짓는 행위=예쁜이와 함께하는 시간'은 성립되지 못하고 '꽃신 짓는 행위'를 더 이상 할 수 없을 때 상실감은 극복하기 어렵다. 때문에 이때까지의 아빠의 문제 상황이 완전한 해결을 보았다고 할 수 없다.

> 인제 우리 예쁜이는 학교 갈 나이가 지났어 … 꽃신을 신을 나이는 지났어 … 인젠 꽃신은 더 만들 필요 없어. …(중략)…
> 꽃신 만들기를 그만두고 나니 아빠는 그만 미칠 것만 같아졌다

는 거야. 그럴 게 아냐?

　그러나 아빠는 다시 좋은 생각을 했어. 참말 좋은 생각이었지. 만일 아빠가 미처 이런 생각을 못하였다면 아빠는 그만 죽어버리기라도 했을 거야. 그 좋은 생각이 아빠를 살려 준 거야.

　"우리 예쁜이는 본시 우리 아기가 아니었다. 남의 아기를 얻어다 기른 거야. 예쁜이는 제 갈 데루 간 거다. 자기 부모를 찾아갔건, 또 다른 사람이 데려다 기르건 그런 게 문제가 아니야. 남의 아기를 위해 난 여지껏 몇 해를 두고 신발을 짓고 있었어. 왜 예쁜이 하나만을 위해 신발을 지어야 하나. 세 살짜리부터 여덟 살짜리까지 신을 수 있는 아니 갓난 아기라도 신을 수 있는 예쁜 꽃신을 만들어야 해. 세상의 모든 어린이가 다 내 예쁜이인 거야!" (17쪽)

꽃신을 더 만들 필요가 없어 꽃신 만들기를 그만두고 났을 때 아빠의 세계는 극한 상실의 세계였다. 그 상실의 고통으로 어쩌면 아빠는 죽어버릴 수도 있었을 것이다. 그러나 이미 예쁜이를 꽃신으로 대상화할 수 있었고 꽃신을 짓는 행위로써 예쁜이와 함께할 수 있었던 아빠는 한 번 더 인식의 전환을 한다. 예쁜이는 남의 아이였고 나(아빠)에게는 아이가 없었으나 예쁜이가 나의 아이였던 것처럼 남의 아이는 나의 아이가 될 수 있고 예쁜이가 될 수 있다는, 모든 아이가 예쁜이라는 인식의 확장이 그것이다. 이로써 아빠는 범인류애적인 사랑을 실행할 수 있는 길을 찾고 세계와도 합일함으로써 완전한 현실 타개를 하게 된다.

이와 같은 유형의 인물로 「어머니의 초상화」의 안 선생님, 「이런 어머니」의 어머니, 『해바라기 피는 마을』의 소위 어머니 등을 들 수 있다. 이 인물들은 어린이가 어린이답게 내일의 희망으로 자라는 데에 성인들의 각별한 사랑과 헌신이 있어야 함을 토로하는 '사회적 아버지'로서 소천의 소망이 담긴 인물들이다.

이상의 논의를 통해 소천 동화에 나타나는 현실 타개형 인물들을 살펴보았다. 이 인물들은 적극적 행동으로 혹은 내면의 인식 전환을 통해 자신들의 문제를 현실 시공간에서 온전하게 해결한다는 특징이 있다. 이러한 인물의 특징은 소천의 작품에서 '사회적 아버지의 말'로 구현하는 '공동체의 윤리'와 밀접한 관련을 맺으며 구조적 층위에서 작품의 주제를 뒷받침한다. 즉 소천의 작품에는 1950년대란 불우한 시대를 이겨내기 위한 현실 타개형 인물들이 대거 소환되는데, 이 인물들은 직접적인 행동으로 또는 내면의 자각을 통한 새로운 삶의 태도로 현실의 어려움을 극복한다는 특징이 있다.

2) 환상을 통한 성장형 인물

소천의 작품 속 결핍된 인물들 중에는 환상을 통해 결핍의 문제를 해결하는 인물이 있다. 이때 환상은 인물들이 현실에서 당면하는 문제가 적극적 행동이나 인식의 전환으로 해결될 수 없을 때 나타난다. 예컨대 가난과 같은 물질적 결핍이나 부재 대상에 대한 치유할 수 없는 아픔과 그리움 때문이 아니다. 이 유형의 인물들은 부재 대상에 대한 그리움과 함께 자신의 행위에 대한 죄의식이 전제가 될 때 환상을 경험한다. 또 어느 시대에나 있을 수 있는 인간 보편의 문제에 당면할 때에도 환상이 나타난다. 이 인물들은 현실로 돌아왔을 때, 대체로 정신적으로 성장하는데, 이 인물들을 '환상을 통한 성장형 인물'이라 할 수 있다.

「크리스마스 카아드」의 춘희는 크리스마스 전날 밤 크리스마스 카드를 받는다. 아무리 생각해도 보낸 사람을 알 수 없는데 카드에서 돌아가신 어머니가 나온다. 어머니는 그대로 어딘가로 향하고 춘희는 어머니를 따라간다. 어머니를 따라다니며 춘희는 자신이 잘한 일에 보상받는 경험을 하고, 마침내 자신이 화를 낸 친구 은정의 도움으로 어머니가 들어가신 곳을 따라 들어간다.

> "희야! 너는 왜 네 힘으로 이 크리스마스 축하회에 못 나오고 남의 힘을 빌려 나온 거냐?"
> "어머니! 알겠어요. 인제 다 알았어요. 더 말하지 마셔요."
> 흑흑 느껴 우는 춘희의 울음소리는 문득 멎었읍니다. …(중략)…
> 춘희는 얼른 일어나 앉아 두 손을 모으고 함께 "기쁘다 구주 오셨네"를 불렀읍니다. 그리고 입 속으로,
> "은정아, 용서해라!"
> 하고 말하였읍니다.[5]

제4장 소천 동화의 담론 형식

인용문은 춘희가 마침내 어머니를 만나고 자신의 잘못을 깨닫게 되는 장면이다. 구체적으로 나오지는 않지만 춘희는 은정이에게 화를 내고도 자신의 잘못을 모르고 있었다. 그런데 꿈속에서 어머니를 따라가며 자신이 잘한 일에 대해 보상을 받고 자신이 잘못한 일에 대해서는 제재를 받는다. 이 과정에서 춘희는 자신의 잘못을 깨닫는다. 돌아가신 어머니의 사랑에 목말라하는 춘희에게 꿈속에서 어머니와의 만남은 그 사랑을 충족하는 것이다. 그런데 그 사랑의 충족은 꿈이라 해도 그냥 주어지지 않는다. 자신을 돌아보고 자신의 잘못을 깨닫고 반성할 때 얻어진다. 춘희는 환상을 통해 자신을 돌아보고 잘못을 반성하게 되며 어

---

5   강소천, 「크리스마스 카아드」, 『종소리』, 대한기독교서회, 1956, 119쪽.

머니의 사랑도 충족하게 되는 것이다.

「민들레」의 준이도 환상을 경험하고 한 단계 성장하는 어린이다. 어머니를 여의고 그리움 속에서 고통받던 준이는 5월 어느 맑은 날 꿈속에서 어머니를 만난다. 어머니와 즐거운 시간을 보내던 준이는 어머니의 앞섶이 벌어진 것을 발견하고 자신이 어머니의 금단추를 갖고 놀다가 잃어버린 것을 떠올린다. 준이는 민들레꽃을 어머니 사진 앞에 꽂아 놓는다. 그날 밤 준이는 꿈속에서 어머니를 다시 만나는데, 어머니의 앞섶에는 민들레 단추가 달려 있다. 이렇게 현실의 행위와 꿈속의 사건이 긴밀한 의미망을 형성하는 것은 꿈이 인물의 내면 심리를 반영하기 때문이다. 즉 준이 어머니를 그리워하는 마음속에는 살아 계실 때 자신의 행동에 대한 죄의식이 있었고, 이것이 꿈에서 민들레가 매개가 되어 해소되며 준이 마음의 중압감에서 벗어나는 계기가 되는 것이다. "몇날이 못 되어 병에 꽂은 민들레는 시들어 버렸습니다. 그러나 잔디밭에는 수많은 금단추같은 민들레꽃이 다투어 피었습니다."[6]라는 마무리 구절은 준이가 갖게 된 긍정적인 태도를 보여준다. 과거의 죄의식에서 벗어나 현재를 긍정적으로 보는 태도는 성장의 다른 이름이다.

1950년대라 해서 모든 어린이가 전쟁으로 야기된 그늘진 사회의 영향을 받아 현실의 고통에 매여 있지는 않다. 소수이지만 전쟁과 전후의 혼란 속에서도 자신의 꿈을 향해 나아가는 어린이도 있다. 이런 어린이들에게 전후의 어려움만을, 그 어려움을 헤쳐 나가는 인물만을 보여주는 것은 또 다른 폭력이다. 소천은 이러한 어린이들을 위해, 이들이 불

---

6   강소천, 「민들레」, 위의 책, 81쪽.

우한 어린이들과 함께 살아가는 사회를 위해 「잃어버렸던 나」에서 영철을 창조한다. 영철은 풍족한 집안에서 부러울 것 없이 살던 아이이다. 이런 영철에게는 낮은 곳에서 자신을 도와주는 사람들에 대한 관심도 배려도 없었다. 자신의 집안일을 도와주던 할아버지를 못살게 굴고 누명까지 씌워 쫓아냈다. 결국 영철은 어느 날 이름도 얼굴도 몰랐던 만수라는 아이로 변하고 잃어버린 자신을 되찾기 위해 친구를 만나고 고모를 찾아가고 하며 지난날의 자신을 돌아보게 된다. 영철은 자신의 잘못을 깨닫고 변화하는 모습을 보인다.

> 바로 저런 새 때문에 내가 지금 고생을 하는 거야. 아니지, 내가 새소리만 듣고 있었으면 좋았을 걸 새를 잡으려 했으니깐 그랬어. 하늘에 침뱉으면 그 침이 자기에게 돌아온다는 말이 정말 맞았어.[7]

> 난 그동안 많은 공부를 했어. 너하고만 늘 같이 있을 때보다는 무척 많은 걸 배웠어. 세상은 여러 가지로 복잡해 제 생각만 해서는 안 되겠어. 남이 되어서 날 볼 줄도 알아야겠어. 다른 사람들의 딱한 사정도 생각해 봐야겠어. (68쪽)

인용문은 자신이 변할 당시의 상황을 생각하며 새 때문에 자신이 변하게 되었다고 원망하다가 바로 자신의 잘못을 인정하고 지금의 처지를 인과응보로 받아들이는 모습이다. 잃어버린 자신을 찾아 헤매고 다닐 때의 고생이 성장을 하는 한 단계였음을 보여주는 것이다. 영철이

---

7   강소천, 「잃어버렸던 나」, 『무지개』, 한국기독교서회, 1957, 41쪽. 이하 인용 끝에 쪽수만 표시한다.

할아버지를 찾아 다시 집으로 모셔오는 것, 그 과정에서 자기 마음대로 하지 않고 아버지의 허락을 먼저 구하고자 하는 것 등은 그 성장의 증거로 볼 수 있다. 즉 영철은 남부러울 것 없는 환경에서 자기중심적인 인물로 자라는 아동이 흔히 갖기 쉬운 불우한 사람들에 대한 관심과 배려가 결핍된 인물이었다.

영철이처럼 환상을 통해 자신의 잘못이나 결핍된 부분을 극복하여 성장하는 인물로 「수남이와 수남이」의 수남이, 「나는 겁쟁이다」의 수남이 등을 들 수 있다. 한편 「인형의 꿈」의 정란 엄마 배미숙은 잃어버린 꿈을 찾아가는 보편적인 인물이다. 배미숙은 소천이 강조하는 덕목, 꿈을 찾고 그 꿈을 실현해나가는 인물이다.

> 엄마는 하루하루 자기 목소리가 가라앉고 거칠어져 간다는 것을 알고 있습니다. 자장가를 부르다가도 문득문득 멈추고 몸서리를 칠 정도로 자기 목소리를 의심합니다. …(중략)…
> 인형을 다시 찾은 날 밤 인형의 자장가를, 아니 엄마, 자신의 처녀 때 노래를 다시 들은 엄마는 지나간 시절이 몹시 그리웠습니다. 생각할수록 그리운 자장가였습니다.[8]

배미숙은 성악가의 꿈을 가진 사람이었으나 결혼과 육아로 그 꿈을 잠재우고 산다. 그러다 이사를 하며 자신의 꿈을 상징하는 인형을 잃어버렸다가 애써 찾은 뒤 자신의 꿈을 다시 떠올리게 된다. 현실의 조건에 의해 꿈을 존재의 깊은 곳에 묻고 사는 엄마는 꿈이 없는 것과 마찬

---

8   강소천, 「인형의 꿈」, 『인형의 꿈』, 107~108쪽. 이하 인용 끝에 쪽수만 표시한다.

가지이다. 꿈이 없는 사람이 자신의 꿈을 위해 아무 노력도 하지 않는 것처럼 꿈을 잠재우고 사는 엄마 또한 꿈을 이루기 위해 어떤 노력도 하지 않기 때문이다.

> 어떻든 감사합니다. 저를 이만큼이라도 만들어 주신 건 오직 선생님의 덕분이올시다. 앞으로 저와 정란이를 한층 더 잘 이끌어 주시기를 바랍니다."(185쪽)

그러나 과거 자신에게 인형을 주며 독려했던 사람을 만나 그의 작품 발표회에 출현을 하게 되자 엄마는 떠올리게 된 꿈을 다시 꾸게 되고 그 꿈을 향해 노력해간다. 열심히 노력한 엄마는 훌륭한 성과를 얻고 감사해한다. 그러면서 더욱더 노력하겠음을 다짐한다. "더 잘 이끌어 주시기를 바랍니다."는 더 노력하겠다는 또 다른 말이다.

이 작품에는 배미숙 외에도 정란과 명애처럼 자신의 꿈을 위해 노력하는 인물들이 나온다. '꿈을 꾸는 삶', '꿈을 실현하는 삶'은 소천이 강조하던 어린이의 삶이었다. 불우한 시기, 불우한 어린이들이 꿈을 잃고 산다면 그것은 개인의 불행이며 동시에 그 사회의 불행이다. 소천은 어린이들에게 꿈을 주어 개인의 행복도 취하며, 함께 살아가는 행복한 사회도 이루고자 했던 것이다.

영철이나 배미숙, 정란과 명애에게서 보듯 결핍된 인물에서 성장하는 인물로의 긍정적인 인물 변화는 어느 시대, 어느 공간에나 있는 모습이고 있어야 할 모습이다. 또「크리스마스 카아드」의 춘희나「민들레」의 준이,「어머니 얼굴」의 춘식,「찔레꽃」의 데레사,「설날에 생긴 일」의 춘식 같은 인물은 당시의 불우한 시대사적 맥락에서 요구되는 인물상이다. 소천은 이렇게 불우한 시대, 결핍으로 고통받는 어린이뿐만 아니라 어느 시대, 어느 사회에서나 볼 수 있는 보편적인 인물도 형상화한다. 이런 인물들이 환상을 통해 자신의 결핍을 극복하고 성장하는 모습을 보여줌으로써 어린이들이 희망을 가지고 미래를 기획하기를 소망했다. 이때 환상은 인물의 결핍을 충족하며 그 희망적인 미래를 지향하도록 하는 기능을 한다. 이렇게 '환상을 통한 성장형 인물'은 '사회적 아버지'가 그리는 공동체의 윤리를 드러내는 작품에서 주로 등장하여 주제를 견인하는 역할을 한다.

3) 환상을 통한 욕망 봉합형 인물

'환상을 통한 욕망 봉합형 인물' 유형은 당시의 역사적·사회적 맥락과 밀접하게 얽힌다. 이 인물 유형은 환상을 통해 결핍의 문제를 해결하려 한다는 점에서 앞에서 다룬 환상을 통해 성장하는 인물 유형과 유사하다. 그러나 결핍의 원인이 분단과 당시의 강고한 현실 질서라는 점에서 차이가 있고, 환상을 겪고 난 뒤 현실에 임하는 인물의 태도가 확연히 달라진다는 점에서 차이가 있다. 이 유형의 인물들은 성장을 했다고 보기 어렵다. 이는 결핍을 해소하고자 하는 갈망이 처리되지 않았음을 뜻하고 그 처리를 개인이 할 수 있는 게 아님을 뜻한다. 체제 속의 개인은 그 구조적 모순을 인식함에도 불구하고 순응할 수밖에 없는 경우가 허다하다. 때문에 자신의 결핍 극복의 욕망은 현실의 질서 속에서 봉합하고 만다.

앞 장에서 언급되었듯, 소천 환상 동화의 대표작이라고 할 수 있는

「꿈을 찍는 사진관」의 '나'라는 인물도 환상을 통해 그리워하던 대상을 만난다. 일견 자신의 그리움을 해소하는 듯하지만 결국 현실에 돌아와서는 그 욕망을 봉합하고 강제된 질서에 순응하는 모습을 보인다.

④ 나는 깜짝 놀라지 않을 수가 없었습니다.
그것은 순이와 나의 나이의 차이였습니다. 실지 나이로 순이와 나는 동갑입니다. 그런데 사진에는 여덜 해나 차이가 있는 게 아닙니까? …(중략)…
생각하면, 그도 그럴 수밖에 없는 일입니다. …(중략)…
모처럼 찍어 준 꿈 사진도 그런걸 생각하니 우습기 짝이 없읍니다.[9]

⑤ 내가 처음 앉았던 뒷동산에 와 앉아 다리를 쉬며 가슴 속에 간직했던 사진을 끄냈을 때, 나는 또 한 번 놀라지 않을 수가 없었읍니다.
분명히 내가 넣었던 곳에서 꺼냈는데 내가 사진관에서 받아든 순이와 같이 찍은 사진이 아니었읍니다. 그것은 내가 좋아하는 동화집 갈피 속에 끼여 있던, 노란 민들레꽃 카드였읍니다.(37쪽)

④에서 '꿈을 찍는 사진관'에서 찍어준 사진을 받아드는 '나'는 사진에 나타난 순이와 자신의 나이 차이로 인해 깜짝 놀란다. 순이는 헤어질 때 그대로의 모습인데 자신은 그 후 시간의 경과를 반영하고 있는 것이다. 환상에 현재의 시간 질서가 개입한 모습인데, '나'는 "그도 그럴 수밖에 없는 일"이라고 수긍을 하며 "우습기 짝이 없"다고 가볍게 털어버

---

9   강소천, 「꿈을 찍는 사진관」, 『꿈을 찍는 사진관』, 홍익사, 1954, 36쪽. 이하 인용 끝에 쪽수만 표시한다.

린다. 그리고 ⑤에서처럼 현실에 돌아와서는 환상과 현실이 뒤섞인 사진마저 사라지고 그 자리에 민들레꽃 카드가 있다. 여기서 사진과 민들레꽃 카드가 의미하는 것이 무엇인지를 확인해야 '나'의 의식이 어떠한지를 파악할 수 있을 것이다. 사진은 '나'의 욕망의 실현체이지만 환상과 현실이 뒤섞인 낯선 새로운 대상이다. 반면에 민들레꽃 카드는 "내가 좋아하는 동화집 갈피 속에 끼여 있던" 것으로 익숙한 대상이다. 이 익숙한 민들레꽃 카드가 낯선 사진을 대신해 그 자리에 있다는 의미는 '나'의 욕망과 관련된 새롭고 낯선 어떤 질서 대신 익숙한 기존의 가치나 이데올로기를 받아들이겠다는 의미이다. 이러한 결론은 인용문 ④에서 낯설고 새로운 대상, 사진을 보며 "우습기 짝이 없다"고 했던 '나'의 인식에서부터 그 싹이 보였다고 할 수 있다. 즉 '나'는 환상을 통해 경험한 자신의 욕망의 실현이 현실의 질서를 넘어서까지 이루기에는 가벼운(우스운) 것이므로 그 욕망을 '나'가 좋아하는 기억으로, 아름다운 기억으로 묻어두고 봉합하는 것으로 현실의 질서에 순응하는 모습을 보이는 것이다. 이는 소천이 대면한 현실, 휴전협정이라는 역사적 현실과 남한에서의 재혼이라는 개인적 현실이 강제하는 질서로 말미암아 빚어진 욕망의 봉합이라고 할 수 있다. 결국 앞의 3장 2절에서 언급한 대로 '나'는 이러한 현실이 강제하는 질서와 개인의 근원적인 욕망 사이에서 불화하고 분열할 수밖에 없다.

　이렇게 당시의 역사적·개인적 현실의 질서에 굴복하고 자신의 욕망을 봉합하는 인물로 「꿈을 파는 집」의 '나'도 의미 있는 인물이다. 결핍의 대상이 북에 남겨두고 온 자녀라는 점에서 '나'는 좀 더 직접적으로 작가 소천의 욕망과 닿아 있다. '나'는 어느 날 새로 변해 북에 남겨두고 온 아이들을 만날 기회를 얻게 된다.

    ⑥ "……내 인제 곧 다시 오리라. 새가 아니라 버젓이 너희들의 아비가 되어, 이 고향의 새로운 임자가 되어 태극기 앞세우고 찾아 오리라. 그때까지만 참아 다오. 고향아! 그리고 내 아이들아!"[10]

    ⑦ 나는 이렇게 생각했으나, ㉠ "꿈을 파는 집"이 어느 산에 있는지를 아무리 생각해 봐야 알 길이 없고, ㉡ 설사 안다 하여도, 새가 되어 다시 고향 집에 가 보고 싶지 않았습니다.(25쪽)

북에서 자녀들의 곤궁함을 목격한 '나'는 ⑥에서처럼 아비가 되어 다시 돌아오겠다고 다짐을 하나 현실로 돌아온 ⑦에서는 ""꿈을 파는 집" 이 어느 산에 있는지를 아무리 생각해 봐야 알 길이 없고, 설사 안다 하여도, 새가 되어 다시 고향 집에 가 보고 싶지 않"다고 한다. 여기서 ㉠ 의 진술은 자기 검열의 결과로 현실적 제약을 인정하고 수용한다는 의미이다. 즉 "알 길이 없"다는 것은 '알려고 해선 안 된다' 혹은 '알고 싶지 않다'의 다른 말로 당시 현실의 질서를 위반해서는 안 된다는 자기검열이다. 때문에 이러한 현실의 제약 앞에서 작가적 서술자인 '나'는 어쩔 수 없는 무력감을 드러낼 수밖에 없다. 이어지는 ㉡ "설사 안다 하여도 새가 되어 다시 가고 싶지 않"다는 진술은 상당히 모호하며 많은 의미가 함축되어 있다. 우선 간취할 수 있는 것은 "새가 되어"라는 조건을 붙임으로써 앞선 진술에서 드러난 자기 무력감에 대한 변호를 하고

10   강소천, 「꿈을 파는 집」, 『꿈을 찍는 사진관』, 23~24쪽. 이하 인용 끝에 쪽수만 표시한다.

있다. 또 "설사 안다 하여도"라는 구절은 '어떤 방법이 있더라도'의 의미인데, 그것은 "새가 되어"라는 방법일 것이고 그런 방법으로는 "가 보고 싶지 않습니다"라고 정리함으로써 현실 사회의 억압에 대한 표면적 순종의 의미도 지닌다고 볼 수 있다. 그렇다면 결국 '나'는 현실의 질서 앞에서 자신의 욕망을 봉합하는 인물인 것이다. 이러한 인물은 작품의 서술 전략과도 밀접한 관련을 맺는다. 4장 3절 '서술 전략'에서 이에 대해 좀 더 깊이 있는 논의를 한다.

위의 인물들과는 달리 자유에의 욕망을 현실의 질서 속에서 봉합하는 인물도 만날 수 있는데, 바로 「날아가는 곰」의 '곰'이다. 백화점 옥상에 매여 있던 곰은 매여진 줄만큼 날아보곤 하늘로 날기를 소원한다. 마침 쥐를 만난 곰은 밧줄을 끊어줄 것을 부탁하고 하늘을 나는 환상에 빠져든다. 날아가는 도중에 어린아이 수영까지 태우고 의기양양 하늘을 날던 곰은 번개와 천둥을 동반한 소나기를 만나 터져버리고 만다. 그제야 곰은 제정신으로 돌아오고 자신이 꿈을 꾼 것은 알게 되지만 쥐가 구멍을 낸 것은 모른다.

> 생쥐는 아직 곰의 옆에 서 있었습니다.
> "어서 일어나 보셔요."
> 그러나 곰은 일어날 수가 없었습니다.
> "하늘로 날아 올라 보셔요."
> 제법 약을 올리기까지 했으나 곰은 이야기하기도 싫었습니다.
> …(중략)…
> 곧 곰은 다시 통통 살이 찌고 하늘로 날아오를 수 있었습니다.
> 구멍을 때고 산소를 넣어 주었으니깐요. 그러나 이젠 곰은 끈을 끊고 하늘 높이 제멋대로 날아보고픈 생각은 없었습니다. 이렇게

두웅둥 떠 있는 것이 좋았읍니다.[11]

꿈에서 깨어 현실로 돌아온 곰은 하늘 높이 날아 보고픈 생각이 없다. 끈에 매인 채 나는 것에 만족한다. 하늘로 날고 싶다는 욕망을 봉합한 것이다. 꿈속에서 만난 번개와 천둥을 동반한 소나기가 너무 무섭고 그것들에 의해 터져버린, "뼈도 살도 없어져 버리고 가죽만 남"(198쪽)은 자신의 몸뚱이가 무참하였을 것이다. 쥐가 비웃는데도 "이야기하기도 싫"다고 하는 것에서 그 두려움과 무참함을 짐작할 수 있다. 매여 있는 줄을 끊고 하늘을 난 대가가 너무 큰데, 여기에서 매여 있는 줄은 현실의 질서를 의미한다. 그 줄이 허용하는 범위 안에서의 자유, 곧 현실의 질서가 용인하는 자유가 곰이 누릴 수 있는 자유인 것이다. 이렇듯 당시 억압적인 현실의 질서는 전쟁의 상흔이 빚어낸 결핍 해소의 욕망을 거세하는 것은 물론이고 기본적이며 근원적인 자유에의 욕망까지 가두고자 하였다. 이런 상황에서 소천 동화의 인물들 중에는 욕망의 해소를 위해 환상에 의지하나 결국은 잠시 잠깐의 위안일 뿐, 그 시대 현실에서는 지속될 수 없는 욕망이라는 것을 깨닫는 인물들이 나온다. 때문에 이런 인물들은 그 욕망을 봉합하기에 이른다. 이때 환상은 순간적인 욕망 충족일 뿐, 오히려 현실의 강고한 질서를 더욱 자각하게 하는 역할을 한다.

이와 같은 맥락의 인물로, 새장과 어항에 갇힌 채 자신들의 욕망을

---

11 강소천, 「날아가는 곰」, 『강소천 아동문학전집 1』, 배영사, 1963, 199쪽. 이하 인용 끝에 쪽수만 표시한다.

꿈으로 밖에 취할 수 없는「봄 날」의 새와 금붕어를 들 수 있다. 여기서 더 나아간 인물이 주어진 현실의 억압을 다음 세대에게까지 전달하며 욕망을 봉합하다 못해 더 이상 결핍이 무엇인지도 모르는「파랑새의 봄」의 파랑새이다. 또 현실의 질서 앞에서 죽음으로써 자신들의 욕망을 이루는『그리운 메아리』의 박 박사와 할아버지도 이와 유사한 맥락에서 살펴볼 수 있는 인물들이다. 이러한 인물들은 3장 2절과 3절, '내면 분열의 형상화'와 '시대인식의 형상화'에서 주제를 구현하는 주요한 역할을 한다.

2. 구성 전략

구성은 '이야기를 조직하는 사건의 틀'이다. 그 틀을 만들기 위해 작가는 내용을 조정하는데, 그 기준은 작가의 의도이다. 작가의 의도는 사건 혹은 행동의 선택과 배열을 통해 드러난다. 그런데 이 사건 혹은 행동의 주체는 인물이다. 그러므로 구성은 인물과 긴밀히 연관된다. 소천의 작품에서도 구성은 인물과 밀접한 관련을 맺고 있다. 특히 환상의 기능은 인물의 유형을 좌우한다. 이 절에서는 각 담론에 나타나는 환상의 기능을 살펴본다.

구성 전략에서 또 하나 유의미한 전략은 도입 전략이다. 소천은 배경이나 인물 묘사 없이 바로 본격적인 사건이 시작되는 급진입 도입, 본격적인 사건에 이르기 위해 많은 시간이 소요되고 공간을 이동하는 지연 도입을 구사한다. 이는 작품의 분량에 좌우되기보다는 담론의 성격에 따라 구분된다는 점에서 독특한 미학을 형성한다. 이에 대해서는 이 절 2항에서 자세히 살펴본다.

소천의 작품들은 기본적으로 시간적 담론 구성을 취한다. 원인과 결과에 따라 문제나 갈등을 순차적으로 해결해나간다. 그 과정의 단순함과 복잡함에 따라 단선 구성과 중층 구성으로 나눌 수 있다. 주로 단편에서는 단선 구성을 취하며 중·장편에서는 중층 구성을 취한다. 그런데 '시대인식의 형상화'에 속하는 작품 중에는 단편임에도 중층 구성이 나타나는 경우가 있다. 또 이 작품군에 속하는 중·장편은 대부분 중층 구성을 취하며 새로운 구성상의 기법들을 구사한다. 이러한 구성은 담론을 효과적으로 구현하기 위한 전략으로 유의미하다. 이 절 3항에서 구체적으로 고찰한다.

1) 환상의 기능

토도로프(Tzvetan Todorov)를 비롯한 톨킨(John Ronald Reuel Tolkien), 잭슨(Rosemary Jackson), 흄(Kathryn Hume) 등의 환상에 대한 논의는 크게 환상이 '장르인가', '양식인가', 아니면 '문학의 본질적인 속성인가'로 나뉜다. 하지만 그 공통점은 환상적인 것을 '초자연적인 것', '비현실적인 것'으로 본다는 것이다. 이 글에서는 소천 동화에 나타난 환상을 구성 전략의 일종인 기법으로 본다. 더불어 환상의 범주도 꿈, 환각, 변신 등을 포함한 '초자연적인 것', '비현실적인 것'으로 넓은 범주로 본다. 소천 작품에서 환상적 기법이 사용되는 작품은 전체 작품에서 약 40% 정도 차지한다. 때문에 각 담론 내용마다 환상적 기법이 고루 포진하고 있다. 그러나 각 작품군에서 환상의 기능은 미세한 차이를 내포한다.

'개인적 아버지'가 그리는 세계에 해당하는 작품군에서 소천은 '있어야 할 세계'에 부합하는 있는 그대로의 천진한 어린이들을 그리고 있다. 대체로 작품은 짧고 일화적인 구성을 취한다. 초점을 천진하고 순진한 어린이에게 맞추고 일상의 한순간을 형상화하는 경우가 대부분인 까닭에 가장 단순한 구성을 띤다.

「바람개비 비행기」는 이를 잘 보여준다. 커다란 바람개비가 잘도 돌아가는 것을 본 영식이는 바람개비가 프로펠러 같다는 생각을 한다. 그래서 바람개비 손잡이를 짧게 끊어 입에 물고는 힘차게 달린다.

> 영식이는, 아니, 바람개비 푸로펠라를 단 비행기 영식이는 벌판을 힘차게 내닫습니다. 내닫는다기보다 막 날아가는 거지요. 영식이 귀엔 제법 우두두 우두두 우두두 푸로펠라 소리가 들려옵니다.
> 이젠 하늘 높이 올랐으니, 천천히 떠 있어도 되지. 자꾸 날아 갈 필요는 없어! 영식이는 천천히 날아갑니다.[12]

인용문을 보면 영식이는 입에 바람개비를 물고 프로펠러 비행기가 되어 하늘 높이 올라 있다. 귀에는 프로펠러 소리까지 들린다. 커다랗게 만든 바람개비가 바람에 돌아가는 것을 보고 비행기 프로펠러를 생각한 영식이는 바로 자신이 비행기가 되어 논다. 인간에 내재한 유희 본능이 가장 잘 발현될 때는 어린 시절이다. 소천은 그러한 어린이의 유희 본능을 환상을 통해 그리고 있다. 자기가 만든 바람개비 하나로도 하늘을 날 수 있는 천진하고도 담대한 세계, 이 세계를 소천은 어린이가 누려야 할 '있어야 할 세계'라고 상정한 것이다.

이 작품의 구성은 단순하다. 영식이 자신이 만든 바람개비를 가지

12   강소천, 「바람개비 비행기」, 『인형의 꿈』, 72쪽.

고 들을 뛰어다닌 것이 전부다. 여기에 환상이 삽입되며 영식이의 천진하고 담대한 어린이다움이 그려진다. 환상은 어린이의 유희 본능을 보여주는 기능을 한다. 이와 같이 환상이 유희 기능을 하는 작품으로 「맨발」, 「빨강눈 파랑눈이 내리는 동산」, 「짐승학교」, 「술래잡기」, 「정희와 그림자」 등이 있다.

'사회적 아버지'가 그리는 세계에서 환상의 기능은 결핍이 충족되며 동시에 깨달음을 얻는 시공간이다. 이는 "있는 사실" 속에서 '있어야 할 세계'를 보여주고자 한 소천의 의도가 그려낸 세계이다. 앞의 '환상을 통한 성장형 인물'에서 보았듯이 환상의 세계에서 인물들은 상실의 대상을 만나 그리움을 해소하기도 하고 자신의 결핍된 부분을 깨닫기도 한다. 이러한 만남으로 인물들은 한층 성장한 모습을 보이고 현실을 긍정적으로 바라본다.

「크리스마스 꼬까옷」에서 크리스마스 꼬까옷을 받은 귀순이는 친구들에게 자랑하고 싶다. 자랑하고 싶은 마음은 꿈을 꾸게 하는데, 꿈속에서 귀순이는 꼬까옷을 자랑하다 옷이 바뀌어 누더기를 입는 경험을 한다. 그 경험으로 말미암아 귀순이는 자기 혼자만 꼬까옷을 입은 게 기쁘지 않게 된다.

> 새벽 찬미 소리에 잠이 깬 귀순이는 어머니한테서 아기 예수가 나시던 때의 이야기를 들었읍니다. 예수께서 가난하고 불쌍한 사람들을 위해 세상에 오셨다는 이야기를 듣고, 귀순이는 세상 모든 아이들이 다 꼬까옷을 입고 함께 즐거워할 그런 크리스마스가 어서 왔으면 하는 생각이 났읍니다.[13]

---

13 강소천, 「크리스마스 꼬까옷」, 『종소리』, 72쪽.

인용문에서 귀순이 모든 아이들이 다 꼬까옷을 입을 수 있는 날이 어서 왔으면 하고 바라고 있다. 단순히 자신의 꼬까옷을 자랑하고 싶어 하던 귀순이 꿈을 통해 깨달음을 얻고 있다.

「설날에 생긴 일」에서 춘식은 환상을 통해 그리운 어머니를 만난다. 이는 결핍의 충족이며 동시에 동생 춘희와 할머니의 소중함을 깨닫는 계기가 된다.「찔레꽃」에서 데레사는 꿈에 그리워하던 어머니를 만난다. 이 환상은 데레사의 결핍, 어머니에 대한 그리움을 해소하게 하고 동시에 어머니가 언제나 자신과 함께할 것이라는 깨달음도 얻게 한다. 이처럼 「크리스마스 꼬까옷」,「설날에 생긴 일」,「찔레꽃」 등의 작품 속에 삽입된 환상은 인물의 결핍을 충족하는 공간이며 깨달음을 얻는 공간이다. 때문에 앞 절에서 살폈듯이 인물들은 환상을 통해 성장하는 인물의 유형을 보인다. 이 작품군에서 구성은 앞의 '개인적 아버지'가 형상화하는 세계에 속하는 작품들보다 조금 더 복잡해진다.

'내면 분열의 형상화'와 '시대인식의 형상화'에 속하는 작품의 대부분에서 환상이 나타난다. 그런데 이 작품들에 드러나는 환상은 앞의 환상과는 그 결이 상당히 다르다. 두 가지 측면에서 차이가 나는데 한 가지는 이 작품들에서 드러나는 환상은 짧은 결핍의 충족 기간을 거친 후 현실의 강고한 질서를 자각하게 한다는 점이다. 그렇기에 환상을 겪은 인물들은 자신의 갈망과 현실의 금지 사이에서 갈망을 봉합하는 인물들로 형상화된다. 다른 한 가지는 환상을 구사하는 이유가 앞의 작품군에서와 달리 말할 수 없는 것을 말하기 위해서라는 점이다. 이를테면 분단과 반공이데올로기의 현실 질서 속에서 말할 수 없었던 북에 두고 온 가족을 만나고 싶다는 갈망을 말하기 위해 환상이 사용되는 것이다.

어머니와 둘이 삼팔선을 넘은 「방패연」의 인호는 북에 계신 할아버지가 너무나 그립다. 인호는 꿈속에서 할아버지께 방패연 편지를 보내고 잠자리비행기 비행사의 도움으로 할아버지의 답장을 받는다. 인호를 그리워하는 할아버지의 답장을 보며 울다가 잠이 깬 인호는 연에라도 편지를 써 보내고 싶어 한다.

　　　―정말, 연이 얼마나 날아가나 볼가?
　　　하고 인호는 ㉠ 실을 툭 끊어 놓아주었더니 연은 얼마 더 날지도 못하고 펄럭거리더니, 높다란 전나무 가지에 걸려 버리고 말았습니다.
　　　인호는 연을 건지려 하지도 않고 산을 내려왔습니다.
　　　그 뒤로부터 인호는 연 날리기를 하지 않았습니다. 다른 아이들이 연을 날리는 것을 볼 때마다 인호는 혼자서 이렇게 중얼거리곤 하였습니다.
　　　―그까짓 연! 38선도 못 날아 넘는 연!
　　　㉡ 나는 할아버지를 만나기 전에는 연을 안 날릴 테야! **14)**

인용문에서 꿈에서 깬 인호는 연이 얼마나 날아가는지 확인을 하지만 연은 곧 전나무에 걸리고 만다. ㉠은 인호의 현실 확인으로 볼 수 있다. 인호의 욕망은 삼팔선을 넘어 할아버지를 만나는 것이다. 하늘을 나는 연은 인호의 욕망을 해소해줄 수 있는 매개물이나 연만으로는 가능하지 않다. 꿈속에서처럼 누군가의 조력이 있어야 한다. 그럼에도 연을 날려보는 행위는 인호 자신도 "꿈이 아니고는 생각 할 수도 없는

14　강소천, 「방패연」, 『꽃신』, 문교사, 1953, 23쪽.

일"(23쪽)이라고 알고 있으면서도 행하는 현실의 재확인이다. 이는 넘지 못할 삼팔선을 상징하는 역사적·사회적 인식이다. 결국 인호는 ⓛ "38선도 못 날아 넘는 연! 할아버지를 만나기 전에는 연을 안 날릴 테야!"라고 할아버지를 만나기 전까지는 연을 날리지 않겠다고 한다. 욕망 해소의 매개물인 연을 더 이상 날리지 않겠다는 다짐에 할아버지를 만나기 전까지라고 단서가 붙는다. 이는 결국 자신의 욕망을 봉합하는 행위라고 볼 수 있다. 민족의 역사적 현실과 사회적 금지 앞에서 자신의 욕망을 봉합함으로써 사회의 질서를 수용하는 모습이다. 여기서 연 날리기라는 놀이 행위가 욕망 해소의 매개 행위였다가 다시 자신의 욕망을 봉합하는 행위로 의미가 굴절되고 있음을 볼 수 있다. 이것은 당시 역사적으로 사회적으로 강제된 질서가 어린이의 놀이까지도 전도된 의미로 기능하게 하는 가혹한 시대를 보여주며 동시에 드러내놓고 말할 수 없는 할아버지에 대한 그리움을 말하고 있다.

「꿈을 찍는 사진관」이나 「꿈을 파는 집」도 마찬가지로 환상을 통해 현실의 강고한 질서를 깨닫고 자신의 욕망을 봉합해버리지만 말할 수 없었던 자신의 그리움을 토로하고 있다. 「대낮에 생긴 일」, 「봄 날」, 「날아가는 곰」, 「길에서 만난 꼬마」 등도 이러한 환상의 두 가지 기능을 잘 보여주는 작품이라 할 수 있다. 이처럼 다양하게 운용되는 환상의 기능은 작품의 의미를 풍부하게 하는 소천 동화의 특징이다.

2) 급진입과 지연 도입

일반적으로 도입은 서두와 비슷한 뜻으로 쓰이는데, 서두 처음 한 단락을 도입 단락이라고도 한다. 그러나 이 글에서는 본격 사건이나 본격 사건과 직접적인 연관이 있는 사건(입구 사건)에 이르기까지 말해지는 부분을 도입이라 한다.

소천의 도입 전략은 주목할만하다. 도입 부분에서 이야기의 진입이 매우 상반된 경우가 발견되는 것이다. 배경이나 인물 소개 없이 바로 본격적인 사건이 시작되는 작품이 있는가 하면 본격적인 사건에 이르기 위해 많은 시간이 소요되고 공간을 이동하는 작품도 있다.

① 숙이 어머니는 앞마당에서 배추를 절구십니다.
숙이네 사랑방에는 동네 애들이 모여들어 커다란 함지를 가운데 놓고 김장 마늘을 깝니다.
누가 많이 까나 깔내기를 하여서는 언제나 손이 큰 부엌쇠가 이깁니다.
부엌쇠는 저 혼자만 늘 이기는 게 재미가 없으니 이 번엔 누가 마늘을 제일 많이 먹을 내기를 하자고 했습니다.[15]

② 수남이는 소스라쳐 깨었습니다.
"뚝뚝뚝— 뚝뚝뚝—"
대문 두드리는 소리가 요란히 들려왔읍니다.
(저 소리에 내가 잠을 깼는지도 모르겠군!)
(그런데 누가 왔기에 저렇게 대문을 두드리는 것일까?)
수남이는 대문 가로 나갔습니다.[16]

①은 「마늘 먹기」, ②는 「나는 겁쟁이다」의 도입부이다. 이 작품들에

---

15   강소천, 「마늘 먹기」, 『조그만 사진첩』, 36쪽.
16   강소천, 「나는 겁쟁이다」, 『나는 겁쟁이다』, 72쪽.

는 인물이 소개되고 시공간 배경이 묘사되는 등의 서두 혹은 도입이라고 할 부분이 거의 없다. 「마늘 먹기」에서는 김장을 하는 숙이네 집을 묘사하는 두 문장을 거쳐 바로 부엌쇠가 나와 마늘 먹기를 제안하면서 본격 사건으로 진행된다. 물론 ①과 같은 장편(掌篇)에서는 지면의 한계로 인해 도입 부분을 길게 잡을 수 없을 것이라고 볼 수 있지만 꼭 그렇지만도 않다. 같은 장편(掌篇)에 속하는 「봄 날」 같은 작품의 경우 도입 부분은 「마늘 먹기」의 두 배가 되고 본 사건이 시작된 후에도 도입에서 소개되는 것과 비슷한 인물 묘사도 나타난다.

> ③ 봄볕이 몹시 따가운 봄 날입니다. 처마 끝 조롱 속에는 두 마리의 작은 새가 가만히 앉아 해바라기를 하고 있읍니다.
>
> 그 봄볕은 활짝 열어젖힌 방 안에도 비쳐 들었읍니다.
> 방 안 테이블 위에 놓여 있는 어항 속에도 금붕어 두 마리가 그림 그려 놓은 금붕어처럼 꼼짝 않고 있었읍니다.
>
> ㉠ 작은 새들은 자꾸만 졸려 옵니다.
> 사람들 같으면 누워서 자련만, 새들은 언제나 앉아서 저렇게 조는 수밖에 없나 봅니다.
> 「꼽박」하고 한 마리의 작은 새가 그만 딴 새를 쳤읍니다. 그랬더니 그 새도 그만 깜짝 놀랐읍니다.[17]

「봄 날」은 위 인용글에서 보이듯 봄날이라는 시간적 배경과 조롱 속 작은 새 두 마리라는 인물, 방 안과 같은 공간적 배경과 어항 속 금붕어 두 마리라는 또 다른 인물로 도입 부분을 전개하는데 「마늘 먹기」의 두

17 강소천, 「봄 날」, 『꿈을 찍는 사진관』, 55~56쪽.

배다. 본격 사건으로 들어가서도 ㉠의 밑줄 친 문장과 같이 인물의 상태와 습성에 대해 부가 설명이 붙는다. 그렇다면 장편(掌篇)이기 때문에, 지면의 한계 때문에 ①과 같은 급진입 도입이 나타나는 것은 아니라는 말이 된다. 그렇다면 ①에서 보이는 급진입 도입은 다른 이유에서 비롯된 것이라 할 수 있다.

②의 「나는 겁쟁이다」는 장편(掌篇)이 아닌 온전한 단편이다. 도입은 인물이 소스라쳐 깨었다고 시작되어 대문 두드리는 요란한 소리에 잠을 깼는지도 모르겠다고 부연하며 대문가로 나갔다고 하는 6문장까지이다. 배경과 인물에 대한 정보는 최소화하며 본격적인 사건의 시작을 암시한다. 그러나 "수남이는 소스라쳐 깨었습니다."라고 하면서 다시 "(저 소리에 내가 잠을 깼는지도 모르겠군!)"이라고 반복하여 강조하는 것은 인물이 여전히 잠든 상태이며 시작될 사건이 꿈속 이야기임을 암시한다. 이렇게 도입을 최소화하고 본격적인 사건으로 급진입하는 이유는 무엇인가.

소천은 장편(掌篇)에서 주로 '개인적 아버지'가 소망하는 어린이를 그린다. "있는 사실"이 아닌 '있어야 할 세계' 속의 자연스러운 어린이의 모습을 보여주고 있다. 그렇다면 ①과 같이 도입을 최소하여 본격 사건으로 급진입하는 것은 '있어야 할 세계' 속의 자연스러운 어린이의 모습을 부각하기 위한 전략으로 보인다. 인용된 ①에 이어지는 부분은 어린 돌이 감당하지도 못할 욕심을 부리고 실패하는 모습과 그를 지켜보는 친구들의 모습을 오롯이 부각하고 있다. ②와 같이 '사회적 아버지'가 그리는 세계에 속하는 작품들에서도 대체로 급진입 도입으로 제시된다. 「나는 겁쟁이다」의 경우에도 꿈속 환상을 통해 수남이가 공동체의 구성원으로서 가져야 할 '참된 용기'가 있어야 함을 얘기한다. 이를 위해 일반적인 도입을 과감하게 생략하고 환상으로 바로 진입하는 것으로 볼 수 있다. 이렇게 일반적인 도입을 간략화하거나 과감하게 생략하게 될 경우 작품이 의도하는 것을 집중적으로 드러낼 수 있고 독자에게 더 인상적으로 다가갈 수 있기 때문이다.

이와 같이 급진입 도입 전략을 이용하는 작품들은 주로 '아버지의 말로 그리는 세계'를 형상화하는 작품들이다. 소천이 소망하는 '있어야 할 세계' 속의 자연스러운 어린이의 모습과 공동체의 구성원으로서 지녀야 할 덕목을 인상적이고 강렬하게 그리기 위해 사용하는 전략이다.

이와는 달리 본격적인 사건으로 진입하기 전 지연 전략을 써 도입 부분이 늘어지는 작품들이 있다.

> ④ 따사한 봄볕은 나를 자꾸 밖으로 꾀어내는 것이었읍니다.
> 어젯밤만 해도, 내일은 일요일이니 어디 나가지 말고, 방에 꾹 들어 박혀 책이라도 읽으리라 생각했던 것이, 정작 조반을 먹고 나니, 오늘은 유달리 날씨가 따뜻했읍니다.
> 봄을 그리려고 산에 오른 이 서투른 화가는, 좀처럼 그림을 그리기 시작하지 않았읍니다. 그리는 것보다 가만히 앉아 바라보는 것이 더 좋았읍니다.
> 나는 스켓치뿍과 그림 물감을 가지고 뒷산을 향해 올라갔읍니다.
> 그렇다면 내가 굉장히 그림을 잘 그리거나, 그림에 취미를 가진 것도 아닙니다. 그저 빈손으로 가기는 싫었기 때문입니다. 책을 들고 앉아 그 따사한 봄볕에 읽는 것은 한층 더 싱거울 것 같았읍니다.
> 그리하여, 내 눈이 맞은편 산 허리에 갔을 때, 나는 내 눈을 의심하리 만큼 놀라지 않을 수가 없었읍니다. 거기에는 활짝 핀 꽃나무 한 그루가 서 있었기 때문입니다.

아직 살구꽃이 피려면 한 달은 더 있어야 할 텐데, 저렇게 연분홍 꽃이 전등이라도 켠 듯이 화안히 피어 있는 것은 이상한 일이 아니겠습니까?

나는 그 꽃나무 있는 데로 쏜 살 같이 달아 갔습니다. 골짜기를 내려 다시 산으로 기어 올라, 그 꽃나무 아래까지 갔습니다.

숨을 돌리며 내가 꽃나무를 자세히 바라보려니, 나무 밑 줄기에는 이런 간판이 붙어 있었습니다.

> 꿈을 찍는 사진관으로 가는 길. 동쪽으로 5리

나는 그 연분홍 꽃나무에 핀 꽃 같은 건 생각할 사이도 없이 곧 이 꿈을 찍는 사진관을 찾아 떠났습니다.[18]

④는 「꿈을 찍는 사진관」의 도입부이다. 인용한 부분은 본격 사건이 벌어지는 꿈을 찍는 사진관에 도착하기까지의 묘사의 반밖에 되지 않는다. 이만큼 분량의 묘사(전개)가 더 있은 다음 주인공은 꿈을 찍는 사진관에 도착한다. 그리고 본격적인 사건인 꿈을 찍는 일은 그 사진관에서 하룻밤을 자는 동안 일어난다.

이렇게 지연 전략으로 도입을 가능한 한 길게 늘이는 이유는 무엇일까. 더구나 이 과정에서 인물은 조반을 먹고 산에 오른 후, 꿈을 찍는 사진관에서 사진을 받아 나와 처음의 자리에서 사진을 볼 때까지, 꼬박 하루하고도 반나절을 굶어야 했다. 먹고 안 먹고가 중요한 것이 아니라 본격 사건이 벌어지기까지 지연되는 도입에다 배고픔의 고통까지 동반되는 것을 유의미하게 봐야 한다.

18 강소천, 「꿈을 찍는 사진관」, 『꿈을 찍는 사진관』, 26~27쪽.

이러한 고통을 동반한 지연 도입은 말할 수 없는 것을 말하고자 할 때 일어나는 자아의 방어 기제이다. 말할 수 없다는 것은 현실의 질서 속에서 말해서는 안 된다고 판단하는 초자아를 말하고 그럼에도 말하고자 하는 것은 무의식의 욕망을 말한다. 이럴 경우 자아는 이 사이에서 스스로를 보호하기 위한 방어 행위를 하게 되는데, 이 작품에서 일어나는 지연은 이 자아의 방어 행위의 결과로 나타난 것이라 볼 수 있다. 이 작품이 창작된 시기는 1954년 초이다. 이 시기 소천은 3장 2절에서 언급한 대로 내면 분열의 상태에 있었다. 절대 넘지 못할 장벽으로 휴전선이 만천하에 공표되고 남한에서 새로운 가정까지 이루어 북으로의 회귀 욕망은 사회적으로도 개인적으로 말할 수 없던 시기였다. 이 작품은 현실의 질서와 존재의 깊숙한 곳에 자리한 북으로의 회귀 욕망 사이의 갈등과 불화를 드러냈다고 볼 수 있다. 그렇기 때문에 끊임없이 산과 골짜기를 넘어 팻말을 따라 옮겨 다니는 고통을 겪으며 욕망의 실현(꿈을 찍는 사진)을 지연하는 것이다.

같은 시기에 발표한 「꿈을 파는 집」에도 배고픔을 동반한 지연 도입이 나타난다. 작중 주인공은 키우던 새들을 따라나서서 꼬박 3일 밤을 지내고 4일째가 되어서야 본격 사건, 새로 변해 북의 자녀들을 만나러 가는 환상에 들어설 수 있다. 휴전 직후 1953년 9월『소년세계』에 발표했던 「준이와 백조」도 북에 있는 가족에 대한 그리움을 토로하는 작품이다. 이 작품 또한 백조를 만나 환상에 들어가서 할아버지와 아버지를 보기까지 많은 시간과 다양한 공간을 지나야 한다. 앞 절에서 언급된 「봄 날」 또한 마찬가지다. 장편(掌篇)이면서도 시공간에 대한 도입이 제시되는 것은 당시 현실의 질서에서 말할 수 없는, 경계(새 조롱, 어항)

를 넘어 자신이 원래 있던 곳(하늘, 연못)으로 가고자 하기에 나타나는 노정으로의 지연 전략이다.

이처럼 본격적인 사건에 도달하기까지 지연 전략으로 도입 부분을 가능한 늘이는 것은 당시로서는 직접 말할 수 없는, 그러나 꼭 말해야 하는 작가 내면의 어떤 것을 말하기 위한 전략이다. 소천은 일반적인 서사의 문법에 얽매이기보다는 작품의 의도에 따라 도입 부분에서 급진입 도입이나 지연 도입 전략을 구사하여 작가의 의도를 유연하게 형상화했다.

3) 중층 구성

여기서 중층 구성은 단선 구성에 대립되는 의미이다. 단선 구성이 한 명의 인물을 중심으로 시간순으로 전개되는 이야기라면 중층 구성은 이야기 안에 또 다른 이야기가 들어갈 수도 있고 두세 가지 이야기가 나란히 병치될 수도 있다. 소천의 작품은 대체로 단편에서는 단선 구성이 나타나고 중·장편에서는 중층 구성이 나타난다. 그런데 여기서 주목되는 점은 '시대인식의 형상화'를 보여주는 작품들이다. 이 작품군에서는 중·장편은 말할 것도 없고 단편에서도 중층 구성이 나타나며 작품 구성상의 미학을 보여준다. 이 절에서는 이러한 작품들에 주목해서 다룬다.

「봄 날」은 장편(掌篇)이나 상당히 다양한 층위에서 다루어질 수 있는 작품이다. 여기서는 구성 층위에서 깊이 살펴본다.

① 둘이 다 정신을 차려 보니, 새장 문이 방문처럼 좌악 열려 있었습니다. 두 마리의 새는 눈이 둥그래 져 서로 마주 쳐다보았습니다. 그리곤 의논할 사이도 없이 새장에서 날아 났습니다.

좁은 새장 속에서 한번 맘 놓고 날개도 쳐보지 못하던 새들은 너무 좋아서 날개를 맘대로 펄럭거리며 푸른 하늘을 힘껏 날았습니다.

그들은 어느 숲 속에 날아 내렸습니다.

나뭇가지에 앉아 예쁜 꽃이며 춤추는 벌 나비를 바라보며 놀았습니다.

"자! 인젠 우리도 이 넓은 세상에서 자유롭게 살 수 있게 되었다."

…(중략)…

② "새들이 문을 열고 달아나 버렸네. 우리도 이 어항을 뚫고 나갈 수는 없을가?"

하고 금붕어는 주둥이로 어항을 부딪쳤습니다. 그러니깐 어항엔 커다란 구멍이 하나 펑 뚫렸습니다. 그러자 어항 속의 물이 테이블 위로부터 방바닥을 스쳐 마당으로 흘러 내렸습니다.

마침내 그 물은 연못 속으로 흘러 들어갔습니다.

"여기가 우리 고향이다. 여기가 우리 살던 집이다."

한 마리의 금붕어가 소리질렀습니다.

…(중략)…

③ "엄마 이 꽃 봐요. 민들레꽃이에요. 예쁘지요?"

그건 윤이의 목소리입니다.

"윤이가 여길 어떻게 알고 왔을가?"

금붕어들은 이상한 생각이 났습니다.

그 소리를 들은 것은 금붕어들만이 아니었습니다. 작은 새들도 들었습니다.

"윤이가 어떻게 알고 왔을가?"

그러나 윤이는 숲 속에도 연못에도 가지는 않았습니다. 노오란 민들레꽃을 따 가지고 지금 마악 대문간으로 들어오며 엄마에게 하는 얘기입니다.[19]

19 강소천, 「봄 날」, 『꿈을 찍는 사진관』, 55~56쪽. 이하 인용 끝에 쪽수만 표시한다.

인용문은 도입 부분을 제외한 전체 이야기이다. 짧은 이 작품에는 모두 세 가지의 이야기가 얽혀 있다. ①은 새장 속 새들의 이야기이다. ②는 어항 속 금붕어, ③은 이 집 주인인 윤이의 이야기이다. 인용 부분은 화자의 기능이 약화되어 마치 인물시점 서술처럼 보인다. 새, 금붕어, 윤이로 초점이 변하고 있다. 때문에 ①, ②는 하나하나의 이야기처럼 독립성을 가지지만 ③에 포섭된다. ③의 윤이의 이야기가 작중 현실이다. 그렇다면 새들과 금붕어의 탈출 이야기는 어떻게 되는 것일까. 그 답은 이 작품의 도입에 있다.

> 봄볕이 몹시 따가운 봄 날입니다. 처마 끝 조롱 속에는 두 마리의 작은 새가 가만히 앉아 해바라기를 하고 있습니다.
>
> 그 봄볕은 활짝 열어젖힌 방 안에도 비쳐 들었읍니다.
> 방 안 테이블 위에 놓여 있는 어항 속에도 금붕어 두 마리가 그림 그려 놓은 금붕어처럼 꼼짝 않고 있었읍니다.(55쪽)

따뜻한 봄볕을 받으며 새들과 금붕어는 졸고 있었던 것이다. 인용문에서 밑줄 친 부분은 이미 이들이 반수면 상태임을 이야기한다. 그렇다면 윤이가 민들레꽃을 꺾는 사이 새들과 금붕어들은 졸며 꿈을 꾸었고 그 꿈속에서 평소 내면에 잠재해 있던 탈주의 욕망을 실현했던 것이다.

두 개의 이야기가 또 다른 이야기 안에 안긴 구성이며 여기에 꿈이라는 환상도 삽입된다. 그렇다면 장편(掌篇)에서 이러한 구성을 취한 이유가 무엇인지 따져봐야 한다. 흔히 꿈을 무의식의 발현이며 의식의 세계에서는 말하기 어려운 것들이 드러나는 통로로 본다. 그렇다면 이들의 탈주 욕망은 무의식적으로 표출될 만큼 간절한 것이며 본래적인 것이라고 할 수 있으나 현실에서는 실현 불가능한 것임을 이야기한다. 결국 소천은 이 짧은 동화에서 당시 현실의 강고한 질서와 그 질서 너머를 욕망하는 개체를 보여주기 위해 이와 같은 중층 구성을 취했다고 볼 수 있다.

액자 형식도 이와 유사한 맥락에서 사용되는 구성 방식이다. 액자 형식은 우리 문학사에서 야담의 서술 방식에서부터 발견된다. 주로 현실 비판적 이야기에 객관적 신뢰성을 부여하는 방편으로, 또 현실의 검열을 피하기 위해, 혹은 현실과는 다른 세계를 그리기 위해 사용되었다.[20] 소천의 작품에서도 액자 형식의 작품이 보이는데, 그중에서『그리운 메아리』의 액자 형식은 주목할 만하다. 형식의 치밀함을 빌려 당시 말할 수 없었던 통일 담론을 우회적으로 표현하고 있기 때문이다. 여기에 더해 인물의 운용, 다양한 구성상의 기법과 모티프의 활용이 면밀하게 엮여져 소천의 여느 작품을 넘어서는 미학성을 지녔다. 인물의 운용은 3장 3절에서 다루었으므로 여기서는 구성 형식을 중심으로 고찰하여 왜 이러한 형식을 취하고 있는지를 탐색한다.

『그리운 메아리』는 겉 이야기와 내부 이야기로 전개된다. 겉 이야기의 영길은 만화책을 보다 잠이 들어(도입 액자) 만화 내용과 혼용된 꿈을 꾸고(내부 꿈 이야기) 난 후 동생 웅길과 이웃의 박 할아버지를 찾아보고 형제는 통일의 의지를 다짐한다(종결 액자). 이러한 전개는 일련의 인과적인 사건에 따른 시간적 담론 구성이다. 그러나 내부 꿈 이야기는 모두 다섯 가지 이야기(웅길, 경자, 박 박사, 유 박사, 이들을 찾는

---

20   나병철,『소설의 이해』, 문예출판사, 2006, 479~481쪽

사람들 이야기)가 동시적으로 서로 교호하며 펼쳐진다는 점에서 공간적 담론 구성이 두드러진다.

내부 이야기는 영길과 싸우고 집을 나간 웅길이 사라진 이야기부터 시작한다. 웅길은 박 박사 댁에 갔다가 물약을 먹고 제비가 된다. 물약은 박 박사가 북의 고향에 가고 싶어 오랜 시간 연구를 거듭해 만든 것이다. 외출했다 돌아온 박 박사도 물약을 먹고 제비가 되어 북으로 간다. 제비가 된 웅길의 행적은 당시 남의 상황을 드러낸다. 웅길의 행적을 정리하면 아래 표와 같다.

웅길의 이야기

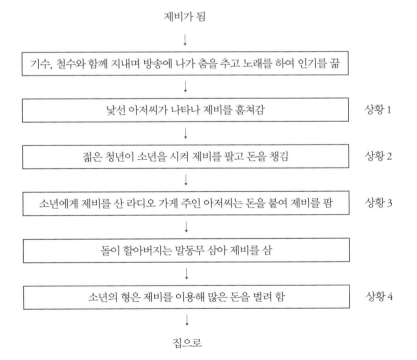

제비가 됨

↓

| 기수, 철수와 함께 지내며 방송에 나가 춤을 추고 노래를 하여 인기를 끎 |

↓

| 낯선 아저씨가 나타나 제비를 훔쳐감 | 상황 1

↓

| 젊은 청년이 소년을 시켜 제비를 팔고 돈을 챙김 | 상황 2

↓

| 소년에게 제비를 산 라디오 가게 주인 아저씨는 돈을 붙여 제비를 팜 | 상황 3

↓

| 돌이 할아버지는 말동무 삼아 제비를 삼 |

↓

| 소년의 형은 제비를 이용해 많은 돈을 벌려 함 | 상황 4

↓

집으로

위의 표를 보면 웅길이 제비가 된 후 집으로 돌아올 때까지의 상황이 순차적으로 진행되고 있다. 그러나 그 상황 사이의 인과성은 크지 않다. 그보다는 배금주의에 물든 사람들이 웅길이 제비를 훔치고, 팔고, 이용하는 상황이 반복된다. 이러한 상황의 반복은 보여주기에 목적이 있다. 더구나 이 과정을 겪으면서 웅길에게서는 어떤 인식이나 태도의 변화가 보이지 않는다. 그렇다면 이 반복 보여주기는 웅길이 옮겨 다니는 남의 현실을 확인시켜주는 '공간적 확증'[21] 기능을 한다고 볼 수 있다.

북을 배경으로 하는 이야기는 박 박사의 1차 노정과 유 박사의 노정에서 펼쳐진다. 박 박사의 1차 노정은 다음과 같다.

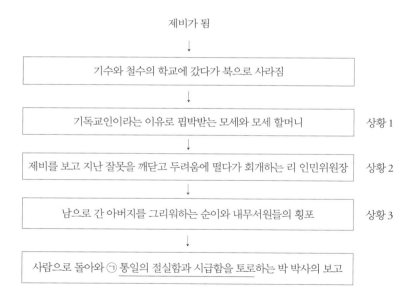

박 박사의 1차 이야기

제비가 됨

↓

기수와 철수의 학교에 갔다가 북으로 사라짐

↓

기독교인이라는 이유로 핍박받는 모세와 모세 할머니　　상황 1

↓

제비를 보고 지난 잘못을 깨닫고 두려움에 떨다가 회개하는 리 인민위원장　　상황 2

↓

남으로 간 아버지를 그리워하는 순이와 내무서원들의 횡포　　상황 3

↓

사람으로 돌아와 ㉠ 통일의 절실함과 시급함을 토로하는 박 박사의 보고

21　김현, 『현대소설의 담화론적 연구』, 계명문화사, 1995, 48쪽.

위와 같이 정리할 때, 박 박사가 제비가 되어 북한을 둘러보고 돌아와 동료 박사들에게 자신이 경험한 내용을 보고하기까지의 과정은 시간적 순차에 따라 진행된다. 또 이 노정의 결과로써 북한 주민의 참담한 생활을 확인한 박 박사가 통일이 절실하고도 시급한 문제임을 깨닫게 된다는 점에서 시간적 담론 구성으로 볼 수 있다. 그러나 상황 1, 2, 3에서 드러나는 것처럼 각 상황들은 선후의 인과적 연계 없이 북한 주민들의 참담한 삶의 실상을 반복한다. 이러한 상황의 반복 제시는 앞의 웅길이 제비 이야기에서 나타나는 공간적 확증과 같은 역할을 한다. 이는 북한 주민의 실상을 보여주고자 하는 작가의 의도라 할 수 있다. 때문에 작가는 공간적 형식과 시간적 형식을 함께 이용하여 북한 주민들의 삶의 실상을 보여주며 통일이 절실하고도 시급함을 호소한다.

내부 꿈 이야기는 이러한 웅길이, 박 박사의 이야기를 비롯한 다섯 가지 이야기가 서로 교호되며 병치되는데, 몇 가지 구성 양상이 주목할 만하다. 첫째는 웅길의 이야기와 유 박사 이야기에서 두드러지는 '결과 –과정/원인'의 구성이다. 웅길의 이야기에서는 웅길이 박 박사의 비밀 실험실에서 이상한 물을 먹는 장면 다음에 제비가 된 웅길이 나타난다 (결과). 유 박사의 이야기에서도 돌아오지 않는 박 박사와 웅길을 걱정하던 유 박사가 제비가 된 모습이 먼저 나타난다(결과). 이들이 왜, 어떤 과정을 거쳐 제비가 되는지는 나타나지 않는다.

그 원인이나 과정은 나중에 다른 사람의 이야기에서 나타난다. 이러한 교호적 구성이 두 번째 구성상 특징이다. 웅길이 제비가 되어 떠도는 이야기가 전개되는 중 경자의 이야기가 나온다. 그리고 경자 이야기에서 웅길이 사라지던 날 실험실에 남겨진 웅길의 옷이 언급되고 영길이 웅길을 찾아온 일이 제시된다. 또 박 박사의 이야기에서 오랜 시간 공을 들여 제비가 되는 물약을 만들었다는 이야기와 그 약을 먹고 제비가 되어 북으로 떠나는 박 박사를 보여준다. 이렇게 세 이야기가 서로 교호됨으로써 웅길이 제비가 되는 과정을 추론하게 한다. 유 박사의 사연도 마찬가지다. 유 박사가 사라진 뒤 웅길과 박 박사를 찾는 사람들의 대화로 그 제비가 누구인지, 왜 제비가 되었는지가 분명해진다. 이렇게 각각의 이야기는 서로 교호되며 배치된다. '결과-과정/원인'의 구성과 교호적 구성 덕분에 긴장감과 역동성이 강화되며 이야기는 흥미진진해진다. 이러한 구성 양상은 긴 다원적인 이야기 형식에서 여러 이야기들에 통일성을 부여하는 방법이면서 독자의 흥미를 붙잡기 위한 구성 전략이라고 할 수 있다.

이렇게 다섯 가지 이야기로 병치되고 교호되는 중층 구성은 배금주의에 물들어가는 남한의 사회와 공산주의 체제 정립에 박차를 가하는 북한의 현실을 보여주며 분단이 고착되어가는 현실에 경종을 울린다. 그렇다면 내부 이야기와 연결된 겉 이야기는 무엇을 말하는가, 통일에의 환기는 어떻게 형성되는가가 문제가 아닐 수 없다. 이는 내부 꿈 이야기와 종결 액자 이야기의 연계를 바탕으로 인물의 변용을 통해 드러난다. 내부 꿈 이야기의 박 박사는 영길의 이웃에 사는 박 할아버지의 고향에 대한 간절한 그리움과 만화책의 에피소드가 결합되어 만들어진 인물이다. 요컨대 박 박사는 할아버지의 투사체인 것이다. 또한 내부 꿈 이야기에서 그려지는 남과 북의 현실은 종결 액자의 할아버지가 느끼는 당시의 현실이다. 분단이 고착되면서 원망(願望)이 불가능함을, 통일을 기대할 수 없음을 깨닫게 하는 1950년대 후반 우리 사회의 모습이다. 이런 현실에서 더 이상 희망을 가지지 못하는 할아버지는 죽음을 맞을 수밖에 없고 그 할아버지의 투사체인 박 박사도 죽을 수밖에 없다. 그렇다면 그 현실이 어떠한 현실인지 구체적으로 살펴봐야 할 것이다.

당시는 남북 이산가족들뿐만이 아니라 대다수 한국인들 사이에서 통일 염원이 어느 때보다도 강했다. 그러나 이승만 정권이나 이후 5·16 군사정부 시절 "남북교류나 평화통일이란 말은 꺼낼 수도 없는 상황"[22] 이었다. 이승만 정권의 '북진 통일론'이나 장면 정부와 5·16 군사정부의 '선건설론'은 표면적으로는 통일을 이야기하지만 실질적으로는 '반통일론'으로 반공이데올로기를 확립하여 자신들의 체제를 공고히 하는 기능을 하였다.[23] 때문에 통일 담론은 자칫 "용공적 이단"[24]으로 몰릴 상황이었다. 1958년 '진보당사건'이나 1961년 '민주일보사건'은 이들 정권이 내세우는 통일론의 실체를 보여주는 사건이라 할 수 있다. 이러한 실상을 은폐하기 위해 사람들의 시선을 먹고사는 문제에 집중시킬 필요가 있었다. 자연히 이들 정권의 역량은 전후 경제 재건과 자립 경제 건설에 모아졌다. 그러나 내적으로는 전후의 혼란과 이승만 정권 아래

22 서중석, 「1950년대와 4월혁명기의 통일론」, 『통일시론』 1999.3, 160쪽.

23 서중석은 한 신문과의 인터뷰에서 "1950년대에는 북진 통일론을 가지고 평화 통일론을 비롯한 여러 통일 논의를 막았다고 본다면, 1960년대에 와서는 선건 설론을 가지고 모든 통일 논의를 통제하고 억압했다"고 분석한다(「'멸공' 박정 희, 김일성과 대화하려 쿠데타? [서중석의 현대사 이야기] 〈111〉 유신 쿠데타, 네 번째 마당」, 『프레시안』, 2015.9.20).

24 이 용어는 주로 5·16 군사정부 이후 남에서 쓰인 용어이나 이승만 정권에서도 유사한 맥락에서 적용될 수 있다고 판단된다(서중석, 「반성과 청산 을사년의 정 국결산 (10) 사랑방 통일론」).

만연된 부정부패, 사회적 불균형의 심화[25]로 인해, 외적으로는 미국 중심의 소비자본주의의 유입으로 사람들은 윤리나 도덕적 가치를 상실한 채 배금주의에 물들어갔다. 북한 또한 북한식 사회주의 이데올로기 정립에 매진하던 시기로 통일은 2차적 문제였다. 북한의 고정적이지도 일관적이지도 않은 통일 방안의 제시[26]가 이를 방증한다. 이렇게 남한은 물질에, 북한은 이데올로기에 제 혼을 빼앗긴 채 분단은 고착되고 통일은 너무 멀리 있던 시기가 1950년대 중반에서 1960년대 초반이었다.

이런 현실에서는 허구적 서사라 해도 통일을 말하기는 어려웠을 것이다. 발붙일 곳 없었던 통일 담론은 그래서 내부 이야기에선 비치지도 않고 당시의 남과 북의 현실만 보여줄 뿐이다. 허구적 현실의 인물인 할아버지가 내부 꿈 이야기의 박 박사로 투사되어 나타나고 할아버지의 소망이 박 박사를 통해 실현되는 이유도 여기에 있다. 꿈이라는 환상을 통해 나타나는 이유도, 제비로의 변신 모티프도, 이것들을 둘러싼 허구(액자 이야기) 속의 허구(내부 이야기)라는 장치도 당시의 가혹한 시대적 속박을 피해 말할 수 없었던 통일을 말하기 위한 장치였던 것이다.

『그리운 메아리』의 담론 구성은 다음과 같이 표시할 수 있다. 이 표를 살펴보면 작가, 즉 소천이 전하고자 하는 의도를 살펴볼 수 있을 것이다.

25   1950년대 후반은 농업 생산의 정체 및 농민의 몰락, 도시 노동자의 궁핍화 심화, 중소기업의 몰락 등으로 사회적 불균형이 심화되었다(노중기, 「1950년대 한국 사회에 미친 원조의 영향에 관한 고찰」, 『사회와역사』 16권, 한국사회사학회, 1989, 17쪽).
26   서중석, 「1950년대와 4월혁명기의 통일론」, 174~177쪽.

『그리운 메아리』의 담론 구성

```
┌─────────────────────────────────────┐        현실 세계
│  ┌───────────────┐                   │    (남과 북의 체제 정립
│  │   내부 이야기   │    액자 이야기      │    시기, 통일 담론 부재의
│  │   (분단이      │  (통일에의 염원과    │        현실)
│  │ 고착되어가는 남과 │    의지 환기)      │
│  │   북의 실상)    │                   │
│  └───────────────┘                   │
└─────────────────────────────────────┘
```

『그리운 메아리』의 내부 이야기의 교호적 구성이나 공간적 확증 기능은 현실 비판적 이야기에 객관적 신뢰성을 부여하는 방법이다. 또 액자 형식은 현실의 검열을 피하기 위해 사용된 구성 방식이다. 이러한 구성은 「돌멩이」 연작에서 나타나는 개개 인물들의 이야기를 병치하는 구성, 『진달래와 철쭉』의 전반부와 후반부 서사, 후반부 서사 안의 아버지 찾기와 진달래 구하기 서사 등의 중층 서사 구성에서도 나타난다. 소천은 독자의 신뢰를 바탕으로 식민지 현실을 보여주며 그를 극복할 의지를 환기했다. 결국 '시대인식의 형상화'에서 나타나는 중층 구성은 "있는 사실"을 비판적으로 드러내며 '있어야 할 세계'를 우회적으로 보여주기 위한 전략이라고 할 수 있다.

3. 서술 전략

소설을 비롯한 동화는 이야기와 그것을 전달하는 언어 형식으로 이루어진다. 언어 형식에서 중요한 것은 화자와 시점 그리고 서술이다. 화자는 이야기를 말하는 사람이다. 화자는 이야기를 말하기 위해 두 가지 기능을 수행한다. 하나는 이야기를 말하기 위해 어떤 위치에서 이야기를 보며 인식해야 한다. 또 하나는 화자가 보고 인식한 이야기를 청자(독자)에게 전달해야 한다. 전자가 시점이고 후자가 서술이다. 화자가 어느 위치에서 이야기를 보며 인식하는가에 따라 어떻게 말하는가 즉 서술의 양상이 달라진다. 때문에 서술 전략은 작가가 자신이 전달하고자 하는 담론 내용을 어떤 시점에서, 어떤 서술 방식을 선택해서 전달하느냐는 것과 관련된다.[27]

---

27 이에 대해 리몬-케넌(Shlomith Rimmon Kenan)은 화자는 보는 것과 이야기하는 것 두 가지를 다 할 수도 있고 동시에 할 수도 있으나 반드시 그래야 하는 것도, 그런 것도 아니라고 한다. 여기에서 초점화가 나오는데, 즈네뜨가 시점과 혼동을 피하기 위해서 초점화를 사용한다면, 리몬-케넌은 서술과의 차이를 명백

여기에서는 소천이 동화에 구사했던 서술 방식들을 살핀다. 시점과 서술에 대한 논의는 비슷한 맥락에서 다양한 논의가 있어 왔다. 이 글에서는 기본적으로 나병철의 정리[28]와 S. 리몬-케넌의 이론[29]을 받아들여 분석의 틀로 삼는다. 나병철이 말하는 화자시점 서술과 인물시점 서술은 일반적으로 언급되는 3인칭 전지적 작가 시점 서술과 3인칭 선택적 시점 서술과 유사하다. 나병철에 따르면, 서사 담론의 세 가지 서술 방식은 화자시점 서술과 인물시점 서술 그리고 1인칭 서술로 나눌 수 있다. 소천의 경우 이 세 가지 서술 방식이 다 나타난다. 각 서술 방식은 앞서 살핀 특정 담론 내용과 긴밀히 상응한다. 이로써 서술 전략을 중심으로 한 소천의 담론 형식 분석은 앞서 살핀 담론 내용의 분류가 가진 타당성을 확보하는 논증적 역할을 담당한다.

1) 화자시점 서술

화자시점 서술은 이야기 외부에서 총체적으로 인물과 사건을 볼 수 있는 화자가 서술한다. 이 화자는 이종 화자라고도 하는데, 흔히 말하는 3인칭 전지적 작가 시점과 유사하다. 이야기를 총체적으로 볼 수 있다는 특권 때문에 담론의 의도에 따라 논평적 서술이 가능하다. 소천 동화에서 화자시점 서술은 주로 '아버지의 말'로 형상화되는 작품들 전

히 하기 위해서 초점화를 사용한다(리몬-케넌, 『소설의 시학』, 최상규 역, 문학과지성사, 1988, 109~116쪽).
28 나병철, 『문학의 이해』, 문예출판사, 1994.
29 리몬-케넌, 앞의 책.

반에 걸쳐 나타난다. 그러나 논평적 기능이 '아버지의 말'로 형상화된 작품들 모두에 나타나지는 않는다. 소천이 '아버지의 말'로 형상화하는 세계는 궁극적으로 '있어야 할 세계'이다. 그런데 '개인적 아버지'의 말로 드러나는 작품의 경우 '있어야 할 세계'와 부합되는 세계를 형상화하기에 화자의 해설이나 설명, 평가 등이 불필요하다. 화자는 있는 그대로 상황을 보여주면 되기 때문이다.

「일요일」에는 아버지가 없는 틈을 타 아버지 흉내를 내는 송이가 나온다. 아버지 옷을 입고 모자를 쓰고 하는 송이의 작중 행위에 대한 화자의 논평이 나타날 법하다. 소천이 교훈적이기만 한 작가라면, 또 어린이를 가르쳐야 할 대상으로만 본다면 송이의 행위는 꾸짖음을 받을 수 있는 행동이다.

> 장지문이 좌악 열렸읍니다. 누군가 했더니 인제 금방 이발가신다고 하시던 아버지가 들어오셨읍니다.
> 「아버지! 송이가 아버지 옷을 꺼내 입고 제가 아버지라고 막 뽐내요. 아버지, 저걸 봐요. 정말 송이가 아버지 같우?」
> 아버지는 송이를 보더니,
> 「아버지, 어디 가시려구 차리구 나섰어요?」
> 야단 만날가 봐 어쩔 줄 모르고 섰던 송이도 그제야 아빠가 꾸중을 안 하시는 줄 알고 다시 빠르르 안방으로 달아 들어가 버렸읍니다. …(중략)…
> 송이는 어느 새 아빠 옷을 벗어 제자리에 걸어 놓고 이렇게 큰 소리로 노래를 부르며 밖으로 내달았읍니다.
> 「웅이야! 너두 밖에 나가 놀렴. 오늘은 참 따뜻한 날씨다.」
> 아버지의 말씀이 끝나기가 바쁘게 웅이도 송이가 있는 곳으로

<u>내달았읍니다. 밖은 따스한 봄볕으로 가득 차 있읍니다.</u> [30]

　인용문은 「일요일」의 결말이다. 밑줄 친 부분은 화자시점 서술이 드러나는 부분이다. 이야기 밖에서 모든 것을 총괄하는 화자가 작중 인물들의 행위와 속마음을 전달하고 있다. 보통 동화에서 나타나는 논평적 화자는 이야기에 대해 설명하고 해석하며 독자의 반응을 유도하기에 작품의 결말에 등장하곤 한다. 그러나 이 작품 어디에도 논평적 화자는 나타나지 않는다. 오히려 이발소가 노는 날이라 그냥 돌아오신 아버지는 송이를 보고, "아버지, 어디 가시려고 차리구 나섰어요?" 하며 아이들의 장난에 한몫한다. 이 부분이 소천을 교훈적 작가라고만 치부할 수 없는 이유가 되고 어린이를 교도 대상으로만 보는 작가가 아니라는 근거가 된다. 아빠의 외출복을 입고 장난을 치는 아이에게 장단을 맞춰주고 있는 것이다. 아동 속으로 들어가 있는 그대로의 아동을 보고자 하는 소천의 동심주의 아동관이 드러난다. 대체로 '개인적 아버지'가 그리는 세계를 형상화하는 작품들에서는 「일요일」처럼 일상에서 흔히 볼 수 있는 어린이의 모습을 따뜻한 시선으로 담아낸다. 어떤 설명도 논평도 하지 않는다.

　반면 '사회적 아버지'가 그리는 세계를 형상화하는 작품들에서는 논평적 서술이 드러나곤 한다. 소천은 '사회적 아버지'로서 '있어야 할 세계'를 제시하기 위해 이 서술 방식을 사용한다. 이 경우 화자는 필요에 따라 인물의 내면에 들어가 작가의 의도대로 이야기를 총괄해야 하므

30　강소천, 「일요일」, 『조그만 사진첩』, 40쪽.

로, 논평적 서술이 드러나는 것이다. 논평적 서술로 작가의 의도를 분명히 하며 독자의 반응을 유도하는 것이다. 이로 보건대 소천은 작품을 쓸 때 자신이 전달하고자 하는 담론을 분명히 구분하여 창작하였음을 알 수 있다.

「새해 선물」은 불쌍한 동물, 토끼와 사슴을 외면하고 산타 할아버지의 선물만 받으려 한 창덕의 깨달음을 보여주는 작품이다.

> 설날 아침, 창덕이 책상 앞에는 토끼와 사슴을 그린 두 장의 그림이 붙어 있었습니다.
> 창덕이가 왜 이런 그림을 그려 붙였는지 여러분은 알겠어요?
> 내가 알기는 창덕이는, 매일 저녁, 자기 전, 이 토끼와 사슴을 그려 붙인 책상 앞에 마주 앉아, 그림을 쳐다보며, 그 날에 지난 일을 일기장에 쓸 것입니다.[31]

인용문은 이야기 밖에서 작중 상황을 지켜본 화자가 창덕이가 그림을 그려 붙인 이유를 설명하고 있다. 이처럼 '사회적 아버지'가 그리는 세계를 형상화하는 작품들에서는 자주 논평적 화자가 등장하여 인물의 행위에 대한 해명을 하며 작가의 의도를 설명하곤 한다.

「막동이와 약발이」는 엄마 말을 잘 들어야 한다는 교훈을 보여주는 알레고리 동화이다. 엄마 말을 듣지 않아 낚시에 걸려 어항 속에 살게 된 약발이를 보여줌으로써 자기 마음대로 하려는 어린이의 마음을 경계하게 한다.

---

31 강소천, 「새해 선물」, 『조그만 사진첩』, 49쪽.

그러나 찾아도 찾아도 약발이는 없었습니다. 있을 리가 없습니다. 웅이란 애의 낚시에 걸려 벌써 웅이 책상 위 어항 속에 들어 있는 걸요.

만일 붕어가 하는 이야기를 우리 사람이 들을 수 있다면 약발이는 다시 연못 물에 놓아 달라고 할 테지요.

그리고 막동이를 바보라고 놀려 대던 일을 생각하며

㉠ "막동이를 바보라던 내가 더 바보였어."

하고 ㉡ 엄마 말 잘 듣는 막동이가 무척 부러울 테지요.[32]

위 인용문은 전체가 화자의 분석적 논평이다. 화자는 이야기 밖에서 모든 것을 다 알고 있다. 연못 친구들이 약발이를 찾아다닌다는 것, 그러나 약발이는 웅이에게 잡혀 웅이 책상 위 어항에 있다는 것, 약발이가 막동이를 놀려먹은 것을 후회한다는 것 등 화자가 모르는 일은 없다. 이런 화자는 일방적으로 계도적인 담론을 구성할 때 쉽게 나타난다. 밑줄 친 ㉠처럼 인물의 심정을 추측하여 직접 발화를 가장한 서술을 한다던지 ㉡과 같이 직접 말을 건네는 것 같은 서술로 '엄마 말을 잘 들어야 한다'는 주제를 드러낸다. 이러한 화자는 '사회적 아버지'의 말로 드러나는 계도적인 작품에서 주로 등장한다. 이는 불우한 시대 사회적 아버지로서의 소명의식이 표출된 것으로도 볼 수 있고 주일학교 학생들을 대상으로 동화를 지어 읽어주던 때의 습관이라고도 볼 수 있다.

---

32 강소천, 「막동이와 약발이」, 『종소리』, 86~87쪽.

2) 1인칭 서술

1인칭 서술 상황이 나타나는 경우는 주로 '내면 분열의 서사'를 보여주는 작품들에서다. 1인칭 서술은 기본적으로 두 개의 '나'를 전제로 한다. 하나는 작중 인물로서의 '나'이며 다른 하나는 화자로서의 '나'이다. 보통 전자를 경험자아라 하고 후자를 서술자아라고 한다. 이 두 개의 '나'는 동일인이나 전자가 작중 인물로서의 '나'에 초점이 맞추어진 반면, 후자는 화자로서의 '나'에 초점이 맞추어져 있다. 보통 1인칭 서술에서는 경험자아(인물)가 체험한 일을 서술자아(화자)가 이야기하는 형식이다.

이때 체험과 서술 사이의 거리에 따라 1인칭 서술은 두 가지 양상으로 나타난다. 하나는 경험자아의 체험으로부터 시간이 흐른 후 서술자아의 서술이 시작되는 경우이다. 주로 유년기 체험을 그리는 작품이 여기에 해당된다. 사건을 겪은 경험자아와 회상하는 서술자아 사이에 서사적 거리가 존재한다. 이 거리로 인해 서술자아는 보다 성숙한 인물로 드러나곤 한다. 「꿈을 찍는 사진관」에서, 서술자아는 상당한 시간이 흐른 뒤 경험자아의 과거 경험을 서술한다.

> 순이의 나이는 열 두 살 그대로인데, 나는 지금의 스므 살이니까요. 그동안 나만 여러 해 나이를 더 먹은 것입니다.
> 생각하면, 그도 그럴 수 밖에 없는 일입니다.
> 사실 순이도 북한 땅 어디에 그냥 살아있다면 꼭 내 나이와 같을게 아닙니까. 그러나 나는 그 뒤의 순이를 본 적이 없습니다.
> 내 마음 속에 살아 있는 순이는 언제나 열 두 살 그대로입니다.

…(중략)…

　내가 처음 앉았던 뒷동산에 와 앉아 다리를 쉬며 가슴 속에 간직했던 사진을 끄냈을 때, 나는 또 한번 놀라지 않을 수 없었읍니다.

　분명히 내가 넣었던 곳에서 꺼냈는데 내가 사진관에서 받아든 순이와 같이 찍은 사진이 아니었읍니다. 그것은 내가 좋아 하는 동화집 갈피 속에 끼어 있던 노란색 민들레꽃 카아드였읍니다.[33]

　인용문에서 순이는 과거의 열두 살 그대로인데 나(경험자아)는 현재의 나(서술자아)와 동일하게 스무 살이다. 경험자아는 못 견디게 그리운 순이를 보고 싶어 헤어질 때 순이와 함께했던 순간을 꿈으로 불러내고 사진으로 찍었다. 그런데 그 사진 속에서 순이는 기억에 각인된 과거의 순간을 반영하지만, 이와 대조적으로 나(경험자아)는 시간의 흐름을 반영하고 있다. "순이의 나이는 열 두 살 그대로인데, 나는 지금의 스무 살이니까요"라는 문장은 순이는 과거에 나는 현재에 속해 있음을 보여준다. 각인되어 있는 과거 기억 속에서 과거의 나를 현재의 나와 같은 스무 살로 인지함으로써 과거의 나는 현재의 나와 동일성을 획득하고 있다. 순이는 과거 나와 동일성을 이루었던 고향과 그곳에 있는 가족을 의미한다. 그렇다면 순이가 나와 달리 과거 그대로 드러난다는 것은 순이로 표상되는 그리움의 대상들을 이제는 나와는 분리시킨다는 의미이다. 때문에 과거의 대상들은 아름다운 추억으로 갈무리할 수밖에 없다. 이것이 순이와 찍은 사진이 없어지고 그 자리에 내가 좋아하는 동화책 속의 민들레꽃 카드가 있는 이유가 된다.

33　강소천, 「꿈을 찍는 사진관」, 『꿈을 찍는 사진관』, 36~37쪽.

「꿈을 찍는 사진관」에서 서술자아는 현실의 역사적 개인적 조건을 인지하는 스무 살 성인이다. 또한 이 성인은 작품의 서두에 따사한 봄볕, 일요일, 책, 스케치북, 그림물감 같은 기표로 드러나는 현재의 안온함을 유지하고픈 욕망도 가지고 있다. 때문에 경험자아의 고향으로 돌아가고자 하는 갈망은 서술자아가 판단하는 존재론적 현실 상황에 따라 은폐될 수밖에 없다. 결국 아름다운 추억으로 덮어버림으로써 봉합하는 양상이다.

두 번째 양상은 경험자아의 체험 시간과 잇닿은 채 서술자아의 서술이 시작되는 경우이다. 이 경우, 경험자아와 서술자아가 융합되는 순간 인간적인 격정에 사로잡히게 된다.[34] 「꿈을 파는 집」에서 이를 잘 보여준다.

> "아, 반가운 내 고향 하늘이여! 산과 강물이여! 그리고 나무와 숲이여! 그러나, 있어야 할 내 집과 내 꽃밭은 없고나!"
> 나뭇가지에 앉아, 나는 이렇게 탄식하며 얼마나 울었는지 모릅니다.
> 그러나 산으로부터 내려오는 세 아이, 그것은 틀림없이 어제 밤 꿈할머니에게 준 사진에 있는 내 아이들이었읍니다.
> 누더기를 입고, 맨발을 벗은, 파리해진 세 얼굴!
> 나는 나무 가지에 앉아 그만 목 놓아 울어버리고 말았읍니다.
> …(중략)…
> 나는 더 내 아이들의 얼굴을 보고 있을 수가 없었읍니다.
> 나는 훨훨 날아 마을을 떠났읍니다.
> ㉠ "고향아! 잘 있거라. 내 아이들아! 잘 있거라. 내 인제 곧 다시

---

34   나병철, 『소설의 이해』, 466쪽.

오리라. 새가 아니라 뼈젓이 너희들의 나비가 되어, 이 고향의 새
로운 임자가 되어 태극기 앞세우고 찾아오리라. 그 때까지만 참아
다오. 고향아! 그리고 내 아이들아!"[35]

　인용문은 큰따옴표를 이용해 분명히 경험자아와 서술자아를 구분하
고 있다. 그러나 밑줄 친 부분은 경험자아의 회한과 슬픔이 서술자아
에 침투하고 있는 양상을 보여준다. 경험자아의 기능이 강화되어 서술
자아에 틈입하고 있는 것이다. 그로 인해 경험자아와 서술자아가 융합
되어 ㉠과 같은 순간적인 격정의 토로가 나온다. 그러나 격정의 토로
가 지난 후, "그 순간의 '나'의 중대 발언에 대해 '진실을 입증하는 형식'
으로 지나간 체험을 회상"[36]하게 된다. 서술자아는 경험자아와 혼연일
체가 되어 토로했던 그 발언에 대해 반성적으로 회고하게 되는 것이다.
""꿈을 파는 집"이 어느 산에 있는지를 아무리 생각해 봐야 알 길이 없
고, 설사 안다 하여도, 새가 되어 다시 고향 집에 가 보고 싶지 않았습
니다."(25쪽)라고 경험자아의 욕망을 현실 사회의 질서 속에서 부정해
버린다. 결국 서술자아는 슈탄첼의 발언에 비추어 이야기하자면 "존재
론적 상황에 의해 존재론적으로 결정"[37]함으로써 경험자아의 갈망을 현
실의 강제된 질서 속에서 봉합하는 것이다.
　이 두 작품을 중심으로 소천의 '내면 분열의 서사'에 속하는 작품들
의 1인칭 서술에서 나타나는 대체적인 공통점을 찾을 수 있다. 첫째 화

3. 서술 전략

35　강소천, 「꿈을 파는 집」, 『꿈을 찍는 사진관』, 23~24쪽.

36　나병철, 앞의 책, 467쪽.

37　슈탄첼(F. K. Stanzel), 『소설의 이론』, 김정신 역, 문학과비평사, 1990, 145쪽.

자로서 '나'의 인격적 면모가 잘 드러난다. 인물(경험자아)의 구체적인 성격이나 성별, 신체적 특징 등이 드러나기에 화자(서술자아)는 분명히 인격화된다. 둘째는 주로 성인 인물이 등장한다. 이 또한 화자와 작가를 동일시하는 기제가 된다. 1인칭 서술의 경우, 자기 고백적 의미를 가지기 쉽다. 소천의 경우 고백의 욕망은 분열로 굴절되어 나타나곤 한다. 때문에 성인 인물이 등장할 수밖에 없다. 셋째는 화자(서술자아)의 서술 행위의 동기가 "존재론적 상황에 의해 존재론적으로 결정"된다는 것이다. 즉 서술자아의 서술 동기가 과거의 행위에 대한 해명이나 현재 자신의 삶을 개관하고자 하는 요구로부터 생겨난다는 것이다. 경험자아(인물)는 중요한 사건을 경험하며 후회하고 반성하며 개심(改心)하는 등의 변화를 겪게 되는데, 서술자아가 이 과정을 겪고 난 경험자아의 상태와 일치한다. 때문에 서술자아는 경험자아의 경험을 회상하면서 그에 대해 의미 부여를 하고자 하는 것이다. 즉 경험과 서술, 인물과 화자의 밀접한 관련 속에서 "경험자아의 체험이 서술자아의 서술 행위에 직접 영향을 미치"고, 반대로 "서술자아는 서술 행위 자체를 통해 경험자아의 삶의 완성에 영향을 끼친다."[38]

이러한 공통점이 무엇을 이야기하는지를 살펴보면 소천이 '내면 분열의 형상화'에서 1인칭 서술 방식을 쓰는 이유를 파악할 수 있을 것이다.

첫째와 둘째는 함께 논의될 수 있다. 화자로서 '나'의 인격적 면모가 잘 드러난다는 점과 성인 인물이라는 점은 이들 작품을 보며 작가를 떠올리는 이유가 될 것이다. 작중에 나타나는 인물들은 실제 소천과 상당

---

38   나병철, 『소설의 이해』, 453쪽.

제4장   소천 동화의 담론 형식

한 공통점을 갖고 있다. 물론 '내면 분열의 서사'에서 화자가 성인 인물이 아닌 경우도 있다. 그러나 그런 작품들에서도 간절한 그리움의 대상이 있다든지(「포도나무」), 자녀를 버려두고 왔다든지(「길에서 만난 꼬마」) 하는 공통점을 가지고 있다. 때문에 자신의 내면을 드러내고자하는 소천의 자기 고백적 욕망이 투사되었다고 볼 수 있다. 이것은 셋째 공통점과 밀접한 관련이 있다. 화자의 서술 행위의 동기가 존재론적 요구라는 것이다. 「꿈을 찍는 사진관」에서는 보다 성숙한 서술자아가 경험자아의 갈망을 현실의 존재론적 상황 속에서 봉합한다. 「꿈을 파는 집」 역시 경험자아의 갈망을 현실의 강고한 질서 속에서 서둘러 봉합한다. 여기서 갈망은 북의 고향과 가족에게로 돌아가고자 하는 것이고, 현실의 강고한 질서는 분단과 반공이데올로기 그리고 개인적으로는 남한의 새로운 가족이다. 현실의 강고한 질서가 곧 '나'라는 현실의 자아가 처한 존재론적 상황이다. 성인으로서 이 자아는 현실의 엄혹한 질서에 순응할 수밖에 없는 것이다. 작품들에서 드러나듯 이 현실의 질서는 자아의 갈망을 꿈과 환상을 통해 말할 수밖에 없을 정도로 엄혹했다. 반면 존재의 갈망은 그 엄혹한 현실 속에서도 말할 수밖에 없을 만큼 컸다는 말도 된다. 엄혹한 질서 속에서 억누를 수 없는 갈망을 봉합할 수밖에 없기에 내면의 분열이 일어나고 서사는 균열을 일으킨다.

1953년과 1954년 역사적 개인적 분기점을 지나며 소천은 자신의 삶을 돌아보고 미래를 기획했을 수도 있다. 또는 새로운 출발점 앞에서 자신의 삶의 지향점을 찾고자 하는 내면의 욕구가 있었을 수도 있다. 무엇이든 과거와 분리되어 새로운 삶을 살아야 했던 소천으로서는 자신의 존재 현실을 점검했을 것이다. 그리고 이 과정에서 자연스럽게 자기 고백적 형식인 1인칭 서술 형식이 사용되었다고 볼 수 있다.

3) 인물시점 서술과 복수초점화

인물시점 서술은 3인칭 선택적 시점과 유사한데, 특별히 선택된 인물의 시점으로 그 인물이 보는 외부 인식과 내면의식을 서술한다. 여기서 화자는 화자시점 서술처럼 이야기 외부에 위치한다. 그러나 특정 인물의 시선과 목소리를 띠고 있어서 화자의 서술이 드러나지 않는 것이다. 선택된 인물에 지속적으로 밀착하여 그 인물의 의식에 반영된 바를 제시하기에 인물시점 서술은 선택된 인물이 마치 화자인 것처럼 느껴진다. 이렇게 선택된 인물은 주로 주인공이다. 현대 소설에서 인물시점 서술이 선호되는 것은 인물이 느끼는 직접적인 감각을 얻기 위해서이다. 특정 인물의 시점을 형상화하면서 독자를 그 인물의 위치에 놓이게 하는 것이다. 이렇게 함으로써 독자는 이 인물에 감정이입해 인물의 눈과 의식으로 보게 되어 현장에 있는 듯한 직접성을 얻는다.[39]

소천의 작품은 기본적으로 화자시점 서술을 취하면서 인물시점 서술이 드러나곤 한다. 특히 소천의 경우 특징적인 것은 초점을 맞추는 인물이 변화하면서 복수초점화[40]를 동반한다는 점이다. 인물시점 서술과

---

39 나병철은 이를 다음과 같이 설명한다. "소설의 직접성은 독자의 '언어적 경험'이 그를 '현장 속에 놓이게 하는 경험'으로 치환될 때 비로소 얻어진다." 나병철, 『소설의 이해』, 427~428쪽.

40 리몬-케넌은 몇몇 사람이 교대로 초점화되는 경우를 복수 초점화라 했다. (리몬-케넌, 『소설의 시학』, 117쪽).

복수초점화는 '시대인식의 형상화' 작품군에서 주로 사용된다.

> 둘이 다 정신을 차려 보니, 새장 문이 방문처럼 좌악 열려져 있
> 었습니다. 두 마리의 새는 눈이 둥그래 져 서로 마주 보았습니다.
> 그리곤 의논할 사이도 없이 새장을 날아 났습니다.
> 좁은 새장 속에서 한번 맘 놓고 날개도 펴 보지 못하던 새들은
> 너무 좋아서 날개를 맘대로 펄럭거리며 푸른 하늘을 힘껏 날았습
> 니다.
> 그들은 어느 숲 속에 날아 내렸읍니다.
> 나뭇가지에 앉아 예쁜 꽃이며 춤추는 벌 나비를 바라보며 놀았
> 읍니다.
> "자! 인젠 우리도 이 넓은 세상에서 자유롭게 살 수 있게 되었
> 다."
> …(중략)…
> 이 새들이 살고 있던 집 방안 테이블 위에 놓여 있던 어항 속의
> 금붕어가 그 빈 새장을 바라보았습니다.
> "새들이 문을 열고 달아나 버렸네. 우리도 이 어항을 뚫고 나갈
> 수는 없을가?"
> 하고 금붕어는 주둥이로 어항을 부딪쳤습니다. 그러니깐 어항엔
> 커다란 구멍이 하나 펑 뚫어졌습니다. 그러자, 어항 속의 물이 테
> 이블 위로부터 방바닥을 스쳐 마당으로 흘러 내렸습니다.
> 마침내 그 물은 연못 속으로 흘러 들어갔습니다.[41]

인용문은 장편(掌篇)「봄 날」의 중간 부분이다. 새와 금붕어를 통해 현
실의 억압과 그것을 벗어나 자신의 고향으로 돌아가고자 하는 마음을
상징적으로 그리고 있다. 이 작품은 기본적으로 3인칭 화자 인물시점

---

41   강소천, 「봄 날」, 『꿈을 찍는 사진관』, 56~57쪽.

이다. 그런데 인용문에서 보듯 새와 금붕어로 인물시점 서술이 나타난다. 나병철은 "인물시점 서술인지 아닌지 알아보려면 인물 매체를 1인칭으로 고쳐보면 된다."고 한다.[42] 위 인용문에서 밑줄 친 새들은 '우리들'로, 금붕어는 '나'로 고쳐도 문맥상 아무 문제가 없으므로 인물시점 서술로 볼 수 있다. 새들에서 금붕어로 다시 마지막 부분의 윤이로 초점이 이동하면서 복수초점화도 일어난다.

문제는 중·장편도 아닌 장편(掌篇)에 왜 이러한 복수초점화가 일어나는가이다. 이를 파악하려면 각 인물들이 무엇을 이야기하는지를 살펴보면 될 것이다. 새나 금붕어는 새장과 어항에 있었다. 이들은 자신들이 갇혀 있던 공간을 벗어나는 기쁨을 보여준다. 즉 갇혀 있는 상황과 그것을 벗어나는 기쁨을 새와 금붕어를 통해 반복적으로 보여줌으로써 독자의 공감을 얻고자 하는 것이다. 새와 금붕어의 시점으로 서술되어 마치 독자가 새들과 금붕어와 동일시되어 새장을 벗어나는 새들의 기쁨을 느끼게 되고 금붕어가 연못으로 가는 물길을 떠올리는 직접성 환영을 성취한다.

『그리운 메아리』에도 이러한 인물시점 서술과 복수초점화는 뚜렷이 나타난다.

> ① 학교에서 늦게 집으로 돌아오던 기수는 이상한 것을 보았다.
> 바로 자기 머리 위를 제비 한 마리가 날아 가고 있는 것이 아닌가.
> (아니, 지금이 겨울인데, 웬 제비가 아직 남아 있을까?)
> (9월 9일이면 제비는 강남으로 간다든데…… 다른 제비들은 다

---

42 나병철, 『소설의 이해』, 433쪽.

갔을텐데, 저 제비는 왜 아직도 강남으로 가지 않았을까?)

   …(중략)…

   제비는 더 날아가지 않고 바로 저 쪽 버드나무에 가서 웅크리고 앉아 있었다.

   아무리 보아도, 아무리 생각하여도, 이상한 일이었다. 기수는 슬금슬금 버드나무 아래로 갔다.(27~28쪽)

   ② 냇가에 나와 빨래를 하는 순이 머리 위에, 그 제비가 빙빙 돌고 있었다. 순이는 처음, 그게 무슨 새인지도 몰랐고, 눈여겨 보지도 않았으나, 몇 번이고 자기 머리 위를 도는 것을 보고 보통 새는 아니라고 생각했다. 그러다가, 새는 바로 순이 앞에 선 버드나무 위에 날아와 앉았다.(132쪽)

인용문 ①은 제비가 된 웅길이가 학교에 갔다가 기수를 만나는 장면이다. ②는 제비가 된 박 박사가 북에 가서 순이와 만나는 장면이다.『그리운 메아리』또한 기본적으로 화자시점 서술이다. 그러나 위에서 보는 것처럼 인물시점 서술을 도입한다. 특히 액자 내부 이야기는 인물시점 서술이 주로 나타난다. 내부 이야기에는 웅길과 경자, 박 박사, 유 박사 등이 남과 북의 실상을 알려주는 내용이다. 특이한 점은 이러한 남과 북의 실상이 제비가 된 인물들에 의해 보여지는 것이 아니라는 점이다. 제비가 된 인물을 보는 다른 인물, 예를 들면 기수나 소년의 형 또는 모세나 리 인민위원장 등에 의해 남과 북의 실상을 보여준다. 제비가 된 웅길을 대하는 남한의 사람들이 돈벌이 수단으로 제비를 사고팔고 훔치고 하는 행위와 그들의 내면이 각각의 인물시점 서술로 제시되는 복수초점화가 나타난다. 이 과정에서 제비가 된 웅길이의 발화나 내면 의식은 나타나지 않는다. 이는 북에 간 박 박사 제비도 마찬가지다. 이들을 대하는 각각의 사람들의 행위와 내면이 인물시점 서술로 초점화되어 드러난다. 자연스럽게 서술은 복수초점화의 양상을 띠게 된다.

이렇게 옹길이 제비와 박 박사 제비를 대하는 사람들을 초점화하여 서술함으로써 작가의 서술 목적이 보여주기에 있다는 것을 분명히 한다. 옹길이나 박 박사를 초점화하여 보여주기보다는 이들을 대하는 각각의 사람들을 초점화하는 것이 더 객관적일 수 있기 때문이다. 이 각각의 사람들의 행위나 사고에 나타나는 공통점이 결국 당시 남과 북의 현실인 것이다. 이러한 실상을 반복하며 병치하여 보여줌으로써 작가가 의도하는 분단 고착화의 현실을 보여주고 나아가 진정한 통일 담론을 환기할 수 있게 된다.

이처럼 '시대인식의 형상화' 작품에서 소천은 인물시점 서술과 복수초점화를 이용하여 인물에 감정이입해 인물의 눈과 의식으로 당시의 현실을 보여주고자 했다. 또한 이러한 서술은 보여주기의 객관성을 확보하고, 그럼으로써 독자의 신뢰와 동조를 얻어 당시의 시대에 대한 바른 인식 속에서 통일 담론을 형성하고자 했던 것이다.

지금까지 소천 동화의 담론 형식을 인물, 구성, 서술 전략으로 나누어 살펴보았다. 그 결과 소천 동화의 담론 형식은 각 담론 내용에 따라 달리 적용되어 담론의 내용을 견인하고 구축하는 역할을 하는 것이 확인된다. 구체적으로 '개인적 아버지'가 그리는 세계는 있는 그대로의 어린이를 보여준다. 이는 '있어야 할 세계'와 부합하는 세계상을 그리기에 있는 그대로 순진한 어린이들이 주로 등장한다. 같은 맥락에서 유희하는 어린이를 보여주기 위한 환상도 구사된다. 도입에서는 주로 급진입 전략이 구사된다. 서술은 주로 화자시점 서술로 개인적 아버지가 보는 따뜻한 시선이 담겨 있다.

'사회적 아버지'가 그리는 세계는 화자시점 서술로 서술되며 논평적 화자가 등장하곤 한다. 인물은 두 부류로 나눌 수 있는데 하나는 현실 타개형 인물이고 다른 하나는 환상을 통한 성장형 인물이다. 결핍이 주로 일상생활에서 부딪히는 문제와 관련되어 있을 때 적극적인 행동이나 내적 인식의 전환으로 현실을 타개하는 현실 타개형 인물이 등장한다. 인물들이 현실에서 당면하는 문제가 적극적 행동이나 인식의 전환으로 해결될 수 없을 때, 또는 어느 시대에서나 있을 수 있는 인간 보편의 문제가 될 때 환상을 통해 결핍을 충족하고 깨달음을 얻어 성장하는 인물들이 나타난다. 구성 전략에서는 단편의 경우 단선 구성, 장편의 경우 중층 구성을 취한다.

'내면 분열의 형상화'에서는 환상을 통한 욕망 봉합형 인물이 주로 나타나며 환상은 현실 자각적 기능을 한다. 도입에서 지연 전략이 특이하다. 서술은 주로 1인칭 서술로 나타난다. '시대인식의 형상화'에서도 환상을 통한 욕망 봉합형 인물 유형이 주로 나타나고 환상 또한 현실 자각적 기능을 가진다. 서술 전략은 인물시점 서술과 복수초점화가 두드러진다.

제5장

소천과 오늘날의 동화문학

소천과 오늘날의 동화문학

1937년부터 동화를 발표하기 시작한 소천은 월남 이후 본격적으로 동화 창작에 매진해 타계할 때까지 200여 편이 넘는 작품을 창작했다. 1930년대 후반부터 1960년대 초까지, 한국인의 삶에서 가장 참담하고 참혹한 시기에 소천은 누구보다 많은 동화를 생산하며 어린이와 어린이의 삶과 관계된 일에 앞장섰다. 그러나 우리의 아동문학 연구 형편이 그렇듯 그와 그의 작품에 대한 연구는 양적으로도 질적으로도 충분하지 못하다. 무엇보다도 그의 동화문학은 총체적으로 조감되기보다는 일부 작품에 편중되어 부분적으로 또 단편적으로 다루어져왔다. 특히 몇몇 작품은 집중적으로 다루어진 반면 다수의 동화들은 좀처럼 조명을 받지 못했다. 이런 상황에서 그에 대한 평가는 '꿈의 문학'이라는 긍정적 평가와 함께 '교육적', '반공주의적' 작가라는 부정적 평가가 공존해왔다. 이러한 논의는 일면 타당한 점이 없지 않으나 소천의 일부 작품만을 대상으로 하여 산출된 결과라는 점에서 작가가 살았던 시대와 작품 이해에 한계를 내포할 수밖에 없다. 이런 사정을 고려하여 이 글은 소천 작품 전체를 대상으로 하여, 그의 동화문학이 내포하고 있는 담론 체계를 규명하고자 했다. 이를 위해 먼저 소천 동화의 문학적 배경과 소천의 문학관을 살펴보았다.

소천 동화문학의 근저에는 가계(家系)와 고향이 있었다. 고향 마을을 이끌었던 할아버지와 아름답고 풍요로웠던 고향에 대한 추억은 소천 작품 곳곳에 배어 있다. 할아버지는 고향, 강씨 집성촌에 기독교를 들여왔고 정신적·경제적 지주였다. 소천은 이런 할아버지로부터 기독교 정신과 공동체의 어른으로서의 자세를 배우고 익혔다. 이는 그의 삶 전반을 지배하며 그의 동화 속에서 구현하는 공동체와 공동체 윤리 지향의 근간으로 작동했다.

소천의 문학관은 그의 아동관을 바탕으로 한다. 소천의 아동관은 크게 두 가지로 집약된다. 하나는 동심주의 아동관이다. 그는 아동을 순수하고 천진난만한 존재로 파악한다. 이는 1920년대 근대 아동문학이 형성된 이래 아동문학가들이 유지해온 대표적인 아동관이다. 그러나 소천은 여기에 머무르지 않고 아동 세계로 들어가, 있는 그대로의 아동을 파악하고자 했다. 그럼으로써 그는 '동심지상주의자'와 자신을 구분했고 스스로 동심지상주의라는 이상화에 빠지는 일을 경계했다. 다른 하나는 당시의 시대사적 맥락에서 사회가 요구하는 아동상인 내일의 역군으로서의 아동관이라 할 수 있다. 이 아동관은 사회의 어른으로서 아동들을 돌보고 가르쳐 내일의 역군으로 키워내고자 하는 소천과 당시 성인들의 입장을 반영한다. 즉 사회적 아버지로서 아동을 바라보는 관점이 내재해 있다. 이 두 번째 아동관은, 개인적 아버지로서 아동을 바라본 첫 번째 아동관으로부터 시선을 확장한 것으로 평가할 수 있다.

이와 같은 아동관을 바탕으로 소천이 그리고자 하는 문학은 '있어야할 세계'의 추구이다. 그가 문학에 발을 디디고 창작에 매진했던 1930년대에서 1960년대 초반까지 이 땅은 일제강점기와 전쟁과 분단이라는 거대한 격랑을 겪었다. 현실은 암울하고 황폐했다. 소천은 이러한 "있는 사실"이 아니라 있어야 할 사실, 어린이들이 누려야 할 현실, 되찾아야 할 세계를 상정하고 그리고자 했다. 소천은 이를 자신의 소명이라고 받아들였다. 소천의 문학은 '있어야 할 세계'와 개인의 관계를 탐색하고 이를 형상화하는 일이었다. 때문에 그의 동화 세계는 아버지의 말로 '있어야 할 세계' 보여주기와 '있어야 할 세계'와 현실 사이의 좌절과 도전으로 정리된다.

이를 구체화하면 크게 세 가지 담론으로 나누어진다. 첫째는 '아버지의 말'로 형상화되는 세계이다. 이는 다시 '개인적 아버지'가 그리는 세계와 '사회적 아버지'가 그리는 세계로 구분된다. 둘째는 '내면 분열의 형상화'이고 셋째는 '시대인식의 형상화'이다.

첫째, '아버지의 말'은 한 가정의 아버지로서, 한 사회의 어른(아버지)로서의 역할을 자임하는 소천이 가진 의식이자 규범을 뜻한다. 아버지로서 소천은 "있는 사실"이 아니라 '있어야 할 세계'를 추구한다. 이 두세계와의 관계 속에서 소천이 자신의 소명을 어떻게 자각하고 있는지에 따라 소천은 '개인적 아버지'와 '사회적 아버지'의 말로 이 땅의 어린이들을 호명한다. '개인적 아버지'의 말로 호명하는 어린이들은 주로 '있어야 할 세계' 속에서 천진난만한 모습으로 나타난다. 이 작품군에서 소천은 당위적인 세계에서 울고 웃는 있는 그대로의 어린이의 모습을 오롯이 그려냈다. 여기에는 어떤 감상적 동심주의도, 관념적인 아동상도, 이데올로기도 없다. '사회적 아버지'의 말로 호명하는 어린이와 성인에게 소천은 '있어야 할 세계'를 제시한다. 소천 동화의 65% 정도는 이 작품군에 속하는 작품들이 차지한다. 소천은 분명한 의도와 목적을 가지고 '있어야 할 세계'의 현실적이고 구체적인 모습인 바람직한 공동체 윤리를 형상화하고 있다. 이 작품군에 속하는 동화들은 다시 세 가지 범주로 나누어진다. 공동체 윤리를 형상화하는 작품들과 공동체 연대와 대안 가족을 형상화하는 작품들, 공동체 연대와 예술을 형상화하는 작품들이다. 이들 작품은 계몽적이라는 평가를 피할 수 없지만 척박한 현실을 이겨내기 위해 성인의 역할에 주목했다는 점과 예술이 갖는 역할과 효용에 주목했다는 점에서 의의가 있다.

둘째 '내면 분열의 형상화'에 속하는 작품군에서는 '있어야 할 세계'에 대한 희구와 시대의 엄혹한 질서 사이에서 불화하다 스스로의 욕망을 봉합함으로써 빚어지는 분열의 양상이 드러난다. 요컨대 소천에게 북의 고향과 가족은 '있어야 할 세계'로 희구의 대상이나 분단과 재혼으로 인한 금지가 불화하며 분열을 일으키는 것이다. 여기에 속하는 작품들은 주로 휴전 확정과 남에서의 재혼 시기와 맞물려 창작되기 시작해 이후로 많지는 않으나 간간이 나타난다.

셋째, '시대인식의 형상화'에서는 식민지 시대와 1950년대 소천의 시대인식과 그 서사적 대응 양상을 살펴보았다. 일부 논자들은 소천의 작품이 사회적 맥락을 소거하고 당시의 이데올로기를 수용, 재생산하여 현실 인식이 결여되어 있다고 평가한다. 그러나 소천은 일제강점기 우리 민족의 현실 보여주기와 그 현실 타개를 위한 저항 의지를 구현하고자 하는 작품들을 생산했다. 1953년 휴전협정 이후 소천은 당시 삶의 공간을 폭력적인 공간으로 설정하여 현실의 억압을 상징적으로 형상화한다. 이러한 작품들은 이데올로기와 권력이 강제하는 1950년대 남한에서 북의 고향과 가족에게로 향하는 소천의 내면의 갈망을 상징적으로 보여준다.

이와 같은 담론 내용은 담론 형식에 의해 구현된다. 이 글에서는 이 담론 형식을 크게 세 가지, 인물, 구성, 서술 전략으로 설정하여 살펴보았다. 그 결과 소천 동화의 담론 형식은 각 담론 내용에 따라 달리 구사되어 담론의 내용을 견인하고 구축하는 역할을 한다.

인물 전략에서는 결핍의 문제를 어떻게 해결하느냐에 따라 크게 현실 타개형, 환상을 통한 성장형, 환상을 통한 욕망 봉합형 인물로 나눌 수 있다. 현실 타개형 인물과 환상을 통한 성장형 인물은 주로 '사회적 아버지'의 말로 형상화되는 담론을 견인한다. 환상을 통한 욕망 봉합형 인물은 '내면 분열의 형상화'와 '시대인식의 형상화'의 담론을 구현한다. 예외적으로 '개인적 아버지'의 말로 그리는 세계에서는 결핍과 거리가 먼, 있는 그대로의 어린이 인물이 주로 등장한다.

구성 전략에서는 환상의 기능에 따라, 또 도입 전략에 따라 담론의 내용이 구축된다. '개인적 아버지'가 그리는 세계에서 환상은 주로 유희하는 어린이를 보여주는 기능을 한다. '사회적 아버지'가 그리는 세계에서 구사되는 환상은 인물의 결핍을 충족하고 현실을 살아갈 깨달음을 준다. 때문에 인물은 현실로 돌아왔을 때 성장하는 인물이 된다. '내면 분열의 형상화'와 '시대인식의 형상화'를 그리는 작품군에서 환상은 현실을 자각하는 기능을 한다. 때문에 인물은 현실로 돌아왔을 때 자신의 욕망을 봉합할 수밖에 없다. 도입 전략에서는 배경이나 인물 묘사 없이 바로 본격적인 사건이 시작되는 급진입 도입과 본격적인 사건에 이르기 위해 많은 시간이 소요되고 공간을 이동하는 지연 도입이 구사된다. 이는 작품의 분량에 좌우되기보다는 담론의 성격에 따라 구분된다. '아버지의 말'로 형상화되는 작품군에서는 주로 급진입 도입이 구사된다. 반면 '내면 분열의 형상화'와 '시대인식의 형상화'를 그리는 작품군에서는 지연 도입이 구사된다. '내면 분열의 형상화'와 '시대인식의 형상화' 한 작품에서 나타나는 이러한 구성 전략은 말할 수 없는 것을 말하기 위한 치밀한 설계였다고 볼 수 있다.

서술 전략에서는 화자시점 서술, 1인칭 서술, 인물시점 서술과 복수 초점화가 각각 '아버지의 말'로 형상화되는 세계, '내면 분열의 형상화', '시대 인식의 형상화'의 담론을 견인하며 구축한다.

이러한 연구로 소천의 동화가 내포하는 담론 내용이 일정한 담론 형식에 의해 구현됨을 확인할 수 있다. 더불어 담론 형식이 담론 내용의 타당성을 확보하면서 그의 동화문학이 일정 부분 미학성을 갖추고 있음도 증거한다.

이로써 소천의 동화문학이 아동뿐만이 아니라 성인에게까지 '있어야 할 세계'를 일깨워주며 나아가 미래의 꿈과 희망을 제시하고자 했음을 확인할 수 있다. 아울러 그의 글쓰기가 현실의 억압적 질서에 대응한 결과물이며 그 대응의 과정에서 불거지는 내면 분열의 자기 기록임도 발견할 수 있다. 이러한 연구 결과로 소천의 동화문학이 교훈적인 것만도 아니고, 당시 권력의 이데올로기를 그대로 추수한 것만도 아니라는 사실을 확인할 수 있다. 그러나 그 무엇보다도 중요한 것은 소천의 동화문학이 1930년대 후반부터 1950년대라는, 한국인의 삶에서 가장 참담하고 참혹한 시기에 이 땅의 어린이를 위한 읽을거리로, 그들에게 '있어야 할 세계'를 제시하며 그를 향해 나아가게 했다는 점이다. 더불어 서사 형식의 측면에서 다양한 형식적 실험으로 서사의 확장과 미학성을 확보했다는 점에서도 그 의의가 크다.

이와 더불어 1950년대 소천의 행보는 아동문단사적인 측면에서도 주목을 요한다. 이재철은 1950년대를 1960년대 본격문학이 전개되기 위한 기반 조성기라고 정의하였는데, 소천은 월남한 남한 땅에서 본격적인 아동문학의 전개를 위한 기반 조성에 생을 다 바쳤다 해도 과언이 아니다. 그는 윤석중의 뒤를 이어 1953년부터 한국문학가협회의 아동문학분과위원회의 위원장을 맡아 8년간 활동하며 아동문학의 자주성과 문학적 기능을 공고히 했고, 1950년대 각종 신문과 잡지 등에서 심사위원을 맡아 유능한 신인을 많이 배출하여 한국 아동문학사를 확장시켰을 뿐 아니라 아동문학 이론지 『아동문학』의 발간과 대학 강의 등을 통하여 아동문학의 이론 정립을 위해 노력했다. 이러한 점으로 미루어보면, 1950년대 소천만큼 아동문학의 본격문학 기반 조성에 헌신한 인물도 없었다.

1930년대 후반부터 1960년대 초반까지 소천이 지향한 '있어야 할 세계'는 오늘날에도 여전히 유효하다. 이 유효함은 앞으로의 세계가 어떠한 변화를 예정하는지 가늠할 수 없는 오늘날, 이 사회가 아동에게 어떤 미래를 보여줄 수 있는지, 아동이 무엇을 읽어야 하는지와 맞닿아 있다. 때문에 소천의 동화문학은 아동문학이 현실의 위기를 극복할 수 있는 하나의 문학적 바로미터로서의 가능성도 담보하고 있다.

부록

1. 강소천 연보

1915년(1세)　9월 16일 함경남도 고원군 수동면 미둔리에서 출생. 아버지 강석
우와 어머니 허석운 사이의 2남 3녀 중 2남. 본명은 용률(龍律).
형 강용택이 백부의 양자로 입적(入籍)되어 호적상에는 장남으로
기재되어 있음.

어린 시절 눈동자가 유달리 까매 '까막눈'으로 또 성격이 급하고
음력 생일이 8월 8일이라 '팔팔이'라는 별명으로도 불렸음. 동네
에서 이름난 장난꾸러기였음.

할아버지 강봉규가 세운 미둔리 교회 주일학교를 다니며 성장함.

1925년(11세)　미둔리에서 30리 떨어진 고원읍에 있는 고원공립보통학교 입학.
친척집에서 하숙을 하며 주말이면 30리 길을 걸어 집에 다녀가곤
했음.

소학교 1학년 때 할아버지의 회갑 잔치에서 할아버지의 내력에
대한 긴 연설을 했음. 이 내용은 「꾸러기라는 아이」, 『대답 없는
메아리』 등에 삽입되어 있음.

1926년(12세)　아버지가 고원읍내에 생필품 가게를 열게 되어 가족이 이사를
함.

소천은 하숙을 접고 집에서 통학을 하게 됨.

이곳(함경남도 고원군 고원면 관덕리 2번지)이 본적이 됨. 이곳은
「방패연」, 「웅이와 제비」 등의 작품에서 작중 인물의 고향 주소로
나타남.

1927년(13세)　형, 용택 결혼. 이때 사돈댁이 있던 함경남도 문천군 교월리에서
전택부를 만남.

1928년(14세)	고원공립보통학교 글짓기에서 해마다 상을 받았음.
	4학년 담임선생님의 말에 따라 동요를 지어 잡지사에 보내기 시작했음.
	같은 반 여자 반장인 순이를 사랑했음. 이때의 경험은 동요 「순이 무덤」, 동화 「꿈을 찍는 사진관」 등의 작품의 소재로 표현됨.
1930년(16세)	동요 「버드나무 열매」를 『아이생활』에 발표함(공식 지면 첫 발표).
1931년(17세)	고원공립보통학교 졸업, 영생고등보통학교에 입학, 함흥에서 하숙 생활을 함.
	영생고등보통학교에서 전택부 다시 만남.
	본격적으로 동요·동시를 쓰며 발표함.
	초기에는 본명(강용률)과 필명(소천)을 함께 사용하다가 차차 필명만 사용하고 월남 후 소천으로 개명함.
1934년(20세)	전택부가 일본인 교사의 학생 차별 대우에 항의, 동맹휴학을 결의하다 퇴학 조치를 받음.
	한글 탄압이 본격화됨.
	이즈음 간도 용정의 외사촌 누이 허흥순의 집에서 지내다 왔다고 하나 기간이 정확하지 않음. 그러나 작품 발표 시기를 보면 공백기에 다녀온 것으로 추정할 수 있음. 1934년 5월에 「달님얼골에」(『아이생활』)를 발표하고 1935년 1월 22일에 「강아지신」(『조선중앙일보』을 발표할 때까지 약 8개월간의 공백이 있음. 이 시기 용정에 있었다고 보임.
1936년(22세)	4월에 영생고등보통학교 영어 교사로 부임한 백석과 서로 교유함. 이를 계기로 소천의 동요시집 『호박꽃 초롱』에 백석이 「서시」를 써줌.
1937년(23세)	영생고등보통학교 졸업.
	고향 미둔리로 돌아와 교회의 주일학교 교사로 일하며 동화, 동극 창작 및 한글을 연구함.
	「재봉 선생」(『동아일보』 10.31) 발표함.
	동시 「닭」(『소년』 창간호) 등 여러 편의 동요를 발표함.

손소희 · 박목월 · 황순원 등과 서신으로 친교를 맺음.

1938년(24세) 세 편의 동화를 창작해 신문사 신춘 현상 공모에 응모했으나 다 떨어짐. 그중의 한 편이 「돌멩이」였음.

소천이 첫 결혼을 한 것은 「돌멩이」를 쓴 후 겨울 혹은 1939년 「돌멩이 Ⅱ」를 쓰고 난 겨울이라고 짐작됨. 네 명의 자녀가 있었고 그 이름은 웅이, 순이, 영이, 송이로 볼 수 있음.

1939년(25세) 『동아일보』에서 낙선한 「돌멩이」(2.5~9)를 싣고 원고료와 함께 새로운 동화를 청탁받아 9월 13일부터 18일까지 5회에 걸쳐 「돌멩이 Ⅱ」를 연재함(9월 14일은 연재되지 않음).

「마늘 먹기」(『조선일보』 11.19) 등 여러 작품을 발표함.

「토끼 삼 형제」(『동아일보』 4.28~5.7) 7회 연재함.

1940년(26세) 『매일신보』 신춘 현상 공모에 「전등불의 이야기」가 당선되어 1월 6, 8, 10일 상 · 중 · 하로 게재됨.

「감과 꿀」(『아이생활』 1940.2) 등 여러 작품을 발표함.

「희성이와 두 아들」(『아이생활』 9/10 합본호~1941.2) 5회 연재함.

1941년(27세) 2월 10일, 첫 동요시집 『호박꽃 초롱』을 박문서관에서 출간함.

「허공다리」(『만선일보』 2.26~3.6) 5회 연재함.

1945년(31세) 고향에서 해방을 맞음.

11월부터 고원중학교 교사로 국어를 가르침.

1946년(32세) 6월 청진에서 고향 친구 유관우가 아동문학연구회를 조직하고 소천의 도움을 구함. 가족과 함께 청진으로 옮겨가 청진여자고급중학교 교사로 1948년 8월까지 지냄.

1월 『관서 시인집』(평양 : 인민문화사)과 12월 『응향』(원산문학동맹)이 출간되며 필화 사건이 터짐. 이 사건들을 계기로 북한 전역에 사회주의 문학 이념이 더욱 공고해짐.

10월 북조선문학예술총동맹(공산당 하부 조직) 출범.

1947년(33세) '아동문화사' 사건이 일어남. 이 일로 아동문단에도 사상적 압박이 시작됨.

12월 북조선문학예술총동맹 아동문학위원 발표. 모두 12명의 아동문학위원 명단에 송창일, 노양근 등과 함께 이름이 올라 있음.

7월 「정희와 그림자」(『아동문학』 창간호, 평양) 발표함.

1948년(34세) 9월부터 1949년 2월까지 청진제일고급중학교 국어 교사로 근무.

남북한이 각각 단독 정부를 세워 실질적인 남북 분단이 시작됨.

1949년(35세) 어머니의 회갑 잔치를 열어드림.

동요동시 「가을 들에서」(『소년단』 1949.8, 평양), 「자라는 소년」(『아동문학』 1949.6, 평양), 「나두 나두 크면은」(『아동문학』 1949.12, 평양)을 발표함.

1950년(36세) 동요동시 「둘이 둘이 마주 앉아」(『아동문학집』 제1집), 「야금의 불꽃은」(『아동문학집』 제1집)을 발표함.

6 · 25전쟁 발발.

단신으로 흥남부두에서 배편으로 월남함. 기독교인이라는 이유로 미군에 의해 먼저 구조가 됨.

12월 25일 새벽, 동화와 동시를 쓴 공책들을 싼 보따리 하나를 들고 거제도 장승포항에 도착함. 이때 배 안에서 언 주먹밥 하나로 버틴 일이 큰 병의 원인이 되었을 거라고 이야기함.

1951년(37세) 거제도에서 겨우 입에 풀칠을 하며 살다, 한 초등학교 교장 선생님을 만나 자신이 해야 할 일이 문학임을 깨닫고 부산에 옴.

1951년 초 부산 영도다리 근처에서 영생고보 동기생 박창해 만남.

박창해의 도움으로 대전에서 국군 정훈대대 772부대 문관으로 근무함.

772부대 근무로 신원을 확보하고 8월 부산에 피란 와 있던 문교부(현 교육부) 편수국에서 초등학교 국어 교과서 편찬 및 심의위원으로 일함. 이때 편수국에서 최태호를 만남. 강소천―박창해―최태호의 인맥이 형성됨.

초여름(손소희의 기억) 혹은 10월(김동리의 기억) 창선동 금강다방에서 손소희와 김동리를 만남. 이 만남으로 소천은 전후 한국 아동문단 형성에 주도적으로 참여하게 됨.

1952년(38세)	박창해의 소개로 『리더스 다이제스트』 한국어판 발행회사 대표 이춘우를 만나 함께 『어린이 다이제스트』를 창간(9월)함.
	1952년 7월(창간 준비 기간)부터 1954년 2월까지 『리더스 다이제스트』 주간으로 근무함.
	「교실에 피는 우정」(『새벗』 3월) 등 여러 작품을 발표함.
	「진달래와 철쭉」(『어린이다이제스트』 1952.1~1953.10) 12회 연재-「희성이와 두 아들」 개작 작품.
	9월 제1동화집 『조그만 사진첩』(다이제스트사)을 출간함.
	9월 27일 금강다방에서 출판기념회가 열림. 기념회의 사회를 봤던 김동리의 증언에 따르면 문인, 교수, 친지 등 의외로 많은 사람이 참석했다고 함.
	이 시기 소천은 전쟁 전에 월남해 있다 부산으로 피란 와 있던 둘째 여동생 용옥의 집에 기거하고 있었고 여름부터는 장조카 경구도 함께 지내고 있었음.
1953년(39세)	7월 27일 휴전협정 체결 이후 서울로 올라옴.
	한국문학가협회 아동문학분과위원장이 됨(이후 8년간 지속함).
	5월 「꽃신」(『학원』) 등 여러 작품을 발표함.
	10월 제2동화집 『꽃신』(문교사)을 출간함.
	10월 제3동화집 장편동화 『진달래와 철쭉』(다이제스트사)을 출간함.
1954년(40세)	문교부 교과용 도서편찬심의위원으로 활동함.
	외사촌 누이 허흥순의 소개로 황해도 해주 행정고녀 출신 최수정을 소개받아 결혼(1954년 초)을 하고 한남동에서 살림을 시작함.
	3월 「꿈을 찍는 사진관」(『소년세계』 1954.3)과 「꿈을 파는 집」(『학원』 1954.3) 등 여러 작품을 발표함.
	6월 제4동화집 『꿈을 찍는 사진관』(홍익사)을 출간함.
	12월 선집(選集) 『강소천 소년문학선』(경진사)을 출간함.
1955년(41세)	1월 장녀 남향 출생.
	8월부터 1960년 1월까지 어린이 잡지 『새벗』에서 주간으로 일함.

폭넓은 인맥을 바탕으로 문학과 교육을 연계하는 다양한 내용을 잡지에 담음.

소천의 흥남 철수 과정을 모티프로 한 김동리의「흥남 철수」가 발표됨.

「동화 아닌 동화」(『새벗』2월) 등 여러 작품을 발표함.

「해바라기 피는 마을」(『새벗』1955.7~ 1956.8)을 14회 연재함.

1956년(42세)   9월 차녀 미향 출생.

「잃어버렸던 나」(『한국일보』3.26~5.3)를 35회 연재하는 등 여러 작품을 발표함.

6월 제5동화집『종소리』(대한기독서회)를 출간함.

10월『해바라기 피는 마을』(대동당)을 출간함.

1957년(43세)   5월 5일 우리나라 최초 '어린이헌장'이 제정·공포됨. 이 일은 시작에서 끝까지 소천이 주도하고 많은 사람들이 힘을 합쳐 이루었음.

「메리와 귀순이」(『어린이동산』1957.1) 등 여러 작품을 발표함.

12월 제6동화집『무지개』(대한기독교교육협회)를 출간함.

1958년(44세)   한국보육대학교 출강.

「나무야 나무야 누워서 자거라」(『경향신문』2.2)를 발표함.

「인형의 꿈」(『경향신문』3.20~5.21)을 60회 연재하는 등 많은 작품을 발표함.

12월 제7동화집『인형의 꿈』(새글집)을 출간함.

1959년(45세)   이화여자대학교에 출강함. 아동문학 강의 처음 개설함.

문교부 교수요목제정심의위원, 국정교과서편찬위원으로 활동함.

10월 장남 현구 출생.

「대답 없는 메아리」(『연합신문』1.13~4.19)를 88회 연재함.

2월 저학년을 위한 동화 선집(選集)『꾸러기와 몽당연필』(새글집)을 출간함.

「날아가는 곰」(『서울신문』6.21~7.26)을 6회 연재하는 등 여러 작품을 발표함.

1960년(46세)	연세대학교 출강.

1960년(46세)   연세대학교 출강.

이 시기 인천 창영초등학교, 이화여대부속초등학교에서 글짓기 수업을 진행하며 도시 학교와 외딴섬·두메 학교의 자매 결연 운동, '어깨동무학교'운동에도 적극 참여함.

2월『새벗』주간을 그만두며 수필「새벗을 떠나며」(『새벗』1960.2)를 발표함.

8월 제8동화집, 장편동화『대답 없는 메아리』(대한기독교교육협회)를 출간함.

11월 20일 아동문학연구회 창립, 회장으로 활동함.

「빨간 크레용, 까만 크레용」(『가톨릭소년』 2월) 등 여러 작품을 발표함.

「봄이 너를 부른다」(『연합신문』12.8~1961.6.1)를 128회 연재함.

1961년(47세)   문교부 우량도서선정위원으로 활동함.

3월 위암 수술을 받음. 부산의대에 있던 장기려 박사가 집도함.

8월 서울 중앙방송국 자문위원으로 활동함. 이즈음부터 1963년까지 서울중앙방송국 라디오 프로그램 '퀴즈올림픽'과 이를 이어받은 프로그램 '재치문답'에 고정 출연함.

「나는 겁쟁이다」(『새벗』1961.7) 등 여러 작품을 발표함.

12월 선집(選集)『강소천 아동문학독본』(을유문화사)을 출간함.

12월 한국문인협회 이사가 됨.

1962년(48세)   한국문학가협회 이사로 활동함.

10월 아동문학 이론 전문지『아동문학』(배영사)을 창간함. 주간은 최석기, 편집위원은 강소천, 김동리, 박목월, 조지훈, 최태호가 맡음. 부정기 간행지로 매호 아동문학의 현실을 진단하고 미래를 개척하는 주제로 심도 있는 지상 심포지엄을 여는 등 아동문학의 이론적 저변을 확대한 잡지로 평가됨.

「소나무의 나이」(『새벗』1962.1) 등 여러 작품을 발표함.

1963년(49세)   1월『한국아동문학전집―강소천편』(민중서관)을 출간함.

1월 제9동화집『어머니의 초상화』(배영사)를 출간함.

4월 서울대병원에서 간경화증 진단을 받고 입원함.

5월 6일 오후 1시 57분, 간암으로 타계함. 장녀 남향에게 "학교 잘 다니고 착한 사람 되어라", 친구 박창해에게 웃으며 "소천은 마르지 않는다"고 마지막 유언을 함.

5월 10일 경기도 양주군 교문리 가족 묘지에 안장됨.

5월 20일 문화공보부에서 주최하는 제2회 오월문예상 수상함.

5월 장편동화『그리운 메아리』(학원사)가 출간됨.

8월『강소천 아동문학전집』1권, 2권(배영사)이 출간됨.

11월『강소천 아동문학전집』3권, 4권(배영사)이 출간됨.

1964년	4월『강소천 아동문학전집』5권, 6권(배영사)이 출간됨. 이 전집은 한국출판문화상(한국일보사)과 교육도서출판상(대한교육연합회) 대상 도서로 선정됨. 5월 6일 1주기 추도식과 시비 제막식이 열림. 시비에는「닭」이 새겨졌음. 7월 동시와 동극을 실은『강소천 선생 추모 작품집 – 봄동산 꽃동산』(배영사)이 출간됨.
1965년	강소천문학상 제정. 처음 배영사에서 주관하던 이 상은 계몽사를 거쳐 현재 교학사에서 운영하고 있음.
1975년	4월『소년소녀 강소천 문학전집』(신교문화사, 전7권)이 출간됨. 이후 이 전집은 문천사에 넘어가 1976년에는 똑같이, 1977년에는 작품을 나누어 전8권으로 출간됨. 이후 1978년에는『그리운 메아리』『봄이 너를 부른다』『해바라기 피는 마을』『바다여 말해다오』가 추가되어 전12권이 됨.
1981년	11월『강소천 문학전집』(문음사, 전15권)이 출간됨.
1985년	10월 19일 국민훈장 대통령 금관문화훈장 추서됨.
1987년	10월 17일 서울 어린이대공원에 강소천문학비가 건립됨.
2006년	국립어린이청소년도서관에 강소천문고가 개관됨. 1월 10일『강소천 아동문학전집』(전10권, 교학사)이 출간됨.
2009년	4월 3일『강소천 동요집』이 강소천닷컴에서 출간됨.

2015년	탄생 100주년. 국립어린이청소년도서관에서 탄생100주년 기념식 개최됨.
	5월 박덕규 글, 『강소천 평전』(교학사)이 출간됨.
	5월 김용희 · 김종회 편, 『강소천』(새미)이 출간됨.
	6월부터 『강소천 전집』 복간본(재미마주)이 출간중.
	6월 『호박꽃 초롱』, 『조그만 사진첩』, 『꽃신』이 출간됨.
	7월 『진달래와 철쭉』, 『꿈을 찍는 사진관』이 출간됨.
2016년	2월 『종소리』, 『무지개』가 출간됨.

2. 소천 동화 목록

1) 월남 이전 창작 작품

연번	제목	발표지	연도
1	재봉 선생 ⇒ 가사 선생	『동아일보』	1937.10.31
2	돌맹이 1(5회 연재)	『동아일보』	1939.2.5~2.9
3	토끼 삼형제(7회 연재)	『동아일보』	1939.4.28~5.7(5월 1일, 3일, 5일 빠짐)
4	삼굿(상 · 중 · 하 분재)	『동아일보』	1939.7.24~7.29
5	보쌈(상 · 중 · 하 분재) ⇒ 여름방학 일기	『동아일보』	1939.8.13~8.15
6	새로 지엇든 이름 (상 · 중 · 하 분재)	『동아일보』	1939.8.22~8.25
7	돌맹이 2(7회 연재)	『동아일보』	1939.9.13~9.18(14일 빠짐)
8	빨간 고추	『동아일보』	1939.10.17
9	마늘먹기	『조선일보』	1939.11.19
10	밤 아홉 톨	『조선일보』	1939.12.3
11	속임(4회 연재)	『동아일보』	1939.12.7~12.10
12	전등불의 이야기(상 · 중 · 하 분재)	『매일신보』	1940.1.6~1.10
13	감과 꿀	『아이생활』	1940.2
14	딱따구리	『만선일보』 『소년』	1940.9.27~11.3 제4권 제12호(1940.12)
15	네거리의 나룻배	『만선일보』	1940.11.10
16	희성이와 두 아들 (5회 연재)	『아이생활』	1940.9/10 합본~1941.2
17	허공다리	『만선일보』	1941.2.26~3.6

18	박 송아지		『강소천 소년문학선』(경진사, 1954)의 후기에는 8·15해방기에 썼으나 원고를 가지고 다니다 잃어버려 다시 쓴 것이라고 함.
19	정희와 그림자	『아동문학』	1947.7

2) 월남 이후 발표 작품

① 단편동화집

연번	제목	수록 작품		발표 지면	출판사/ 연도
1	조그만 사진첩	1. 박 송아지		『어린이다이제스트』 1952.9 (창간호)	다이제 스트사 1952
		2. 딱따구리		『소년』 제4권 제12호 1940.12	
		3. 조그만 사진첩			
		4. 아버지		『새벗』(「교실에 피는 우정」) 1952.3	
		5. 꼬마 동화 다섯 편	잠꾸러기		
			마늘 먹기	『조선일보』 1939.11.19	
			과일점		
			일요일		
			빨간 고추	『동아일보』 1939.10.17	
		6. 새해 선물		『새가정』 (「꼬마의 산타클로스」) 1957.12 『연합신문』 1958.1.20	
		7. 술래잡기			
		8. 정희와 그림자		『아동문학』(북한) 1947.7(창간호)	
		9. 바둑이와 편지			
		10. 달밤에 만난 동무			
		11. 돌멩이 Ⅰ		『동아일보』 1939.2.5.~2.9 (5회)	

1	조그만 사진첩	12. 돌멩이 Ⅱ	『동아일보』1939.9.13~18 (9월 14일 빠짐, 5회)	다이제스트사 1952
		13. 토끼 삼 형제	『동아일보』1939.4.28.~29, 5.1~2, 5.4, 5.6~7(7회)	
2	꽃신	1. 그리운 얼굴	『소년세계』1953.6	문교사 1953
		2. 방패연		
		3. 꽃신	『학원』1953.5	
		4. 만점 대장		
		5. 신파 연극	『새벗』1953.2	
		6. 푸른 태양		
		7. 가사 선생	『동아일보』(「재봉 선생」) 1937.10.31	
		8. 제일 반가운 편지	『새벗』1953.5	
		9. 인형과 크리스마스	『어린이다이제스트』(「각시와 크리스마스」) 1952.12	
		10. 산따 할아버지의 선물		
		11. 준이와 구름		
		12. 눈사람		
		13. 아기 참새 삼 형제		
		14. 꽃이 되었던 나		
		15. 빨강눈 파랑눈이 내리는 동산	『어린이다이제스트』 1953.1	
		16. 사슴골 이야기		
		17. 설 맞이 하는 밤	『매일신보』(「전등불의 이야기」) 1940년 1월 6, 8, 10일 상·중·하 분재. 1961년 『강소천 아동문학독본』에서부터 「전등불들의 이야기」로 실림	
3	꿈을 찍는 사진관	1. 준이와 백조	『소년세계』1953.9	
		2. 꿈을 파는 집	『학원』1954.3	
		3. 꿈을 찍는 사진관	『소년세계』1954.3 『동아일보』1954.6.17	

3	꿈을 찍는 사진관	4. 옹이와 제비		홍익사 1954
		5. 크리스마스 종이 울면	『새벗』 1953.12	
		6. 비둘기	『스크랩 3권』 1954.5.3	
		7. 봄 날	『조선일보』 1954.3.29	
		8. 푸른 하늘		
		9. 아기 토끼		
		10. 명수의 시험 공부	『서울신문』(「명수의 산수 시험 공부」) 1953.6.21	
		11. 허공다리	『어린이다이제스트』 1953.8	
		12. 고향으로 돌아가는 배에서	『학원』 1953.10	
		13. 퉁수와 거울	『소년세계』 1954.5	
4	종소리	1. 그리다 만 그림	『소년소녀만세』 1954.5	대한기독교 서회 1956
		2. 잃어버린 시계	『경향신문』 1955.9.10~9.25 (15회)	
		3. 멀리 계신 아빠		
		4. 동화 아닌 동화	『새벗』 1955.2	
		5. 송이와 연		
		6. 언덕길		
		7. 감과 꿀	『아이생활』 164호 1940.2, 『어린이다이제스트』 1953.10	
		8. 남의 것 내 것		
		9. 민들레		
		10. 막동이와 약발이		
		11. 버스에게서 들은 소리	『조선일보』(「버스가 들려준 이야기」) 1954.11.29	
		12. 종소리	『학원』 1955.12	
		13. 산 속의 크리쓰마스		
		14. 임금님의 눈		

4	종소리	15. 크리쓰마스 카아드	『한국일보』1961.12.6	대한기독교 서회 1956
		16. 꼬마 싼타의 선물	『기독시보』(「어머니께 드리는 선물」) 1954.12.18 『교육시보』(「꼬마 산타의 선물」) 1955.1.1	
		17. 크리쓰마스 꼬까옷	『조선일보』 1954.12.23	
		18. 크리쓰마스 선물	『경향신문』1954년 12월 25일, 31일	
		19. 생일날에 생긴 일	『소년세계』1955.1	
5	무지개	1. 잃어버렸던 나	『한국일보』1956.3.26~5.3 (35회)	대한기독교 서회 1957
		2. 메리와 귀순이	『어린이동산』1957.1	
		3. 무지개		
		4. 맨발	『저축순보』(「헌고무신」) 1955.4.16; 『동아일보』(「맨발」) 1955.5.1; 『경향신문』(「맨발」) 1957.5.5	
		5. 조각빗	『학원』1956.8	
		6. 눈 내리는 밤	『어린이동산』1956.11/12 합본호	
		7. 누가 누가 잘하나		
		8. 꾸러기라는 아이		
		9. 조판소에서 생긴 일	『학원』1957.6	
		10. 어떤 작곡가	『소년세계』(「작곡가와 수풀 아가씨」) 1955.6, 『현대문학』(「어떤 작곡가」) 1955.12	
		11. 인어		

6	인형의 꿈	1. 꽃신을 짓는 사람		새글집 1958
		2. 영식이의 영식이		
		3. 칠녀라는 아이		
		4. 잠꾸러기	『서울신문』1958.7.13	
		5. 영점은 만점이다		
		6. 찔레꽃	『학원』1955.5	
		7. 피리불던 소녀	『새가정』1957.9	
6	인형의 꿈	8. 대낮에 생긴 일	『서울신문』1958.5.5	새글집 1958
		9. 바람개비 비행기		
		10. 파랑새의 봄		
		11. 나무야 누워서 자거라	『경향신문』1958.2.2	
		12. 인형의 꿈	『새가정』(「인형의 비밀」) 1954.5, 『경향신문』(「인형의 꿈」) 1958.3.20~5.21(60회)	
7	어머니의 초상화	1. 어머니의 초상화		배영사 1963
		2. 짱구라는 아이		
		3. 아버지는 살아계시다		
		4. 도라지꽃		
		5. 꽃씨		
		6. 빨강 크레용 까만 크레용	『가톨릭소년』1960.2	
		7. 이상한 안경		
		8. 동갑 나무		
		9. 나 혼자 부른 합창	『새벗』1959.10	
		10. 누나와 조가비		
		11. 다시 찾은 푸른표	『소년생활』(「푸른 차표」) 1958.11	
		12. 꾸러기 행진곡		

② 선(選)집

연번	제목	수록 작품	수록지/발표 지면	출판사/연도
1	강소천 소년 문학선	1. 돌맹이	『조그만 사진첩』	경진사 1954
		2. 박 송아지	『조그만 사진첩』, 『아동문학독본』	
		3. 조그만 사진첩	『조그만 사진첩』	
		4. 그리운 얼굴	『꽃신』	
		5. 꽃신	『꽃신』, 『아동문학독본』	
		6. 사슴골 이야기	『꽃신』	
1	강소천 소년 문학선	7. 고향으로 돌아가는 배에서	『꿈을 찍는 사진관』	경진사 1954
		8. 꿈을 파는 집	『꿈을 찍는 사진관』	
		9. 꿈을 찍는 사진관	『꿈을 찍는 사진관』	
		10. 어머니 얼굴	『소년세계』 1954.8	
		11. 포도나무	『학원』 1954.9	
2	꾸러기와 몽당 연필	1. 아기 곰	『서울신문』(『창경원에서 만난 아기 곰』) 1958.12.14	새글집 1959
		2. 길에서 만난 꼬마		
		3. 마늘 먹기	『조그만 사진첩』	
		4. 빨간 고추	『조그만 사진첩』	
		5. 잠꾸러기	『조그만 사진첩』, 『인형의 꿈』	
		6. 일요일	『조그만 사진첩』	
		7. 짐승 학교		
		8. 5월의 꿈	『연합신문』 1958.5.4	
		9. 편지의 호텔		
		10. 꾸러기와 몽당연필	『어린이 동산』(『식이와 몽당연필』) 1956.5	
		11. 푸른 태양	『꽃신』	
		12. 인형과 크리스마스	『꽃신』	
		13. 막동이와 약발이	『종소리』	
		14. 영식이의 영식이	『인형의 꿈』	

2	꾸러기와 몽당 연필	15. 바둑이와 편지	『조그만 사진첩』	새글집 1959
		16. 아기 다람쥐	『평화신문』 1957.9.24~11.17 (10회)	
3	강소천 아동 문학 독본	1. 해바라기 피는 마을	『해바라기 피는 마을』 1956	을유문화사 1961
		2. 토끼 삼 형제	『조그만 사진첩』	
		3. 전등불들의 이야기	『꽃신』	
		4. 딱따구리	『조그만 사진첩』	
		5. 박 송아지	『조그만 사진첩』 『강소천 소년문학선』	
3	강소천 아동 문학 독본	6. 꽃신	『꽃신』 『강소천 소년문학선』	을유문화사 1961
		7. 꿈을 찍는 사진관	『꿈을 찍는 사진관』 『강소천 소년문학선』	
		8. 설날에 생긴 일	『종소리』	
		9. 어떤 작곡가	『무지개』	
		10. 무지개	『무지개』	
		11. 꽃신을 짓는 사람	『인형의 꿈』	
		12. 칠녀라는 아이	『인형의 꿈』	

③ 중 · 장편동화집

연번	제목	발표 지면/연도	출판사/연도
1	진달래와 철쭉	『아이생활』(「희성이와 두 아들」) 1940.9/10 합본호~1941.2(5회) 『어린이다이제스트』(「진달래와 철쭉」) 1952.11~1953.10(12회)	다이제스트사 1953
2	달 돋는 나라	『소년연합신문』 1955.1.23~4.10(12회) 『강소천 아동문학전집 6 조그만 하늘』(배영사)부터 「내 어머니 가신 나라」로 실림	대한기독교서회 1655
3	바다여 말해다오	『연합신문』 1955.5.21~6.7(10회)	대한기독교서회 1955

4	해바라기 피는 마을	『새벗』 1955.7~1956.8(14회)	대동당 1956
5	대답 없는 메아리	『연합신문』 1959.1.13~4.19(88회)	대한기독교서회 1960
6	그리운 메아리		학원사 1963

④ 전집

『강소천 아동문학전집』(전6권), 배영사, 1963.8~1964.4

『소년소녀 강소천 문학전집』(전7권), 신교문화사, 1975

『강소천 아동문학전집』(전12권), 문천사, 1978

『강소천 아동문학전집』(전15권), 문음사, 1981

『강소천 아동문학전집』(전10권), 교학사, 2006

『강소천 전집』(복간본, 전10권 예정), 재미마주, 2015. 6~

3. 소천과 소천 문학에 대한 글

이름	제목	최초 수록지면	재게재 지면
강남향	아버지	『아동문학』 제10집 (1964.12)	
김동리	'꿈을 파는 집'에 붙임	『강소천 아동문학전집 4 꿈을 파는 집』 (배영사, 1963.8)	『강소천 문학전집 5 대답 없는 메아리』 (문음사, 1981.11)
	강소천 형을 애도함 (애도사)	『아동문학』 제5집 (1963.6)	
	강 소천, 그 인간과 문학	『강소천 문학전집 5 대답 없는 메아리』 (문음사, 1981.11)	『강소천 문학전집 14 유리산의 공주』 (문음사, 1981.11) 『강소천 아동문학전집 9 그리운 메아리』 (교학사, 2006.1)
김요섭	바람의 시, 구름의 동화	『아동문학』 제10집 (배영사, 1964.12)	작자 수정 후 『강소천 문학전집 3 꿈을 찍는 사진관』(문음사, 1981.11), 『강소천 아동문학전집 1 꿈을 찍는 사진관』(교학사, 2006.1)
남미영	꿈 · 고향 · 그리움 :강소천 선생이 주고 가신 세계	『강소천 선생 40주기 기념 추모의 글모음』(교학사, 2003)	『강소천 아동문학전집 6 해바라기 피는 마을』 (교학사, 2006.1)
박경종	대보다 더 곧은 소천 형	『현대문학』(1963.6)	『강소천 문학전집 12 짱구라는 아이』 (문음사, 1981.11)
	강소천 선생 시비 건립기	『강소천 문학전집 8 바다여 말해다오』(문음사, 1981.11)	

박목월	해설	『강소천 아동문학독본』 (1961.12)	작자의 수정 후 「소천의 작품 – 성인들의 이해를 위하여」란 제목으로『강소천 아동문학전집 2 잃어버렸던 나』(배영사, 1963.8)에 실림. 문음사 9『꾸러기 행진곡』(1981.11), 교학사 8『봄이 너를 부른다』에「내가 본 소천 문학」으로 실림
	소천에게(시)	『아동문학』 제5집 (1963.6)	
	소천 형 영전에 (애도사)	『아동문학』 제5집 (1963.6)	
박창해	강소천 선생 – 어린이와 함께 사신 문학가 –	『강소천 아동문학전집 3 그리운 얼굴』 (배영사, 1963.11)	『강소천 아동문학전집 3 나는 겁쟁이다』 (교학사, 2006.1)
	소천 강 선생의 생애와 아동 문학	『강소천 문학전집 11 그리운 메아리』 (문음사, 1981.11)	
박철희	시적 영역과 지평선	『현대문학』(1963.6)	
박홍근	강 소천 선생의 동시의 세계 – 어린이들의 이해를 위하여	『강소천 아동문학전집 6 조그만 하늘』 (배영사, 1964.4)	
방기완	아이와 어른의 조화	『현대문학』(1963.6)	
손소희	강소천 씨와 나	『현대문학』(1963.6)	
서석규	아름다운 꿈의 세계	『강소천 아동문학전집 5 초록색 태양』 (배영사, 1964)	
	어린이 헌장과 어깨동무 – 강소천 선생의 어린이 문화운동 –	『강소천 아동문학전집 7 잃어버렸던 나』 (교학사, 2006)	
	새로운 꿈을 향한 출발:아동문학연구회와 강소천	『문학마당』 (2014. 가을)	

신현득	동심으로 외친 항일의 함성	『강소천 선생 40주기 기념 추모의 글모음』(교학사, 2003)	『강소천 아동문학전집 10 호박꽃 초롱』 (교학사, 2006)
어효선	순진 솔직 엄격:강소천의 인간과 문학	『현대문학』(1963.6)	『강소천의 인간과 문학 - 순진 · 솔직 · 엄격』 『강소천 문학전집 6 봄이 너를 부른다』, 『강소천 문학전집 13 아기 코끼리』 (문음사, 1981)
	〈호박꽃 초롱〉은 내 교과서	『강소천 선생 40주기 기념 추모의 글모음』 (교학사, 2003)	『강소천 아동문학전집 4-꾸러기와 몽당연필』 (교학사, 2006)
이종환	童心, 그대로의 作家:강소천의 인간과 문학	『현대문학』(1963.6)	
이원수	소천의 아동문학	『아동문학』 제10집 (1964.12)	
임인수	소천의 동화	『현대문학』(1963.6)	
유경환	순수무구에의 꿈	『아동문학』 제10집 (1964.12)	
윤석중	소천이 걸어온 길	『아동문학』 제5집 (1963.6)	
	소천은 갔다	『현대문학』(1963.6)	
	소천의 세계	『강소천 문학전집 1 보슬비의 속삭임』(문음사, 1981.11)	
전영택	책끝에 드림	『종소리』(1956.6)	
	대답 없는 메아리에 부치는 말씀	『대답 없는 메아리』 (1960.3)	
정원석	한 못난 제자의 회상	『강소천 문학전집 7 해바라기 피는 마을』 (문음사, 1981.11)	

전택부	소천의 고향과 나	『강소천 문학전집 2 조그만 사진첩』 (문음사, 1981.11)	『강소천 아동문학전집 2 꽃신을 짓는 사람』 (교학사, 2006.1)
조지훈	애도 강소천 형 (애도사)	『아동문학』 제5집 (1963.6)	
차능균	영원한 어린이의 벗	『아동문학』 제10집 (1964.12)	
최인학	꿈 많은 세계	『아동문학』 제10집 (1964.12)	
최태호	발跋	『조그만 사진첩』(1952.8)	
	발跋	『어머니의 초상화』(1963.1)	
	강소천 선생의 작품─어린이들의 이해를 위하여	『강소천 아동문학전집 1 나는 겁쟁이다』 (배영사, 1963.8)	
	소천의 문학	『아동문학』 제5집 (배영사, 1963.6)	수정─「소천의 문학 세계」 『강소천 문학전집 4 꽃신 짓는 사람』(문음사, 1981) 『강소천 문학전집 10─진달래와 철쭉』 (문음사, 1981) 『강소천 아동문학전집 5─꾸러기 행진곡』 (교학사, 2006)

4. 작품 서지 수정[1]

연번	작품 제목	발표지	발표한 날짜	비고
1	마늘 먹기	조선일보	1939.1 → 1939.11.19	날짜 수정
2	밤 아홉톨	조선일보	1939.12.3	발표 지면, 연도, 날짜 확인
3	전등불의 이야기	매일신보	1940.1.6~ → 1940.1.6,8,10	날짜 수정
4	신파연극	새벗	1953.3 → 1953.2	발표 월 수정
5	꽃이 되엇던 나	연합신문	1953.3.29	발표 지면, 날짜 확인
6	봄 날	연합신문 → 조선일보	1954.3.29	발표 지면 수정
7	버스가 들려준 이야기	연합신문 → 조선일보	1954.11.29	발표 지면 수정
8	동화 아닌 동화	학원 → 새벗	1955.2	발표 지면 수정
9	크리스마스 꼬까옷	조선일보	1954.12.23	발표 지면 확인
10	달돋는 나라	연합신문 → 소년연합신문	1955.5.11 → 1955.1.23~4.10	발표 지면, 날짜 수정
11	잃어버렸던 나	한국일보	1956.3.26~? → 1956.3.26 ~ 1956.5.5	발표 지면 확인, 날짜 수정
12	닭이라는 새	서울신문	1957.1.1	발표 지면, 연도 확인
13	잠꾸러기	서울신문	1958.7.13	발표 지면 확인
14	새해 선물	연합신문	1958.1.20	발표 지면, 날짜 확인

---

1   이 표는 2015년 발표한 박금숙의 「강소천 동화의 서지 및 개작 연구」의 서지 내용 중 확인이 되지 않은 사항을 확인하고 오류 사항을 수정한 내용이다.

15	5월	연합신문	1958.5.4	발표 지면, 날짜 확인
16	대낮에 생긴 일	서울신문	1958.5.5	발표 지면, 날짜 확인
17	창경원에서 만난 곰	서울신문	1958.12.14	발표 지면 확인
18	커다란 꿈	연합신문	1959.1.1	발표 지면, 연도, 날짜 확인
19	은희의 인형	서울신문	1959.2.5	발표 지면, 연도 확인
20	어머니의 초상화	소년한국일보	1960.7.17~7.31 → 1958.7.17	「단편리레-연재소설:어머니의 초상화」로 1회만 확인 가능. 연도, 날짜 수정
21	날아가는 곰(그림동화)	서울신문	1959.6.21 ~ 7.26(6회)	2회 소실 추정. 발표 날짜 확인
22	미야와 황소	교육시보 → 서울신문	1961.1.7	발표 지면 수정
23	남쪽 벌판 북쪽 벌판	대한일보	1961.5.28	발표 지면, 연도, 날짜 확인
24	크리스마스 카아드 (스크랩 11권)	한국일보	1961.12.6	발표 지면, 연도 확인
25	동전 한잎	서울신문	1962.11.2	발표 지면, 연도 확인
26	잃어버렸던 나	한국일보	1956.3.25.~5.3 (35회)	발표 지면 확인
27	대답 없는 메아리	연합신문	1958.?~1959.? → 1959.1.13.~4.19 (88회)	연도, 날짜 수정
28	한국아동문학전집 -강소천편	민중서관	1963 → 1962	연도 수정

1. 기본 자료

■ 강소천 창작집

『조그만 사진첩』, 다이제스트사, 1952.

『꽃신』, 문교사, 1953.

『진달래와 철쭉』(장편), 다이제스트사, 1953.

『꿈을 찍는 사진관』, 홍익사, 1954.

『종소리』, 대한기독교서회, 1956.

『무지개』, 대한기독교서회, 1957.

『인형의 꿈』, 새글집, 1958.

『대답 없는 메아리』(장편), 대한기독교서회, 1960.

『어머니의 초상화』, 배영사, 1963.

『그리운 메아리』(장편), 학원사, 1963.

■ 강소천 문학선집

『소년문학선』, 대한교과서주식회사, 1954.

『구러기와 몽당연필』, 새글집, 1959.

『강소천 아동문학독본』, 을유문화사, 1961.

『강소천 아동문학전집―강소천편』, 민중서관, 1962.

■ 강소천 전집

『강소천 아동문학전집』(전6권), 배영사, 1964.

『강소천 아동문학전집』(전10권), 교학사, 2006.

2. 단행본

강헌국, 『서사문법시론』, 고려대학교 출판부, 2003.

권영민, 『서사양식과 담론의 근대성』, 서울대학교 출판부, 2005.

김경연, 『우리들의 타화상』, 창비, 2008.

김봉군, 『문학개론』, 개문사, 1995.

김상욱, 『숲에서 어린이에게 길을 묻다』, 창작과비평사, 2002.

──, 『어린이 문학의 재발견』, 창비, 2006.

김이구, 『어린이 문학을 보는 시각』, 창비, 2005

김용희, 『동심의 숲에서 길 찾기』, 청동거울, 1999.

──, 『디지털 시대의 아동문학』, 청동거울, 2005.

김윤식, 『김동리와 그의 시대』, 민음사, 1995.

──, 『해방공간의 문학운동과 문학의 현실인식』, 한울총서 75, 1989.

김자연, 『아동문학의 이해와 창작의 실제』, 청동거울, 2003.

김제곤, 『윤석중 연구』, 청동거울, 2013.

김종회 · 김용희 편, 『강소천』, 새미, 2015.

김치수, 『문학사회학을 위하여』, 문학과지성사, 1988.

김　현, 『문학사회학』, 민음사, 1993.

김　현, 『현대소설의 담화론적 연구』, 계명문화사, 1995.

나병철, 『문학의 이해』, 문예출판사, 1994.

──, 『소설의 이해』, 문예출판사, 2004.

강소천 동화문학 연구

남진우,『신성한 숲』, 민음사, 1995.

노경수,『윤석중 연구』, 청어람, 2010.

박덕규,『강소천 평전』, 교학사, 2015.

석용원,『아동문학원론』, 학연사, 1982.

선안나,『아동문학과 반공이데올로기』, 청동거울, 2009.

신헌재 · 권혁재 · 곽춘옥,『아동문학의 이해』, 박이정, 2009.

원종찬,『아동문학과 비평정신』, 창작과비평사, 2001.

──,『북한의 아동문학』, 청동거울, 2012.

원호택 · 이훈진,『정신분열증 : 현실을 떠나 환상으로, 이상심리학 10』, 학지사, 2000.

이상희,『꽃으로 보는 한국 문화』, 넥서스BOOKS, 2004.

이오덕,『시정신과 유희정신』, 창작과비평사, 1977.

이원수,『아동 문학 입문』, 웅진출판, 1991.

이원수탄생백주년기념논문집준비위원회 엮음,『이원수와 한국 아동문학』, 창비, 2011.

이재선,『한국 단편소설』, 일조각, 1986.

──,『현대소설의 서사주제학 – 문학 모티프와 테마를 찾아서』, 문학과지성사, 2007.

이재철,『한국현대아동문학사』, 일지사, 1978.

── 편,『한국아동문학작가작품론』, 서문당, 1991.

정현백,『민족과 페미니즘』, 도서출판 당대, 2003.

조은숙,『한국아동문학의 형성』, 소명출판, 2009.

최영종,『불충신민』, 한누리미디어, 2004.

Cleanth Brooks · Robert Penn Warren,『소설의 분석』, 안동림 역, 현암사, 1985.

F. K. Stanzel,『소설의 이론』, 김정신 역, 문학과비평사, 1990.

Gerard Genette,『서사담론』, 권택영 역, 교보문고, 1992.

Joseph L. Zornado, 『만들어진 아동』, 구은혜 역, 마고북스, 2001.

Kathryn Hume, 『환상과 미메시스』, 한창엽 역, 푸른나무, 2000.

Lillian H. Smith, 『아동문학론』, 김요섭 역, 교학연구사, 2000.

Rosemary Jackson, 『환상성』, 서강여성문학연구회 역, 문학동네, 2001.

Seymour Benjamin Chatman, 『이야기와 담론』, 한용환 역, 푸른사상사, 2008

Shlomith Rimmon Kenan, 『소설의 시학』, 최상규 역, 문학과지성사, 1985

3. 학위 논문

공선희, 「강소천 동화 연구」, 한국교원대학교 대학원 석사학위 논문, 1996.

권보드래, 「한국 근대의 '소설' 범주 형성에 관한 연구」, 서울대학교 대학원 박사학위 논문, 2000.

권영순, 「한국아동문학의 양면성 연구 : 강소천과 이원수의 소년소설을 중심으로」, 이화여자대학교 대학원 석사학위 논문, 1994.

김명희, 「한국동화의 환상성 연구」, 전주대학교 대학원 박사학위 논문, 1999.

김수영, 「강소천 동화의 특성 연구」, 건국대학교 대학원 석사학위 논문, 2008.

─────, 「강소천 연구─트라우마와 애도를 중심으로」, 건국대학교 대학원 박사학위 논문, 2016.

김용희, 「한국 창작동화의 형성과정과 구성원리 연구」, 경희대학교 대학원 박사학위 논문, 2008.

김효진, 「강소천 동화 연구」, 성신여자대학교 대학원 석사학위 논문, 2009.

남미영, 「강소천 연구」, 숙명여자대학교 대학원 석사학위 논문, 1980.

박금숙, 「강소천 동화의 서지 및 개작 연구」, 고려대 대학원 박사학위 논문, 2014.

박상재, 「한국 창작동화에 나타난 환상성 연구」, 단국대 대학원 박사학위 논문, 1998.

박영지, 「1950년대 판타지 동화 연구─이원수의 「꼬마 옥이」와 강소천의 「꿈을 찍는 사진관」을 중심으로」, 인하대학교 대학원 석사학위 논문, 2013.

박지은, 「동심주의문학 연구 : 첨부작품을 중심으로」, 중앙대학교 예술대학원 석사
학위 논문, 2009.

선안나, 「1950년대 동화 아동소설 연구」, 성신여자대학교 대학원 박사학위 논문,
2006.

오길주, 「한국동화문학의 현실인식 연구」, 가톨릭대학교 대학원 박사학위 논문,
2004.

윤소희, 「한국 아동문학의 가족서사 연구」, 중앙대학교 대학원 박사학위 논문,
2010.

이선민, 「강소천 동화 연구」, 부산교육대학교 대학원 석사학위 논문, 2006.

이충렬, 「1950~1960년대 아동문학장의 형성과정 연구」, 단국대 대학원 박사학위
논문, 2014.

정선혜, 「한국기독교 아동문학 연구」, 성신여자대학교 대학원 박사학위 논문,
2001.

조준호, 「한국 창작동화의 생명의식 연구－마해송, 강소천, 김요섭, 권정생, 정채
봉의 동화를 중심으로」, 고려대학교 대학원 박사학위 논문, 2014.

차보금, 「강소천과 마해송 동화의 대비적 연구」, 연세대학교 교육대학원 석사학위
논문, 1994.

차보현, 「한국 동요·동시에 관한－연구 : 1945년 이전을 중심으로」, 건국대학교
대학원 석사학위 논문, 1969.

천희순, 「강소천의 장편동화 연구」, 고려대학교 대학원 석사학위 논문, 2012.

한영현, 「문예 영화에 나타난 육체 표상과 서울의 물질성－영화 〈자유부인〉을 중
심으로」, 『돈암어문학』 22호, 돈암어문학회, 2009.

함윤미, 「강소천 동화의 환상성 연구」, 단국대학교 대학원 석사학위 논문, 2005.

홍의정, 「강소천 동화 연구」, 한양대학교 대학원 석사학위 논문, 2006.

황수대, 「1930년대 동시 연구」, 고려대학교 대학원 박사학위 논문, 2012.

참고문헌

4. 소논문, 평론

강소천, 「동화와 소설」, 『아동문학』 제2집, 배영사, 1962.

──, 「아동문학과 교육─아동문학과 현실성」, 『새교육』, 1961.

──, 「아동문학이란 무엇인가?─아동문학의 특수성」, 『아동문학』 제1집, 배영 사, 1962.

──, 「아동문학의 나아갈 길─작가가 좋은 작품을 생산하도록」, 『아동문학』 제4 집, 배영사, 1963.

──, 「자녀들은 이런 이야기를 좋아한다」, 『강소천 아동문학가 스크랩북 15권』, 1961~1964.

──, 「지상강좌동화 : 새로운 동화의 나아갈 길」, 『새교육』, 1956.

──, 「한국의 아동은 행복한가─아동문학과 아동」, 『강소천 아동문학가 스크랩 북 8권』, 1956.

권나무, 「어린아이와 사회를 보는 두 가지 시선」, 『우리말교육 현장연구』 제6권 제 2호, 우리말교육현장학회, 2012.

김경흠, 「강소천의 단편 창작동화에 구현된 서정적 구조 양상」, 『한국아동문학연 구』 제27호, 한국아동문학학회, 2014.

김병로, 「북한 종교인가족의 존재양식에 관한 고찰」, 『통일정책연구』 제20권 1호, 통일연구원, 2011.

김수경, 「최남선의 '소년'과 방정환의 '어린이' 사이의 거리」, 『한국문화연구』 제16 호, 이화여대 한국문화연구원 2009.

김영미, 「대한민국의 수립과 국민의 재구성」, 『황해문화』 60, 새얼문화재단, 2008.

김용성, 「강소천」, 『한국문학사 탐방』, 국학자료원, 2011.

김용희, 「소천 동화에 나타난 꿈의 상징성」, 이재철 편, 『한국아동문학작가작품 론』, 서문당, 1991.

──, 「강소천 동화문학 재평가의 필요성」, 『한국아동문학연구』 제11호, 2005.

김일성,「문화인들의 문화전선의 투사로 되어야 한다 : 북조선 각 도인민위원회, 정당, 사회단체선전원, 문화인, 예술인대회에서 한 연설 1946년 5월 24일」,『김일성저작집 2(1946.1~1946.12)』, 조선로동당출판사, 1979.

김종헌,「해방 전후 북한체제에서의 강소천 아동문학 연구」,『우리말글』제64호, 우리말글학회, 2015.

노중기,「1950년대 한국 사회에 미친 원조의 영향에 관한 고찰」,『사회와역사』16권, 한국사회사학회, 1989.

박덕규,「강소천의『호박꽃초롱』발간 배경 연구」,『한국문예창작』제32호, 한국문예창작학회, 2014.

박상재,「한국 판타지동화의 역사적 전개」,『한국아동문학연구』제16호, 한국아동문학학회, 2009.

방정환,「어린이 찬미」,『신여성』2권 6호, 1924.

서중석,「이승만과 북진통일 - 1950년대 극우반공독재의 해부」,『역사비평』, 1995.5.

────,「1950년대와 4월혁명기의 통일론」,『통일시론』, 1999.3.

선안나,「문단 형성기 아동문학장의 고찰 : 반공주의를 중심으로」,『동화와 번역』제12호, 건국대학교 동화와번역연구소, 2006.

신장철,「해방 이후의 한국경제와 초기 경제개발 5개년계획 - 원조경제의 탈피와 수출 드라이버 정책의 채택을 중심으로」,『한일경상논집』66권, 한일경상학회, 2015.

신정아,「강소천 동화의 아동상과 교육관」,『한국아동문학연구』제27호, 한국아동문학학회, 2014.

신형기,「분열된 만보객」,『상허학보』11, 상허학회, 2003.

────,「해방 이후 반공이야기와 대중」,『상허학보』37, 상허학회, 2013.

원종찬,「강소천 소고 - 해방기 북한체제에서 발표된 동화와 동시」,『아동청소년문학연구』제13호, 아동청소년문학학회, 2013.

───, 「'발굴작품 : 북한 인민공화국 체제에서 나온 강소천 동화' 해제」, 『아동청 소년문학연구』 제11호, 아동청소년문학학회, 2012.

───, 「북한 아동문단 성립기의 '아동문화사' 사건」, 『동화와 번역』 제20집, 동화 와번역연구소, 2010.

유성호, 「해방 직후 북한 문단 형성기의 시적 형상─『관서시인집』을 중심으로」, 『인문학연구』 46권, 조선대학교 인문학연구원, 2013.

윤석중, 「동심을 지킨 아동문학가들」, 『동서문학』 1988.8.

이문청 · 서정민, 「북한과 중국의 사회주의 대중동원운동 비교 연구─천리마운동 과 대약진운동」, 『한국정치학회보』 제47권 4호, 한국정치학회, 2013.

이은주, 「강소천 단편 사실동화 연구」, 『한국아동문학연구』 제28호, 한국아동문학 학회, 2015.

───, 「소천의 시대인식과 서사적 대응」, 『한국아동문학연구』 제29호, 한국아동 문학학회, 2015.

이재선, 「세계화 시대와 한국문학연구 방향─문학주제학을 중심으로」, 『서강인문 논총』 12, 서강대 인문과학연구소, 2000.

이종호, 「강소천 동화의 서사 전략 연구─단편 동화를 중심으로」, 『동화와 번역』, 건국대 동화와번역연구소, 2006.

───, 「강소천 장편동화의 서사학적 연구─장편동화 「해바라기 피는 마을」을 중 심으로」, 『동화와 번역』, 건국대 동화와번역연구소, 2008.

장수경, 「강소천 동화에 나타난 월남 의식과 서사의 징환」, 『현대문학연구』 48권, 한국문학연구학회, 2012.

───, 「강소천 전후 동화에 나타난 현실인식과 기독교의식」, 『비평문학』(51), 한 국비평문학회, 2014.

───, 「해방 후 방정환전집과 강소천전집의 존재 양상」, 『아동청소년문학연구』 제14호, 한국문학연구학회, 2014.

장영미, 「전후 아동소설 연구」, 『한국아동문학연구』 제22호. 한국아동문학학회,

2012.

장정희, 「분단 극복의 환상－1960년대 장편동화『그리운 메아리』를 중심으로」, 『강소천』, 새미, 2015.

정인관, 「공동체의 연대유형과 재난상황에서 대응에 대한 탐색」, 『한국사회학회논문집』, 2010.

한영현, 「문예 영화에 나타난 육체 표상과 서울의 물질성－영화〈자유부인〉을 중심으로」, 『돈암어문학』 제22호, 성신여대 돈암어문학회, 2009.

황혜진, 「1950년대 한국영화의 여성 재현과 그 의미－『자유부인』과 『지옥화』를 중심으로」, 『대중서사연』 제13권 2호, 대중서사학회, 2007.

요꼬스카 카오루, 「동심주의와 아동문학」, 박숙경 역, 『창비어린이』 제2권 2호, 2004.

5. 기타

■ 신문 기사

강소천, 「고국의 하늘과 '닭'」, 『동아일보』, 1963.5.7.

───, 「나의 작품 중 가장 재미있는 작품」, 『소년동아일보』, 1960.5.10.

───, 「'돌맹이' 이후」, 『동아일보』, 1960.4.3.

김동리, 「순수문학의 진위」, 『서울신문』, 1946.9.15.

송창일, 「동화문학과 작가」, 『동아일보』, 1939.10.17.

「내 고향 명산을 찾아서－고원 연어, 덕지강의 명산」, 『동아일보』, 1934.10.6.

「조그만 사진첩 출판기념일 개최」, 『경향신문』, 1952.9.25.

「명랑한 거리로 시내 부랑아를 수용」, 『동아일보』, 1954.3.18.

「악질 꼬마 걸인 경찰국 우선 백명 수용」, 『경향신문』, 1954.5.11.

「수용할 길 없는 부랑아」, 『경향신문』, 1956.3.27.

「맺어진 고아양연」, 『동아일보』, 1956.11.25.

「고아를 무수구타(無數毆打)」, 『경향신문』, 1956.12.12.

「반성과 청산 을사년의 정국결산 (10) 사랑방 통일론」, 『경향신문』, 1965.12.13.

「사냥 (113) 묘향산편」, 『경향신문』, 1968.7.22.

「'멸공' 박정희, 김일성과 대화하려 쿠데타? [서중석의 현대사 이야기] 〈111〉 유신
　　쿠데타, 네 번째 마당」, 『프레시안』, 2015.9.20.

■ 인터넷 자료

강소천닷컴(www.kangsochun.com)

강소천 동화문학 연구

찾아보기

인명 및 용어

찾아보기

작품 및 도서, 간행물

강소천 동화문학 연구

저자 소개

◆◆◆ 이은주 李銀珠

　　가톨릭대학교 대학원에서 독서 교육으로 석사학위를, 단국대학교 대학원에서 아동문학으로 박사학위를 받았다. 2014년 『아동문학평론』에서 「생태그림책에 나타나는 타자 윤리」로 신인상을 받았다. 현재 배화여자대학교와 평택국제대에 출강하며 『아동문학평론』에 〈그림책 이야기〉를 연재하고 있다. 「소천의 시대 인식과 서사적 대응」, 「강소천 사실 단편 동화 연구」, 「분단 접경지역 문학공간의 의미」(공저) 등의 연구 논문이 있으며 저서로는 『미술로 만나는 한국사』, 『알기 쉬운 독서지도: 아동문학편』(공저) 등이 있다.

강소천 동화문학 연구

인쇄 · 2018년 2월 1일
발행 · 2018년 2월 10일

지은이 · 이은주
펴낸이 · 한봉숙
펴낸곳 · 푸른사상사

주간 · 맹문재 | 편집 · 지순이 | 교정 · 김수란
등록 · 1999년 7월 8일 제2-2876호
주소 · 경기도 파주시 회동길 337-16 푸른사상사
대표전화 · 031) 955-9111(2) | 팩시밀리 · 031) 955-9114
이메일 · prun21c@hanmail.net / prunsasang@naver.com
홈페이지 · http://www.prun21c.com

ISBN 979-11-308-1256-4   93800
값 25,000원

이 도서의 국립중앙도서관 출판예정도서목록(CIP)은 서지정보유통지원시스템 홈페이지
(http://seoji.nl.go.kr)와 국가자료공동목록시스템(http://www.nl.go.kr/kolisnet)에서 이용하
실 수 있습니다.(CIP제어번호 : CIP2018002512)